Rosie M. Clark

Das Meer unserer Herzen

TINTE & FEDER

Das Buch

»Mein Herz klopfte, als wollte es mich wachrütteln, mir etwas zurufen. Als wollte es sagen: »›Du bist angekommen. Du bist zu Hause.‹«

»Meine liebe Elli, der Wind hat Dich zu mir getragen … Dein Rubén« Diese romantischen Zeilen findet die junge Goldschmiedin Romy in dem antiken Medaillon ihrer Großtante. Offenbar hatte Elli in den 60er-Jahren eine geheimnisvolle Beziehung auf Mallorca.

Und weil bei Romy im Moment einiges schiefläuft, fliegt sie spontan auf die Sonneninsel, um nach diesem Rubén zu suchen. Ob sie hier ihre verkorkste Affäre mit Jannick vergessen und das Familienrätsel lösen kann? Vielleicht. Aber ganz sicher zeigt ihr Mallorca mit seiner malerischen Landschaft, dem blauen Meer und dem gefährlich charmanten Fotografen Xavi, wie schön das Leben und die Liebe sind …

Die Autorin

Rosie M. Clark entführt ihre Leser in ihren berührenden Romanen immer wieder auf die Sonneninsel Mallorca. Die Liebe zu den wunderschönen Buchten, den Menschen, der salzigen Luft und ihre Leidenschaft für das Schreiben inspirieren sie zu zauberhaften Geschichten über sympathische Protagonistinnen und attraktive Helden, die das Glück auf ihrer Lieblingsinsel suchen. Rosie M. Clark lebt gemeinsam mit ihrem Mann und ihrem aufgeweckten Beagle im Südosten Mallorcas.

ROSIE
M. CLARK

Das MEER UNSERER HERZEN

ROMAN

TINTE & FEDER

Deutsche Erstveröffentlichung bei
Tinte & Feder, Amazon Media EU S.à r.l.
38, avenue John F. Kennedy, L-1855 Luxembourg
Dezember 2020

Umschlaggestaltung: zero-media.net, München
Umschlagmotiv: © Duntrune Studios / Shutterstock; © Potapov Alexander / Shutterstock; © Sally Mundy / ArcAngel; © Romans Klevcovs / Alamy Stock Photo; © raphaël navarro / Alamy Stock Photo;
1. Lektorat: Ute Köhler
2. Lektorat und Korrektorat: VLG Verlag & Agentur, Haar bei München, www.vlg.de
Gedruckt durch:
Amazon Distribution GmbH, Amazonstraße 1, 04347 Leipzig /
Canon Deutschland Business Services GmbH, Ferdinand-Jühlke-Straße 7, 99095 Erfurt /
CPI books GmbH, Birkstraße 10, 25917 Leck

ISBN 978-2-49670-444-0

www.tinte-feder.de

Für Dich

Vorwort

Liebe Leserinnen und Leser, ich wünsche Ihnen viel Vergnügen beim Lesen meines Buches »Das Meer unserer Herzen«. Ich würde mich sehr freuen, Ihre Gedanken zu dem Buch in Form einer Rezension auf Amazon zu erfahren.

Weitere Informationen zum Buch gibt es hier:

www.rosiemclark.de
www.facebook.com/rosiemclark.romane
Herzliche Grüße
Rosie M. Clark

Kapitel 1

1966

Es war ein unbeschreibliches Gefühl, so weit weg von der Heimat zu sein und so nah bei dem Mann, den ich liebte. Ich hatte alles hinter mir gelassen, hatte die Schatten jahrelanger Angst überwunden und war dem Ruf meines Herzens gefolgt. Mit jedem Schritt, den ich mich weiter von zu Hause entfernte, schlug mein Herz freier – losgelöster. Es war ein Abenteuer, das ich bis ans Ende meiner Tage leben wollte. Meine Eltern würden rasend vor Wut werden, mich für den Wunsch nach echter Liebe verachten. Vielleicht würden sie sogar versuchen, mich wieder zurück nach Deutschland zu holen. Aber ihre Mühe wäre vergebens. Vier Jahre lang hatten sie mich meines Glücks beraubt. Doch jetzt hatte ich endlich eine richtige Familie. Und nichts konnte sich richtiger, vollkommener anfühlen.

Die ausladenden Palmen raschelten im lauwarmen Wind, als Rubén den Wagen durch die Allee lenkte. Es war der zweite Tag in meinem neuen Leben, und wir wollten ihn in der Natur verbringen. In einer Bucht, in der wir allein wären, mit Wasser so klar, dass man die Fische wie durch eine Glasscheibe sah. Es war die Bucht, in der wir uns zum ersten Mal geliebt hatten, im hellen Schein des Vollmondes, der sich funkelnd über die sanften Wellen und unsere nackten Körper gelegt hatte.

Rubén lenkte den alten Transporter entlang der dunklen Wege über die Hügel, die von hüfthohen Natursteinmauern eingefasst waren, bis wir die Landstraße erreichten und die ersten Sonnenstrahlen das Land zum Leuchten brachten. Drei Jahre lang hatte er voller Sorge auf mich gewartet, und jetzt, da ich endlich neben ihm saß, spürte ich sein Glück bei jedem Atemzug. Es prickelte sanft auf meiner Haut, als er mir mit den Fingerspitzen über den Unterarm strich und dann seine Hand auf meine legte. Es erinnerte mich an jenen Moment, in dem wir uns das erste Mal begegnet waren – er hatte mich aufgefangen, als ich beinahe auf eine Steinmauer gefallen wäre. Seine starken Arme hatten mich umschlungen. Es war der sicherste Ort der Welt. In diesem Moment sowie in allen weiteren mit ihm wollte ich nie wieder anderswo sein.

All die Jahre zuvor hatte ich den Wunsch nach Selbstständigkeit, Unabhängigkeit verspürt. Ich wollte die Welt erkunden, eine dieser modernen Frauen sein, die sich nicht von ihrer Gefühlswelt leiten lassen. Und plötzlich, in seinen Armen und von diesen funkelnden braunen Augen angezogen, da sah ich, was das Leben mit mir vorhatte. In diesem Moment hatten sich unsere Herzen ein Versprechen gegeben.

Ein tiefes Schlagloch brachte den Fiat beinahe an seine Grenzen und riss uns hoch. Ich sah hinüber zu Rubén, dessen Blick auf unsere wunderbare Tochter fiel, die zwischen uns auf der Sitzbank saß und mit einer kleinen Rassel spielte. Behutsam legte Rubén seine rechte Hand auf ihren Schoß, damit sie nicht zu sehr durchgeschüttelt wurde. Erst gestern hatten die beiden sich kennengelernt, und doch fühlte es sich an, als seien sie nie getrennt gewesen, als hätte er keinen Tag der vergangenen Jahre verpasst.

Die mallorquinische Sonne verlieh mir in diesem Moment Kraft. Ihre wärmenden Strahlen, die sich in schimmernden Orange- und Rottönen am Horizont brachen, ließen mich spüren, dass alles in Ordnung kommen würde, dass ich in Sicherheit war. Die lange Reise zu Rubén hatte sich gelohnt, und es war richtig gewesen, alles hinter mir zu lassen, was mich so lange von meinem Glück getrennt hatte. Ich lehnte mich hinüber zu meinem Geliebten und küsste ihn sanft auf seine gebräunte Wange, fuhr ihm mit der Hand durch die dunklen Locken. Das Leben würde nie vollkommener und echter sein als in diesem Moment. Das leise Brummen des Motors, der Wind in meinem Haar, die salzige, nach Freiheit duftende Luft, die ich atmete.

»Ich liebe dich, Rubén«, flüsterte ich.

Rubén sah mich für einen kurzen Augenblick lächelnd an. Die ganze Welt lag in seinen wundervollen Augen. In diesem Moment ahnte ich nicht, dass diese Welt schon bald von einem großen Schmerz erfüllt sein würde.

Kapitel 2

Heute

Obwohl er nur wenige Gramm auf die Waage brachte, wog der goldene Ring schwer in Romys Hand. Behutsam legte sie ihn neben die anderen Ringe auf den Tresen, sodass sie sich besser vergleichen ließen.

»Hier haben wir eine Variante in 750er Gelbgold mit 18 Karat. Das ist von der Farbigkeit noch einmal ein etwas anderer Ton. Wie gefällt euch das?«

»Ach ja, das ist auch nicht schlecht, oder Martin? Also ich finde, wir sollten auf jeden Fall goldene Ringe nehmen. Weißgold und Platin sind zwar auch schön, aber irgendwie bin ich eher bei Gold.«

Martin musterte die unterschiedlichen Materialien und ließ sie abwechselnd über seine dünnen Finger gleiten.

»Ist irgendwie komisch, einen Ring zu tragen«, gestand er.

Romy grinste. So erging es den meisten jungen Männern, die das Atelier betraten, um gemeinsam mit ihrer Verlobten das Symbol ihrer Liebe auszuwählen. Doch zu schnell wurde es für sie normal, den Ring am Finger zu tragen. So wie alles zu schnell normal wurde.

Aus dem Augenwinkel bemerkte Romy, dass Svenja immer wieder zu ihr herübersah. Romy hasste es, wenn ihre Chefin im Atelier war, was in letzter Zeit glücklicherweise seltener passierte. Zu sehr war sie damit beschäftigt, sich an die Fersen ihrer wohlhabenden Freundinnen zu heften und krampfhaft zu versuchen, mit ihnen mithalten zu können. Romy kannte sie seit vier Jahren, und seitdem hatte sich die eigentlich hübsche Svenja zu einer miesen und zwanzig Jahre älter wirkenden Paris-Hilton-Kopie ihrer selbst entwickelt. Ein Musterbeispiel dafür, was passierte, wenn man sich mit den falschen Menschen umgab. An den wenigen Tagen, an denen sie noch im Atelier erschien, brachte sie nichts als Unruhe und mischte sich in alles ein, was Romy anfasste. Es würde sicher keine fünf Minuten mehr dauern, bis sie auch dieses Kundengespräch sprengen und das nette Pärchen vergraulen würde, zu dem Romy ein so gutes Vertrauensverhältnis aufgebaut hatte.

»Aber ja, ich finde die goldenen auch am besten. Der hier mit der mattierten Oberfläche gefällt mir. Das Glänzende ist mir auf jeden Fall zu viel«, warf Martins Verlobte Annabell ein.

»Ja, das finde ich auch«, bestätigte Martin erleichtert.

»Prima, dann lege ich die anderen schon einmal zur Seite. Also ist das euer Favorit?« Romy deutete auf den Ring aus 585er Gelbgold.

»Ja«, sagten die beiden zeitgleich und lachten.

Romy schenkte ihnen ein aufrichtiges Lächeln. Annabell und Martin waren ihr von Anfang an sympathisch gewesen und schienen prima zueinander zu passen. Ihre zärtlichen Berührungen, die vertrauten Blicke. Es war seltsam, doch in solchen Momenten genoss Romy die Zeichen der Liebe.

»Dann haben wir schon einmal das 585er Gelbgold, für dich, Martin, in dieser Breite, und für dich, Annabell, in dieser. Ich finde, das ist eine tolle Wahl, die auch perfekt zu euren Hauttönen passt.«

»Wo sind wir da jetzt preislich ungefähr?«, fragte Martin zögerlich.

»Das wären dann in der Ausführung und mit der gewünschten Gravur circa tausendsechshundert Euro für beide zusammen.«

Romy sah ihr Gegenüber schwer schlucken.

»Okay.«

»Aber ich glaube, ich hätte gern noch einen kleinen Stein«, warf Annabell ein und legte ihre Stirn in Falten. »Ein bisschen glitzern muss es schon. Wie könnte das denn aussehen?«

Bei den Stichworten *Stein* und *glitzern* bemerkte Romy ein deutliches Zucken im Gesicht ihrer Chefin, die im Hintergrund auf der Tastatur herumhämmerte. Ein Stein war nett, drei Steine waren ein gutes Geschäft, und alles darüber hinaus bedeutete für Svenja ein weiteres Wochenende beim Après-Ski in Ischgl.

Romy zog eine kleine Schatulle aus dem Tresen und zeigte Annabell die verschiedenen Möglichkeiten, einen Brillanten einzufassen. Ihr entging nicht, dass Annabells Blick umgehend auf einen ganz bestimmten Ring fiel. Er war rundherum mit kleinen, nahezu perfekt geschliffenen Brillanten besetzt, die in der Nachmittagssonne glitzerten. Er war eine von Romys besten Arbeiten und sorgte für ein Funkeln in den Augen nahezu jeder Braut. Romy nahm den Ring aus der Schatulle und legte ihn auf die Samtunterlage auf dem Tresen.

»Dieser hier ist auch aus 585er Gelbgold geschmiedet. Darin sind insgesamt sechzehn Brillanten eingefasst.«

»Oh mein Gott«, hauchte Annabell und legte die Hand vor den Mund. »Das ist er. Martin, genau so habe ich ihn mir vorgestellt.« Ihr Blick huschte kurz zu ihrem Verlobten und wieder zurück auf den Tresen.

Auf Martins Stirn zeigten sich erste Schweißperlen. »Wie viel würde so etwas denn kosten?«, fragte er gedämpft.

»Dieser läge bei ungefähr dreitausendsechshundert Euro. Mit anderen Steinen könnte ich ihn aber auch für zweitausendvierhundert Euro hinbekommen. Man würde den Unterschied kaum merken. Zusammen mit deinem Ring wären es dann dreitausendzweihundert Euro.«

Martin schluckte erneut.

»Aber Schatz, er ist so toll!«, sagte Annabell.

Romy bemerkte Martins flehende Blicke, die wie stumme Hilferufe wirkten. Sie wusste wenig über das junge Paar, aber anhand ihres Alters, des bodenständigen Auftretens und des äußeren Erscheinungsbilds ging Romy davon aus, dass jeder zusätzliche Euro eine Herausforderung für sie bedeuten würde.

Ein lautes Räuspern ertönte im Hintergrund. Romy drehte sich zur Seite und sah Svenjas fordernde, fast drohende Blicke, die sagten: *Sie will diesen Ring, sie kriegt diesen Ring. Und du wirst dafür sorgen. Jetzt!*

Romy sank in ihren Drehstuhl und atmete tief durch. Sie hasste es, Menschen etwas verkaufen zu müssen, von dem sie wusste, dass sie es später bereuen würden. Diese Ringe sollten ein Symbol ihrer Liebe sein, und für die Liebe sollte man keinen Kredit aufnehmen müssen. Andererseits hing auch ihr Gehalt von Svenjas Einnahmen ab, und es gehörte zu ihrem Job.

Ein erneutes Räuspern aus dem Hintergrund, diesmal mit größerer Dringlichkeit im Abgang.

Romy wusste, dass sie sich auf eine lautstarke Standpauke vorbereiten musste, sollte sie es nicht schaffen, diesem Paar die hochwertigeren Ringe zu verkaufen. Es käme einem Tinnitus dritten Grades gleich, der sich über mindestens zwei Tage erstrecken würde. Romy sah erst zu Martin, dann zu Annabell. Sie war ausgesprochen hübsch. Zierliches Gesicht, tolle Figur und eine natürliche Ausstrahlung. Ohne Zweifel, der Ring würde super an ihr aussehen. Aber brauchte es einen gebrauchten Kleinwagen um den Finger, um den Bund der Ehe zu schließen? Die verliebten Blicke der beiden waren stärker als jedes Edelmetall.

Romy hatte eine Idee.

»Annabell, wenn ich etwas dazu sagen darf …«

Annabell hob erwartungsvoll ihre Augenbrauen.

Romy griff in eine der Schubladen und zog einen eleganten, schmalen Ring mit einem kleinen, in der Mitte eingefassten Brillanten heraus.

»Ich habe euch jetzt ein bisschen beobachtet und … ich finde, du bist eine so tolle und hübsche Frau, du musst dich nicht hinter einem so auffälligen Schmuckstück verstecken.« Romy legte den zierlichen Ring auf den Tresen. »Ich finde, dieser hier würde perfekt zu dir passen. Er ist dezent, elegant und hat durch die filigrane Fassung auch etwas ganz Besonderes.«

Annabell wirkte zunächst irritiert. Dann streifte sie den Ring sachte über den Finger und begutachtete ihn ausgiebig. Martin sah Romy überrascht an. Plötzlich schien der Preis in den Hintergrund zu rücken. Annabell war komplett. Es war ihr Ring. Nach einigen Sekunden japste sie nach Luft und küsste Martin unvermittelt. Dann liefen ein paar Tränen über ihre Wange.

»Ja, du hast recht. Das ist er«, schluchzte sie.

Als die beiden sich verabschiedet hatten, schloss Romy mit einem Lächeln die Tür des Ateliers. Sie hatte zwei junge Menschen glücklich gemacht und wollte sich sofort an die Arbeit machen. Tatsächlich hatte der zierliche Ring perfekt zu Annabell gepasst, und ihre Freude war Romy richtig nahegegangen. Unabhängig von der finanziellen Ersparnis war auch Martin froh und erleichtert darüber gewesen, Tränen der Freude in den Augen seiner Verlobten zu sehen.

Während Romy noch in Gedanken schwelgte, öffnete sich die Tür. Martin trat erneut herein. Er strahlte und sah Romy lange in die Augen.

»Danke!«, sagte er, wartete einen Moment und verschwand aus der Tür. Romy sah, wie er Annabell hinterherlief und sie leidenschaftlich in die Arme schloss. Dann griff er nach ihrer Hand, und die beiden spazierten weiter.

Romy lachte zufrieden und drehte sich um. Sie erschrak heftig und zog scharf die Luft ein. Svenja stand genau vor ihr, die Hände in die Hüften gestemmt. Zornesfalten zogen tiefe Furchen durch ihre Stirn.

Jetzt war es Romy, die nervös schluckte.

»Mir reicht es langsam«, sagte Svenja mit bebender Brust. »Die beiden hätten auch die teurere Version gekauft. Davon bin ich überzeugt. Wenn ich so was noch einmal mitkriege, dann war es das für dich. Haben wir uns verstanden?«

* * *

Der Duft des Sommers stieg Romy in die Nase, als sie erschöpft auf die Straße trat. Ein milder Abend unternahm den Versuch, Svenjas Standpauke vergessen zu machen, doch Romy war zu sauer und zu enttäuscht, um sich darauf einzulassen. Nach Svenjas drohenden Worten hatte sie eine ausführliche Belehrung über sich ergehen lassen müssen, wie sie das nächste Kundengespräch zu führen habe, um nicht den zu der Kundin passenden, sondern den teuersten Ring zu verkaufen. »Selbst wenn die Kunden dafür ihre Lebensversicherung auflösen müssen«, so Svenjas Worte. Romy meinte, neben Svenjas Frust sogar etwas Verzweiflung aus ihrer Stimme herausgehört zu haben. Stand es so schlecht um den Laden, dass Svenja freiwillig all ihre früheren Werte über Bord warf? Hatte ihr ausschweifenderer Lebensstil sie eingeholt? Wie dem auch sei. Romy riss sich nicht nur ein Bein aus für Svenja und schmiss den gesamten Laden, nein, sie schob auch noch eine Überstunde nach der anderen, die sie niemals würde ausgleichen können, da es ja keine Vertretung gab.

Romy fasste sich an die pochenden Schläfen und hielt kurz inne. »Irgendwann«, flüsterte sie. Irgendwann würde sie ihr eigenes kleines Atelier eröffnen und den Kunden das bieten, was zu ihnen passte, und nicht das, was am meisten Umsatz brachte. Sie holte tief Luft und betrachtete die feurig rote Abendsonne, die mittlerweile jeden Tag ein bisschen später am Horizont verschwand. Romy schlenderte durch die kleinen Kölner Gassen, die sie so liebte, beobachtete, wie die Menschen um sie herum den lauen Sommerabend genossen, und versuchte, nicht mehr an vorhin zu denken.

Nach wenigen Minuten öffnete sie das quietschende Holztor, trat in den Hinterhof und stieg die Stufen in den vierten Stock hinauf. Romy erinnerte sich schmunzelnd daran, wie sie im Sommer vor fünf Jahren schweißgebadet zu der Wohnungsbesichtigung gehetzt war, sich die vielen Stufen hinaufgekämpft hatte, um kurz darauf in eine andere junge Frau hineinzulaufen, deren Stirn ebenfalls vom Schweiß glänzte. Gemeinsam waren sie zu Boden gefallen, hatten gelacht und beschlossen, die Wohnung gemeinsam zu beziehen. Seitdem waren Kathi und sie unzertrennlich. Es war Schicksal gewesen, und seither feierten sie sogar ihren Kennenlerntag wie andere ihren Hochzeitstag.

Romy zog ihren Schlüsselbund aus der Jeans, öffnete die Wohnungstür und betrat den Flur. Laute Musik dröhnte aus dem Wohnzimmer. Dann dämmerte es ihr, und sie schlug sich die Hand gegen die Stirn. Kaum hatte sie ihre Jacke an der Garderobe aufgehängt, kamen Kathi und Ellen um die Ecke gehüpft, drei beachtlich gefüllte Sektgläser in den Händen balancierend und jeweils eine Zigarette im Mundwinkel.

»Da bist du ja endlich!«, rief Kathi verärgert, konnte aber ein Lachen nicht länger unterdrücken und reichte Romy ein Glas. »Du bist viel zu spät. Wir sind schon gut aufgewärmt.« Kathi wollte den Unterschied zwischen Aufwärmen und Vorglühen einfach nicht kapieren.

»Tut mir leid«, sagte Romy und schob die Unterlippe nach vorn. »Ich hab's total vergessen.«

»Na dann hopp. Ab in die Yoga-Hose. Treffpunkt ist im Wohnzimmer. Und bring deine Matte mit.«

Romy nahm einen Schluck Sekt und ging in ihr Zimmer, um in das bequeme Yoga-Outfit zu schlüpfen und die Übungsmatte unter dem Bett hervorzuholen. Aus dem Schälchen auf der Kommode griff sie einen Haargummi, fasste ihre langen braunen Haare damit zu einem Pferdeschwanz zusammen und zog sich ein dünnes Stirnband über den Kopf, um ihren geraden Pony zu fixieren. Mit der Yogamatte unter dem Arm und dem Sekt in der Hand betrat sie das gemütliche Wohnzimmer, auf dessen Boden Kathi und Ellen im Schneidersitz saßen und umständlich an ihren Zigaretten zogen.

Mit einem kräftigen Schwung rollte Romy ihre Matte aus, sodass die drei sternförmig um den Aschenbecher und die Sektflasche herumsaßen. Romys Glas war gerade einmal zur Hälfte ausgetrunken, als Ellen ihr nachschenkte.

»Wer zu spät kommt, muss eine Extrarunde drehen. So verlangen es die Regeln«, mahnte sie und bekam dabei einen heftigen Schluckauf, der einen noch heftigeren Lachanfall nach sich zog.

Seit über zwei Jahren trafen sie sich an jedem zweiten Mittwoch zum sogenannten *Brause-Yoga* (Ostern und Weihnachten ausgenommen). Seit Kathi und Romy zusammengezogen waren, hatten sie regelmäßig Yoga-Kurse besucht. Irgendwann, es musste an Romys Geburtstag gewesen sein, hatte Kathi dabei eine Flasche Sekt mitgenommen und beschlossen,

Sport und Vergnügen miteinander zu verbinden. Den Yoga-Kurs mussten sie daraufhin verlassen, doch Ellen befand die Idee für so gut, dass sie einfach mitgekommen war. Seitdem richteten Romy und Kathi das Brause-Yoga aus, und Ellen war eine enge Freundin geworden.

»Ich sag's euch, ich bin so froh, dass der Tag vorbei ist«, stellte Romy fest, nachdem sie das Sektglas in zwei Zügen geleert hatte. Ellen reichte ihr eine angezündete Zigarette. Romy zog daran und hustete laut. »Wie kann man das nur jeden Tag machen?«

»Versteh ich auch nicht«, sagte Ellen, nahm die Kippe wieder in Empfang und zog lange daran. »Ist echt eklig.«

Sie lachten. Normalerweise rauchte keine von ihnen, sie fanden es sogar ziemlich widerlich, doch an den Yoga-Abenden war alles erlaubt, was ungesund und dämlich war. Kathis Theorie besagte, dass eine durch Alkohol und Nikotin erreichte Lockerheit die Dehnbarkeit des Körpers vervielfachte und damit die Effektivität der Yoga-Übungen überproportional steigerte. Romy war hingegen der Meinung, dass selbst der Herabschauende Hund nicht in der Lage war, ihre Körper vor dem Verfall zu bewahren, den sie alle drei am nächsten Tag spüren würden.

Egal. Manchmal musste man bewusst etwas Dummes tun, um sich besser zu fühlen.

»Ist irgendwas im Atelier passiert? Oder warum bist du so genervt?«, fragte Kathi und kreiste die Schultern bis zu den Ohren.

»Ach … Svenja«, murmelte Romy. »Sie hat gedroht, mich rauszuschmeißen.«

»Das wollte sie doch schon öfter«, sagte Kathi nicht zu Unrecht. »Du weißt, dass der Laden ohne dich auseinanderfällt. Und sie weiß das auch. Also mach dir keine Sorgen.«

»Aber heute hat sie es zum ersten Mal so direkt ausgesprochen. Es war irgendwie … anders.« Romy erzählte kurz von dem Vorfall.

»Lass Svenja reden. Die ist doch viel zu beschäftigt mit sich selbst.«

»Glaub ich auch«, stimmte Ellen zu. »Morgen ist das bestimmt schon vergessen.«

Romy nickte beiläufig. »Wie war euer Tag?«

»Jannick war heute in der Bäckerei …«, verkündete Kathi mit einem bedeutungsvollen Unterton, den Romy gekonnt überhörte und sich hektisch eine Zigarette anzündete.

»Aha«, sagte sie kurz. »So, wollen wir mal ein paar Übungen machen? Oder verkommt das Ganze hier zu einer Talkrunde?«

»Du brauchst gar nicht abzulenken, meine Hübsche. Erst erzählst du uns, wie der Stand mit Jannick ist. Er hat nach dir gefragt …« Kathi legte sich vor Romy auf den Bauch, stützte den Kopf auf die Hände und sah sie eindringlich an. »Er hat gefragt, ob du wohl eher einen klassischen Antrag oder etwas Ausgefallenes mit choreografierter Tanzeinlage bevorzugst.«

Ellen prustete los und verschluckte sich an ihrem Sekt.

Romy schwieg und spürte die Röte in sich aufsteigen. »Du bist echt bescheuert, weißt du das? Ihr beide!« Sie grinste verlegen und schüttelte den Kopf. Warum musste Kathi sie jedes Mal damit aufziehen? Romy hatte genug mit sich selbst zu tun und wollte nicht noch mehr über Jannick nachdenken, als sie es sowieso schon tat.

Seit über einem Jahr spukte er in ihren Gedanken herum. Genauer gesagt, seit sie mit ihm im Bett gelandet war und anschließend am liebsten nach Taiwan gezogen wäre, nur um ihm aus dem Weg zu gehen. Romy und Kathi hatten eine kleine Party in der Wohnung veranstaltet, einfach mal so unter der Woche, wie früher eben. Ungefähr dreißig Leute waren gekommen, es wurde getrunken, gelacht, sogar getanzt. Romy hatte so viel Spaß gehabt wie lange nicht. Jannick war ein Freund eines Freundes. Sie hatte ihn schon öfter in der Gegend gesehen, und tatsächlich war er ihr aufgefallen, mehr aber nicht. An diesem Abend war es anders gewesen. Quer durch den Raum waren ihre Blicke aneinander haften geblieben. Wie in Zeitlupe hatten sie sich gegenseitig gemustert, Romy hatte sein süßes Lächeln bemerkt, seine sportliche Figur, seine aufrechte, selbstbewusste Haltung. Er hatte etwas in ihr ausgelöst, und ihr Herz hatte angefangen, schneller zu schlagen. Während um sie herum eine wilde Feier ihren Lauf nahm, war er in aller Ruhe auf sie zugegangen. Klar, es war kitschig, und das Zeitlupengefühl war vielleicht erst bei längerem Nachdenken über die Situation entstanden, aber mit jedem seiner Schritte war Romy nervöser geworden. Und als er endlich vor ihr stehen geblieben war, hatte sie leise gelacht und den Kopf geschüttelt. Es war surreal. Sie kannten sich quasi nicht, doch sie wussten beide, dass es der perfekte Moment für einen Kuss war. Jannick hatte seine Hand um ihren Nacken gelegt, sie langsam zu sich gezogen und geküsst. Es war einer dieser filmreifen Küsse, bei denen die Lippen miteinander tanzen, sich gegenseitig kennenlernen, um dann zu einer wundervollen Einheit zu verschmelzen. Es war perfekt. Eine Stunde, zwei prophylaktische Ibuprofen und drei Cuba Libre später hatten sie sich die Klamotten vom Leib gerissen, ihre nackten Körper erforscht und sich ungehemmt der sich unendlich steigernden Lust hingegeben. Es war vertraut, liebevoll und dennoch heiß und anziehend gewesen. Bis Romy neben das Bett gekotzt hatte und am liebsten umgehend an einem Herzstillstand gestorben wäre. Der Moment war an Peinlichkeit nicht zu überbieten. Sie hatte Jannick verzweifelt angeschaut, der von der Situation überwältigt gewesen war und regungslos auf dem Bett gesessen hatte. Nackt.

»Bitte, lass uns niemals, wirklich niemals darüber reden, okay?«, hatte Romy fast gefleht und sich den Mund am Bettlaken abgewischt. Ihr ganzer Körper war eine einzige Verspannung, sie hatte Kopfschmerzen, ihre Stirn hatte geglüht. Kurz hatte Jannick genickt, dann war Romy aufgesprungen, um sich im Badezimmer einzusperren. Nie wieder hatte sie das Bad verlassen und Jannick nie wieder unter die Augen treten wollen.

Zwei Tage lang hatte sie seine Nachrichten gekonnt ignoriert, doch am dritten Tag war er ihr auf dem Weg zur Arbeit entgegengeradelt. Einen Moment hatte Romy überlegt, so zu tun, als hätte sie ihn nicht gesehen, doch die vier Meter Entfernung waren ihr nicht glaubwürdig genug erschienen. Es war ein peinliches Wiedersehen, was Jannick zugegebenermaßen süß gelöst hatte. Dennoch, nach diesem Abend auf der Party war ihre Beziehung auf einer seltsamen Ebene gelandet, auf der Romy sich alles andere als wohlfühlte. Jannick benahm sich völlig normal, eher einfühlsam, und zeigte ehrliches Interesse. Aber genau das irritierte Romy und machte sie wahnsinnig. Warum konnte er sie nicht dämlich finden und ignorieren? Es wäre so viel einfacher.

Natürlich war Jannick ein absolut toller Typ, und aus diesem Abend hätte die perfekte Liebesgeschichte werden können. Doch Romy war nun einmal erziehungsbedingt vorbelastet und konnte nicht damit umgehen, wenn jemand sie selbst nach so einer Nacht noch umgarnte. Es war wahrscheinlich ein tief sitzendes Psychoding, was sie zum einen ihrem Vater zu verdanken hatte, der Romy und ihre Mutter für eine amerikanische Theaterschauspielerin hatte sitzen lassen, als Romy drei war. Zum anderen, einem großen anderen, war ihre Mutter schuld, die sich für den Leidensweg der Sitzengelassenen entschieden und fortan nichts Gutes mehr an der Männerwelt gelassen hatte. Für die Entwicklung eines jungen Mädchens war es jedenfalls nicht hilfreich gewesen.

»Was ist denn jetzt mit Jannick?«, fragte Kathi erneut, als sie gemeinsam in einer Seiten-Stützlage jeweils ein Bein in die Luft streckten und dabei bedrohlich schwankten.

»Nichts ist mit Jannick. Genauso wie in den letzten Tagen, Wochen und Monaten.« Romy wollte das Thema damit beenden und sich lieber den Schicksalen anderer Menschen widmen.

»Du wirst nicht ewig vor ihm weglaufen können«, warf Ellen bedeutungsschwanger ein. »Du hast ihn beinahe vollgekotzt, als du nackt auf ihm gesessen hast, und er tut so, als sei nichts gewesen, schenkt dir Blumen zum Geburtstag und lädt dich ständig zum Kaffeetrinken ein.« Ellen wankte und plumpste auf ihre Matte.

»Danke, dass du mich daran erinnerst, Ellen. Ich hätte es *fast* vergessen!«

Kathi und Ellen begannen zu lachen.

»Es wird immer unsere Lieblingsgeschichte bleiben, du solltest dich langsam mit dem Gedanken abfinden. Außerdem solltest du dich damit abfinden, dass er der Richtige ist. Akzeptiere es. Nimm ihn, heirate, kriege Kinder, was auch immer.«

Romy rollte sich über die Hüfte auf die Matte und schüttelte den Kopf.

Der Richtige, was sollte das schon bedeuten? Vielleicht war sie einfach nicht dazu gemacht, sich auf jemanden einzulassen, ihr Leben zu teilen. Es war ja nicht so, dass sie unglücklich war. Ein wenig einsam vielleicht, aber es war okay. Außerdem war sie froh, überhaupt erkannt und akzeptiert zu haben, dass irgendetwas mit ihr nicht stimmte. Denn eines wollte Romy gewiss nicht: so verbittert enden wie ihre Mutter.

Kapitel 3

Das Zwitschern der Vögel wurde immer lauter, bis Romy auf den Wecker drückte und die Vögel verstummten. Es war eine der besten Ideen der Menschheit, das lästige Weckerklingeln durch Vogelgezwitscher zu ersetzen, doch an einem Morgen wie diesem half selbst das herzlich wenig. Nachdem Ellen endlich nachts um zwei Uhr nach Hause getorkelt und Romy in voller Yoga-Montur ins Bett gefallen war, hatte der Kopfschmerz um Punkt drei Uhr eingesetzt und sich hartnäckig bis zum dritten Vogelkonzert gehalten.

Romy schälte sich aus dem Bett, streifte die Klamotten ab und schleppte sich unter die Dusche. An Tagen wie diesen sprang einem die Tatsache förmlich in das verquollene Gesicht, dass man eben keine zwanzig mehr war, sondern im Eiltempo auf die dreißig zusteuerte. Kathi hatte bereits geduscht und einen Kaffee aufgesetzt, doch auch an ihr war der Yoga-Abend nicht spurlos vorübergegangen. Eine halbe Stunde später zog Romy mit einem Ruck die Tür hinter sich zu, und sie machten sich auf den Weg zur Arbeit.

Kathi war Geschäftsführerin in einer Bäckerei und hatte normalerweise einen völlig anderen Rhythmus, doch ab und zu nahm sie sich die Freiheit, etwas später anzufangen als die Kollegen.

»Bitte erinnere mich daran, nie wieder zu rauchen«, sagte Romy und genoss die frische Morgenluft, die ihrem Kopf wohltat.

»Mache ich gern«, erwiderte Kathi amüsiert. »So wie jedes Mal.«

»Danke, sehr witzig.« Romy zwang sich zu einem schmerzverzerrten Lächeln. Nach einigen Minuten an der frischen Luft war der Kopfschmerz deutlich gelindert, und ihr Gesicht bekam wieder etwas Farbe. Es war schön, ab und zu mit Kathi gemeinsam zur Arbeit gehen zu können, denn das Atelier, in dem Romy arbeitete, lag nur zwei Straßen von der Bäckerei entfernt. Es fühlte sich dadurch eher wie ein Urlaubs- und weniger wie ein Arbeitstag an.

Plötzlich klingelte es hinter Romy, und sie erschrak. Hektisch trat sie zur Seite und sah sich um. Beinahe geräuschlos rollte ein E-Bike an ihr vorbei. Sie wollte schon zu einer lauten Erklärung ansetzen, dass der Radweg auf der anderen Seite sei, als sie das grinsende Gesicht des Fahrers erkannte.

Jannick.

»Guten Morgen, Mädels.« Er blieb stehen, stieg schwungvoll vom Fahrrad ab und betrachtete erst Romy, dann Kathi. »Na, ihr seht ja wild aus«, sagte er und verzog das Gesicht. »Yoga?«

»Hm, hm«, murmelte Kathi, der die frische Luft nicht so gut bekam.

Jannick grinste. »Oh je. Seid ihr überhaupt über den Sonnengruß hinausgekommen? Nein, wartet.« Er kniff die Augen zusammen und überlegte sichtlich angestrengt. »Ich wette, ihr habt nach dem Krokodil die zweite Flasche geöffnet und aufgehört, stimmt's?«

»Ich weiß nicht, was beunruhigender ist, dass du uns ansehen kannst, wie unser Abend verlaufen ist, oder dass du unser komplettes Yoga-Programm auswendig kennst«, brummte

Kathi. »Aber beim Krokodil war es schon die dritte Flasche«, fügte sie mit unschuldiger Miene hinzu.

Jannick lachte laut und schob sein Fahrrad neben ihnen her. Seine Schulter streifte Romy leicht, und er lächelte sie vertraut an. Romy spürte ein akutes Ziehen in der Brust. Warum tat er das immer? Warum sah er sie so verdammt lieb an mit seinen verdammt blauen, glänzenden Augen? Schnell wandte sie ihren Blick von seinem markanten Gesicht ab. Sie musste gelassen bleiben.

Ein unverfängliches Thema. Schnell. Genau, sein Fahrrad!

»Ist das der neue Prototyp?«, fragte sie und musste ihr Interesse nicht einmal vorspielen.

Jannick nickte. Man sah ihm an, wie stolz er war.

»Ja, ist es. Wir sind kurz vor der Marktreife. Und wenn der nächste Termin erfolgreich wird, können wir vielleicht endlich in Serie gehen.«

Romy mochte es, wie begeistert er von seinem Start-up erzählte. Binnen Sekunden konnte er einen mit seiner Euphorie anstecken, selbst wenn man zuletzt im Kindergarten Fahrrad gefahren war und sich überhaupt nicht für Technik interessierte. Während des Elektrotechnik-Studiums hatte Jannick angefangen, E-Bikes zu entwerfen. Jeden Abend hatte er in der kleinen Küche seiner Studentenwohnung an den Entwürfen gearbeitet und über der Technik gebrütet. Einige Jahre später hatte er das erste Modell so weit gebracht, dass er hochwertige Materialien mit einem einzigartigen Design verband. Es war eine Mischung aus alten Motorrad-Klassikern mit geraden Linien und Chromteilen und modernen Elementen, extrabreiten Reifen, großem, bequemem Sattel und einer komplett vertikalen Lenkstange unter dem Lenker. Es sah nicht aus wie ein E-Bike, sondern eher wie ein Vintage-Motorroller mit dem richtigen Hipster-Anteil, um massentauglich zu sein. Das Bike kam extrem gut an, und wo immer Jannick damit fuhr, zog er interessierte Blicke auf sich. Nun stand er kurz vor dem Treffen mit einer großen Investorenrunde, bei der darüber entschieden werden sollte, in Serie zu gehen und seine Bikes in ganz Europa zu vertreiben.

»Wir haben endlich die Zahlen für den Businessplan zusammen, und nächste Woche ist die große Präsentation. Ich hoffe, wir packen das.« Seine Augen funkelten, als er Romy dabei ansah.

»Ich wollte dich auch noch fragen …«, sagte Jannick, und Romy schluckte, »… ob du Lust hättest, die Woche irgendwann mit mir essen zu gehen? Vielleicht am Mittwoch? Ich dachte, wir könnten diesen neuen Mexikaner am Alten Markt ausprobieren.«

Romy wurde unverzüglich zu warm. Sie öffnete den Kragen ihrer dünnen Jacke und fächelte sich damit Luft zu.

»Also nur, wenn du Lust hast«, fügte Jannick mit großen Augen hinzu.

Romys Gedanken überschlugen sich. Es war ja nicht so, dass sie nie zusammen unterwegs gewesen wären, aber ihr flauer Magen hielt sie von einer Antwort ab.

Dann schreckte sie plötzlich auf, als es erneut hinter ihr klingelte.

»Huhu!«, rief eine zu gut gelaunte und zu laute Frauenstimme. Vanessa machte eine quietschende Vollbremsung, sprang von ihrem Fahrrad ab und strahlte wie ein Atompilz.

Romy zwang sich zu einem Lächeln, war aber auch irgendwie dankbar für die Unterbrechung. Kathi verdrehte genervt die Augen. Eine seltsame Stimmung lag in der Luft, und auch Jannick schien nicht so recht zu wissen, ob er das Gespräch weiterführen sollte oder nicht.

»Hi«, sagte er dann unverfänglich zu der sportlichen Blondine, deren perfekter Zopf zu dem perfekten Make-up und der noch perfekteren Figur passte. Vanessa war die Art Frau, neben der sich jedes andere weibliche Wesen schäbig vorkam. Sie war nicht nur hübsch, sondern auch noch selbstbewusst und klug genug, um mit Jannick zusammen ein Unternehmen aufzubauen, das kurz vor einer Millionenfinanzierung stand. Schachmatt.

»Na, ihr seid aber ein bisschen blass um die Nase. Geht's euch nicht so gut?«, fragte sie bemüht einfühlsam.

Romy sagte nichts, sondern versuchte, ihre Gesichtszüge unter Kontrolle zu halten. Diese blöde …

»Etwas zu viel Yoga«, erklärte Jannick kurz.

»Ah ja, da können wir uns zusammentun. Ich war vorhin auch schon eine Stunde im Studio und bin etwas ausgepowert.«

Wenn Vanessa wüsste, was Romy unter Yoga verstand …

»So, Kollege, wir müssen los. Nur noch eine Woche, und die To-Do-Liste wird nicht kleiner.« Mit einem eleganten Schwung sprang Vanessa wieder auf ihr Rad und wartete auf Jannick. »Bis die Tage, Mädels«, sagte sie, bereit, kraftvoll in die Pedale zu treten.

Jannick blieb einen Moment lang stehen und sah Romy entschuldigend an.

»Kommst du?«, drängte Vanessa.

»Dann …«, sagte Jannick.

Romy meinte, Enttäuschung aus seiner Miene herauslesen zu können.

»… erholt euch mal ein wenig.« Er lächelte verlegen, doch sein Blick blieb ruhig auf Romy haften.

»Okay«, erwiderte Romy. »Dann … bis die Tage?«

»So, jetzt aber los«, drängte Vanessa ungeduldig.

Romy kam sich so klein neben ihr vor und hasste sich dafür. Als die beiden losradelten, tätschelte Vanessa Jannicks Arm und lachte mit zurückgeworfenem Kopf. Romy zog scharf die Luft ein und gab sich einen Ruck. Ihr Herz hämmerte gegen den Brustkorb.

»Ach, Jannick?«, rief sie ihm hinterher.

Er blieb sofort stehen und drehte sich erwartungsvoll um. Vanessa tat es ihm gleich, deutlich weniger erwartungsvoll.

»Mittwoch klappt bei mir. Holst du mich ab oder treffen wir uns dort?«

Jannick grinste. »Ich hole dich ab. So gegen neun?«

»Perfekt.«

Er lächelte noch einmal, dann fuhr er los.

Vanessa blieb einen Moment lang stehen, als ob sie noch etwas sagen wollte, drehte sich dann aber doch um und fuhr Jannick hinterher.

Romy spürte einen Arm auf ihrer Schulter.

»Na also!«, hörte sie Kathi sagen. »So wird das gemacht!«

Sie lachten, und Romy schubste Kathi leicht zur Seite. Dann gingen sie wortlos weiter, bis Kathi Romy einen Schmatzer auf die Wange drückte und auf die andere Straßenseite wechselte. »Hab einen schönen Tag!«

»Du auch. Bist du heute Abend zu Hause?«, rief Romy ihr hinterher. Sie fühlte sich plötzlich frisch und voller Energie.

»Na logisch«, sagte Kathi beschwingt und bog in eine Seitenstraße. »Bis später, meine Heldin der Liebe!«

Romy ging schmunzelnd durch die Fußgängerzone, schlängelte sich um ein Müllfahrzeug herum und blieb vor dem Atelier stehen.

»Auf ein Neues«, murmelte sie, schloss das Rolltor auf und öffnete den Laden. Nachdem die Kaffeemaschine aufgeheizt war, ließ sie sich einen langen schwarzen Kaffee durch, goss einen Schluck Milch dazu und sah in den Kalender. Sie mochte die Ruhe am Morgen, wenn alle Kölner Gassen einem verschlafen zublinzelten und sich erst nach und nach mit Leben füllten. Auch im Atelier war es angenehm friedlich und harmonisch. Sie erwischte sich dabei, wie sich ein Glücksgefühl wie ein warmer Schauer in ihr ausbreitete, als sie an die Verabredung mit

Jannick dachte. Ob sie wohl zugesagt hätte, wenn Vanessa nicht aufgetaucht wäre? Sie hatte sich schon länger nicht mit Jannick getroffen und war bereits aufgeregt, wenn sie nur daran dachte, wie sie sich im Restaurant gegenübersitzen würden, ohne die Möglichkeit zu haben, sich mit irgendeiner Beschäftigung abzulenken. Sollte sie doch lieber absagen? Oder zumindest umdisponieren auf ein aktiveres Date? Beim Klettern oder Bowling? Nein, lieber nichts mit Sport. Und … War es denn überhaupt ein Date?

Es würde eine Katastrophe werden.

Romy verdrängte die Gedanken, trank einen Schluck Kaffee und machte einen Plan für die aktuellen Projekte und anstehenden Termine. Dann legte sie mit der Arbeit los. Beschäftigung war die beste Therapie gegen vorzeitige Dating-Verwirrtheit.

Neben den neu zu schmiedenden Ringen für das nette Pärchen von gestern musste sie vier weitere Eheringe fertigstellen, einen klobigen Diamantring polieren, eine alte Taschenuhr gravieren und die Schließe eines unverschämt wertvollen Jugendstil-Armbandes reparieren. Reizvolle Projekte, die jede Menge Abwechslung versprachen und auf die sich Romy freute. Gerade hatte sie die ersten beiden Ringe aus dem Material-Safe genommen und sich auf einen geruhsamen Arbeitstag eingestellt, als die Tür aufsprang und Svenja hereinstapfte.

»Hallo«, sagte sie kurz und verschwand in ihrem Büro, bevor Romy etwas erwidern konnte.

Na toll.

Eigentlich hatte Svenja heute gar nicht hier sein wollen. Nun würde sie Romy den ganzen Tag komische Blicke zuwerfen, sich in ihre Arbeit einmischen und kein gutes Wort daran lassen. So war es immer am Tag nach einer Meinungsverschiedenheit oder wenn Svenja einfach mal wieder unzufrieden war. Romy hatte schon einmal versucht, herauszufinden, wann genau Svenja so mürrisch geworden war, doch sie kam nicht darauf.

Noch vor wenigen Jahren war sie eine tolle, gewissenhafte und fröhliche Goldschmiedin und Chefin gewesen. Sie hatte Romy alles beigebracht, was sie über das Handwerk wusste, und sie hatten sich perfekt ergänzt. Zu dieser Zeit hatte Svenja noch den Kunden, den Menschen und seine Wünsche wahrgenommen – nicht das Geld – und ihre Aufgabe darin gesehen, das passende Schmuckstück zu finden. Svenja war mit dafür verantwortlich gewesen, dass Romy nach einigen beruflichen Irrwegen endlich das gefunden hatte, was sie mit Liebe und Leidenschaft tat, was mehr Passion als Beruf war. Sie hatte ihr eine Chance gegeben und es nicht bereuen müssen.

Es war eine von Romys impulsiven Entscheidungen gewesen, nach dem Abitur, einem Freiwilligen Sozialen Jahr, der Arbeit in einer Tanzschule und einem Hallenbad, einer abgebrochenen Ausbildung zur Werbekauffrau und der Arbeit an einer Tankstelle noch einmal eine völlig unerwartete Richtung einzuschlagen und eine neue Berufsausbildung zu beginnen. Romy hatte sich selbst von ihrer skeptischen Mutter nicht davon abbringen lassen, bei Svenja im Atelier angefangen, hatte alles in sich aufgesogen, was die Abendkurse zu bieten hatten, und Nacht um Nacht im Atelier verbracht, um die notwendigen Techniken zu erlernen.

Romy hatte die Lehre bereits nach zwei Jahren abgeschlossen und Hand in Hand mit Svenja zusammengearbeitet. Doch irgendwo auf diesem Weg war Romys Chefin an die falschen Menschen geraten und hatte sich weg von der Goldschmiedekunst und hin zu dem Drang nach Anerkennung in der besseren Gesellschaft entwickelt. Das Verhältnis zu ihr hatte seither eine seltsame Entwicklung genommen, und Romy siedelte sich mittlerweile irgendwo zwischen Fußabtreter und Dienstmädchen an. Lediglich die schönen Projekte und netten Kunden sorgten dafür, dass die Arbeit bei Svenja noch einen gewissen Reiz hatte. Außerdem war Romy noch immer froh, nach all den Jahren des Suchens endlich einen guten, schönen Beruf gefunden zu haben.

Romy vergewisserte sich, dass Svenjas Bürotür geschlossen war, schaltete dann das Radio auf ihrem Arbeitstisch ein, spannte den ersten Ring in den Schraubstock und begann damit, den Einsatz für die Krone aus dem grob vorgearbeiteten Ring herauszuarbeiten, in die der Stein eingefasst würde.

Zu Romys Glück blieb Svenja bis zum frühen Mittag in ihrem Büro. Offenbar hatte sie sich ausnahmsweise den Papierkram vorgenommen, der sich gern mal zu abstrakten Kunstwerken in Mannshöhe stapelte.

Romy trug eine Lupenbrille auf der Nase und setzte einen kleinen Diamanten in eine Krone, als es an der Tür klopfte und ein Mann in rotem Poloshirt mit dazu passendem Basecap eintrat.

»Romy Fink? Bin ich hier richtig?«, fragte er, ohne sich mit Begrüßungsfloskeln aufzuhalten.

»Ja, das bin ich«, erwiderte Romy und schob die Lupenbrille auf die Nasenspitze.

»Dann ist das hier für Sie.« Der Mann wedelte mit einer Luftpolstertasche, trat auf Romy zu und hielt ihr ein elektronisches Gerät vor die Nase. »Eine Unterschrift, bitte. Einfach mit dem Finger.«

Romy unterschrieb und nahm den Umschlag in Empfang. Dann verschwand der Mann so schnell, wie er gekommen war. Der Umschlag war leicht, und dennoch konnte Romy darin einen kleinen Gegenstand ertasten. Sie überlegte einen Moment, konnte sich jedoch nicht daran erinnern, etwas ins Atelier bestellt zu haben. Und für eine Materiallieferung war das Kuvert zu klein.

Romy betrachtete die Aufschrift. Ihr Name war korrekt. Und der Absender? Sie drehte den Umschlag und fand einen kleinen Aufkleber mit einer aufgedruckten Adresse. Notare

Völkers und Partner. Ihre Neugier war umgehend geweckt. Mit gerunzelter Stirn öffnete sie das Kuvert und zog ein gefaltetes Blatt Papier heraus, offenbar ein Anschreiben.

Sehr geehrte Frau Romy Fink,
wir bedauern, Ihnen mitteilen zu müssen, dass Ihre Großtante, Frau Elise Fink, am Dienstag, dem 16.07. verstorben ist. Unsere Kanzlei wurde bereits zu Lebzeiten Frau Finks mit der anstehenden Nachlassverwaltung beauftragt. In diesem Zusammenhang hat die Verstorbene Ihnen den beigefügten Gegenstand zugesprochen, welchen Sie in dem eingetretenen Falle erhalten.

Wir möchten Ihnen unser herzlichstes Beileid für Ihren Verlust bekunden und wünschen Ihnen alles erdenklich Gute für Ihren weiteren Lebensweg.

Mit freundlichen Grüßen
Joachim Völkers & Partner

Romy las den Brief ein weiteres Mal. Dann atmete sie laut aus und ließ die Schultern hängen. Zwar hatte sie nahezu keinen Kontakt zu ihrer Großtante gehabt, ihr letztes Treffen musste mehrere Jahre her sein, doch berührte ihr Tod sie auf eine seltsame Art und Weise. Hatte ihre Mutter denn nichts von Tante Elises Tod gewusst? Oder warum hatte sie Romy nicht Bescheid gesagt? Die beiden hatten sich zwar auch nicht nahegestanden, aber Tante Elise war die einzige noch lebende Verwandte gewesen. Automatisch gingen Romy Bilder aus der Vergangenheit durch den Kopf. Tante Elise als eine adrette Frau, die stets großen Wert auf ihr Äußeres gelegt und sich auch im hohen Alter noch hübsch gemacht hatte, selbst wenn sie die Tage zu Hause verbrachte. Sie war Romy als starke Persönlichkeit im

Gedächtnis geblieben, die ihr Leben so gestaltet hatte, wie sie es für richtig hielt. Romy schmunzelte bei der Erinnerung an einen Satz, den sie zwangsläufig mit Tante Elise verknüpfte: »Wir sind nicht auf der Welt, um zu sein, wie andere uns gern hätten, Schätzchen.«

Es war seltsam, aber plötzlich hatte Romy das Gefühl, Tante Elise habe sie mit diesen Worten stärker geprägt als andere Menschen, mit denen Romy deutlich mehr Zeit verbracht hatte.

Übermannt von ihren Erinnerungen hatte sie vergessen, dass in dem Brief von einem Gegenstand die Rede war und sie etwas in dem Umschlag ertastet hatte. Vorsichtig drehte sie das Kuvert um und schüttelte es leicht. Langsam rutschte etwas heraus und landete in ihrer Hand. Verdutzt strich sie über die abgegriffene, glänzende Oberfläche, die in Form eines Reliefs eine Art Blume, ja eine Lilie, zeigte. Es war ein Medaillon. Ein antikes goldenes Medaillon.

Kapitel 4

Romy rieb sich verwundert die Stirn und betrachtete das Schmuckstück von allen Seiten. Warum hatte Tante Elise ihr dieses Medaillon vermacht? Bei all dem Schmuck, den sie besessen haben musste, warum ausgerechnet dieses Stück? Romy ließ die feine Kette durch die Finger gleiten. Die Schließe war verbogen und schloss nicht mehr. Das daran hängende flache Medaillon schien ebenfalls in sich verbeult zu sein. Romy versuchte vorsichtig, die kleine Klappe zu öffnen, die typisch für alte Schmuckstücke dieser Art war und hinter der sich meist ein kleines Foto oder ein Spiegel verbarg. Sie war verklemmt und bewegte sich nicht. Hatte Tante Elise ihr das Schmuckstück deswegen vermacht? Sie hatte gewusst, dass Romy Goldschmiedin war. Und dennoch kam es ihr merkwürdig vor.

Als Romy nach einer feinen Zange griff, flog die Bürotür auf und Svenja trat heraus. Mit ihrer Kaffeetasse bewaffnet steuerte sie auf die Teeküche zu, blieb jedoch abrupt neben Romy stehen. Ihr Blick fiel auf das Medaillon.

»Was ist das?«, fragte sie trocken.

»Ein altes Medaillon, ich …«

»Das sehe ich auch«, unterbrach Svenja. »Warum weiß ich nichts davon?«

»Nein, ich habe es von meiner Großtante, sie …«

»Dann hat das hier während der Arbeitszeit nichts verloren«, zischte Svenja und verschwand in der Teeküche.

Romy schüttelte fassungslos den Kopf. Sie war Svenja dankbar für alles, aber auch ihr Verständnis hatte Grenzen. So konnte das nicht mehr lange weitergehen. Romy schmiss den Laden, schob eine Überstunde nach der anderen und durfte nicht einmal zwischendurch das Medaillon ihrer verstorbenen Großtante begutachten, von deren Tod sie vor zwei Minuten erfahren hatte. Romy nahm sich vor, in den nächsten Tagen mit Svenja über den Befehlston zu sprechen, den sie schon viel zu lange anschlug. Sie schob das Medaillon wieder behutsam in den Umschlag und ließ das Kuvert in einer Schublade verschwinden.

Statt mit einem frischen Kaffee kam Svenja mit ihrer Jacke aus der Teeküche.

»Ich habe noch ein paar Termine«, sagte sie und ließ es möglichst wichtig klingen. »Ist *noch* irgendetwas, was ich wissen müsste?«

»Nö«, erwiderte Romy, sah dabei nicht zu Svenja auf, sondern widmete sich dem Ring im Schraubstock.

»Na gut. Bis morgen.« Kurz darauf flog die Tür zu und Svenja war verschwunden.

Romy atmete laut aus. Endlich wieder Ruhe.

Ruhe … von wegen! Sie drehte den Lautstärkeregler des Radios schwungvoll nach rechts, und Elton John hallte durch das Atelier.

I'm still standing.

Wie wahr, Elton.

In den nächsten Stunden arbeitete Romy konzentriert ihre Projekte ab, stellte die Ringe für das nette Pärchen fertig, brachte den Diamantring auf Hochglanz, gravierte die Taschenuhr, die das Geschenk eines alten Mannes an seinen Enkel war, und reparierte die Schließe des Armbandes. Als sie Letzteres wieder in den Safe schloss, bemerkte sie, dass draußen die Sonne schon tief stand. Im gleichen Moment klingelte ihr Handy.

Jannick?

Aber wieso sollte er sie anrufen? Sie waren ja schon verabredet. Romy eilte zurück zu ihrem Arbeitstisch und griff nach dem Handy.

Mama stand auf dem Display.

Romy zögerte.

Eigentlich war sie erschöpft und nicht sicher, ob sie ihre Mutter gerade ertragen würde. Andererseits schwirrte ihr die ganze Zeit das Medaillon im Kopf herum, und sie wollte mehr darüber erfahren. Nach Svenjas Anschiss hatte Romy sich nicht getraut, es erneut aus der Schublade zu nehmen, um es mit einer Zange zu öffnen. Es war nämlich schon öfter passiert, dass Svenja noch einmal spontan im Atelier vorbeigeschaut hatte. Manchmal kam es Romy wie eine unangemeldete Kontrolle vor, was es vermutlich auch war.

Egal. Mama. Anruf.

Romy wollte ihre Mutter nach den Umständen von Tante Elises Tod fragen und nahm das Gespräch schließlich an.

»Hi, Mama.«

»Romy, da bist du ja endlich.«

Ihre Mutter schaffte es selten, Gesprächseinstiege ohne Vorwürfe zu finden.

»Ja. Geht's dir gut? Ist alles in Ordnung?«

»Ja, ja. Alles in Ordnung. Ich sehe nur gerade so eine Sendung im Fernsehen über Schmiede in Afrika und dachte, das interessiert dich vielleicht. Ich glaube, es ist in Namibia. Das sieht handwerklich ganz gut aus.«

Romy schmunzelte. »Das ist lieb, Mama, aber ich bin noch im Atelier.« Ihre Mutter Neele nannte oft fadenscheinige Begründungen für ihre Anrufe, denn sich einfach mal so zu melden, ohne einen triftigen Grund, war für sie undenkbar. Es war eine Art Spiel, an das Romy sich gewöhnt hatte.

»So spät noch?«, fragte Neele überrascht.

»Ja, leider. Ich habe gar nicht auf die Uhr geschaut.«

»Ach, vielleicht wärst du doch besser zu mir in den Verlag gekommen. Hier kriegen die Kollegen Ärger, wenn Überstunden gemacht werden, und nicht andersherum.«

Romy ging nicht darauf ein. Zu oft schon hatten sie das Gespräch geführt, in dem ihre Mutter von den unendlich vielen Vorteilen im Verlagsgeschäft schwärmte und ihr nahelegte, sich das mit der Goldschmiederei doch noch einmal zu überlegen. Da Neele bald in Rente ging, hätte sie Romy am liebsten gleich ihren eigenen Job als Sekretärin der Verlagsleitung übergeben, dem sie seit langen sechsunddreißig Jahren nachging.

»Mama, ich habe heute ein Einschreiben bekommen«, sagte Romy, um direkt zum Punkt zu kommen.

»Aha.«

»Hast du gewusst, dass Tante Elise gestorben ist?«

Es blieb einen Moment still in der Leitung.

»Ja, ja«, sagte Neele dann beiläufig, als sprächen sie über den Wetterbericht. »Die Beerdigung war letzte Woche.«

Romy rieb sich angestrengt die Schläfe.

»Du hast davon gewusst? Wieso … wieso hast du denn nichts gesagt?«

Wieder Stille.

»Ach … du hattest doch sowieso keinen Kontakt zu Elise. Ich doch auch nicht. Es war nur ein kurzer Höflichkeitsbesuch, das war alles. Es waren nur eine Handvoll Leute da. Nichts Besonderes.«

»Hm«, machte Romy und zog die Stirn kraus. »Und … wie ist sie überhaupt gestorben?«

»Sie hatte einen Herzinfarkt, die Ärmste. Ihre Mitbewohnerin hat sie erst am nächsten Morgen gefunden, als es schon zu spät war. Offenbar ist ihre Herzschwäche schon länger bekannt gewesen.«

Romy schluckte. Der Gedanke daran, wie Tante Elise hilflos dagelegen hatte, bis die Kraft ihren Körper verließ, machte sie traurig.

»So ist das im Leben«, sagte Neele wenig einfühlsam. »Erst liest du noch die Todesanzeigen deiner Bekannten, und auf einmal bist du selbst die Schlagzeile.«

»Mama …«, rief Romy entgeistert. »Hör bloß auf. Du klingst, als wärst du hundert.«

»Man weiß nie, was der nächste Tag bringt, Schatz. Und ob er überhaupt etwas bringt.«

Romy schüttelte den Kopf. Noch so ein Thema, über das sie wenig Lust hatte zu sprechen, geschweige denn nachzudenken. Wenn sie einen Menschen vor Augen hätte, der durch und durch positiv und offen war, sich über die kleinen Dinge des Lebens freute, mit anderen lachte und jeden neuen Tag in vollen Zügen genoss – ihre Mutter wäre es jedenfalls nicht.

»Wie dem auch sei«, sagte Romy, »ich hätte mich jedenfalls gefreut, wenn du mir wegen Tante Elise Bescheid gesagt hättest.«

»Hm, hm«, machte Neele. »Okay.«

»Willst du denn gar nicht wissen, was in dem Einschreiben war?«, fragte sie, in der Hoffnung, wenigstens etwas Neugier in ihrer Mutter zu wecken.

»Einschreiben?« Man hörte, wie sie auf einen anderen Fernsehsender schaltete.

Wieder schüttelte Romy den Kopf. Es war hoffnungslos.

»Das Einschreiben kam von einem Notar. Und darin war ein altes goldenes Medaillon. Es muss Tante Elise gehört haben.«

Romy hörte, wie ihre Mutter den Fernseher aus- oder zumindest stumm schaltete und sich leise räusperte.

»Ein Medaillon, sagst du?«

Romy verzog überrascht den Mund.

»Ja, genau. Weißt du etwas darüber? Es hat eine Gravur. Eine Lilie.«

Stille.

»Nein«, antwortete Neele schnell. »Ich bin nur etwas überrascht. Elise hat nämlich ihren gesamten Besitz einer Kinderkrebs- und einer Alzheimerstiftung vermacht.«

»Hm«, machte Romy. »Offenbar nicht ihren ganzen Besitz.«

»Offenbar.«

»Also du hast auch keine Ahnung, warum sie ausgerechnet mir dieses Medaillon hinterlassen haben könnte?«

»Nein.«

»Es ist nämlich etwas verbeult, und die Schließe ist kaputt. Ich dachte, vielleicht … also weil ich ja Goldschmiedin bin … dass ich es reparieren soll?«

»Ja, ja. Wahrscheinlich.«

Der Ton des Fernsehers war wieder zu hören.

»Okay. Also ich muss mal langsam Schluss machen, Mama. Ich gehe jetzt nach Hause. Ich bin total hungrig.«

»Alles klar, Schatz. Und wenn du dich beeilst. Die afrikanischen Schmiede schmieden noch.«

»Bis bald, Mama.«

Neele hatte aufgelegt, und Romy rieb sich die Stirn. Ja, ihre Mutter war seltsam. Aber das Gespräch war noch seltsamer gewesen als sonst. Es hatte Romy sogar aus nicht nachvollziehbaren Gründen zu einer kleinen Lüge verleitet. Denn natürlich würde sie jetzt nicht nach Hause gehen. Die ganze Sache ließ eine gewisse Aufregung in ihr entstehen.

Romy ließ sich auf ihren Arbeitsstuhl fallen, knipste die Schreibtischlampe an und zog den Umschlag aus der Schublade. Nachdem sie das Medaillon von allen Seiten betrachtet hatte, griff sie nach einer kleinen Zange und begann vorsichtig, die Klappe zu bearbeiten. Das Goldschmiedehandwerk verlangte

Geduld, Fingerfertigkeit und Präzision. Nichts davon konnte Romy für das Schmuckstück ihrer Großtante aufbringen. Zu groß war die Neugier, zu erfahren, was sich darin verbarg. Natürlich konnte es sein, dass das kleine Fach leer war, aber ein Gefühl sagte Romy, dass es sich nicht so verhielt.

»So ein Mist«, stieß sie aus, als sie mit der Zange abrutschte und ein kleiner Kratzer auf der glänzenden Oberfläche zurückblieb.

Das kam davon, wenn man etwas zu sehr wollte.

Romy schüttelte ihre Hände aus, wie sie es öfter nach einem langen Arbeitstag voller filigraner Arbeiten tat, und setzte erneut an. Den Kratzer würde sie morgen wieder herauspolieren. Nach einigen Versuchen hörte Romy endlich ein leises Klicken. Sie lächelte. Dann befreite sie das Schmuckstück aus dem Schraubstock und legte es in ihre Handfläche.

»Sesam, öffne dich.«

Romy sah gespannt in das Fach hinein. Tatsächlich. Es lag etwas darin verborgen. Ein Stück Papier, zu einem winzig kleinen Format gefaltet. Romy nahm es heraus und begann mit dem Entfalten. Als sie fertig war, lag ein handflächengroßes, dünnes und vergilbtes Schriftstück vor ihr. Es war ein Brief.

Romy strich das Papier glatt.

Querida Elli, …

Elli. Der Brief war an Tante Elise gerichtet. Und er war auf Spanisch verfasst worden. Romy überflog die Worte in geschwungener Schrift, doch sie verstand nicht, was sie bedeuteten. Am unteren Rand des Papiers endete der Brief mit *Con amor, tu Rubén.*

Eine Gänsehaut überzog Romys Arme, als sie das Datum in der rechten oberen Ecke entdeckte.

Mallorca, 1962

Der Brief war fast sechzig Jahre alt. Sie musste wissen, was darinstand. Hektisch steckte sie den Brief und das Medaillon ein, knipste das Licht aus und lief zur Tür. Sie wollte diese vor fast sechzig Jahren verfassten Worte nicht Professor Google überlassen. Kathi musste ihr den Brief übersetzen.

Kapitel 5

Meine liebe Elli,
der Wind hat Dich zu mir getragen, und es vergeht kein Tag, an dem ich nicht Dein wunderbares Lachen vor mir sehe, den Duft Deiner Haare rieche und Deine Hand auf meiner spüre. Es ist erst eine Woche her, dass Du in mein Leben getreten bist. Ein Weg voller Ungewissheit liegt vor uns, doch das Leben hat uns zusammengeführt, und es wird eine Möglichkeit finden, uns mit Glück zu erfüllen.

Meine Eltern haben Dich in ihr Herz geschlossen, Elli, und sie werden Dich mit Freude in unserer Familie aufnehmen. Auch Deine Eltern werden verstehen, wie ernst es uns ist. Tief in ihrem Herzen werden sie die Kraft der Liebe erkennen, die uns beide verbindet. In dem Moment, in dem Du mir in die Arme gefallen warst, habe ich meine Zukunft gesehen, Elli. Sie war erfüllt von Liebe, Wärme und Glück. Unserem Glück. Diese Zukunft wartet nicht auf uns, unsere Herzen haben sie bereits eingeleitet.

Meine Worte sollen Dich begleiten, so lange, bis wir uns wieder nahe sind und ich sie Dir zuflüstern kann. Ich hoffe, es wird bereits morgen sein.

In Liebe, Dein Rubén

»Hach«, flüsterte Romy. »Das ist ja schon romantisch.«

Kathi atmete laut durch die Nase aus und seufzte. »Und der Brief war tatsächlich in diesem verklemmten Medaillon versteckt?«

Romy nickte.

»Und Elli war deine Großtante, ja?«

»Ja. Also eigentlich Elise.«

Kathi stand vom Küchentisch auf und warf einen Blick in den Ofen, in dem eine Lasagne schmorte.

»Also hatte deine Großtante eine Liebesgeschichte auf Mallorca. Und das Anfang der Sechziger.« Kathi schien angestrengt nachzudenken. »Sie muss ja noch blutjung gewesen sein. Womöglich war es ihre erste Liebe?«

Romy hob die Schultern. »Sie müsste achtzehn oder neunzehn gewesen sein. Ob es die erste Liebe war, kann man wohl nicht sagen. Aber es hört sich stark nach einer großen, wenn nicht sogar *der* großen Liebe an.«

»Oder sogar ihrer einzigen? Ob die beiden sich wohl wiedergesehen haben?«, überlegte Kathi laut.

»Tja. Das ist die Frage. Meines Wissens hat Tante Elise immer allein gelebt. Noch mehr würde mich allerdings interessieren, ob sie mir diesen Brief absichtlich hat zukommen lassen. Also ich meine, ging es ihr bei diesem Geschenk um das Medaillon, das total schön und sicher auch wertvoll ist, oder um den Inhalt, also den Brief? Oder wusste sie gar nicht, dass ein Brief darin verborgen lag?«

Mit einem zufriedenen Nicken befand Kathi die Lasagne für fertig und zog sie aus dem Ofen.

Romys Magen knurrte wie ein hungriger Wolf, und sie leckte sich unbewusst die Lippen, als der köstliche Duft ihre Nase erreichte.

»Erklär mir das noch mal. Wieso hatte deine Mum nichts mit deiner Tante zu tun? Waren sie zerstritten oder so? Deine Tante war jedenfalls neben deinen Eltern deine einzig lebende Verwandte, richtig? Also Großtante, wie auch immer.«

Romy nickte, während Kathi riesige Stücke Lasagne auf zwei Teller hievte und sie auf den Küchentisch stellte.

»Genau, also die Eltern von meiner Mama sind gestorben, als sie noch ganz klein war. Sie ist dann bei ihrer Großmutter, also meiner Urgroßmutter Marianne aufgewachsen. Ihr Großvater Richard ist nämlich auch früh gestorben. Und Großtante Elise war die Schwester von Oma Therese, der Mutter meiner Mutter.«

»Puh«, sagte Kathi und blinzelte angestrengt. »Also okay, verstehe.«

»Jedenfalls sind meine Großeltern schon vor vielen Jahren gestorben. Ich kannte sie gar nicht. Und Tante Elise hat irgendwie ihr eigenes Ding gemacht. Das war offenbar schon immer so. Sie war eher …«, Romy suchte ein passendes Wort, »… ein Freigeist. Wahrscheinlich konnte meine Mama deshalb nie etwas mit ihr anfangen.«

Kathi schmunzelte beim Kauen. »Das glaube ich sofort.«

Romy aß ein Stück von der duftenden Lasagne und bedeutete Kathi mit einem zufriedenen Brummen, dass es ihr schmeckte.

»Es war trotzdem irgendwie seltsam, wie meine Mama reagiert hat, als ich ihr von dem Medaillon erzählt habe.«

»Na ja, ich glaube, ich hätte auch so reagiert.«

Romy sah Kathi fragend an.

»Ich meine, deine Großtante war offenbar nicht ganz unvermögend. Und während du das Medaillon geerbt hast, ist deine Mutter leer ausgegangen.«

Romy sah ihre Mutter vor ihrem geistigen Auge an Tante Elises Grab stehen. Sie konnte sich beim besten Willen nicht vorstellen, dass sie um ihr Erbe getrauert hatte.

»Nein, Kathi. Irgendwas ist faul an der Sache. Sie hat mir ja nicht einmal erzählt, dass Elise gestorben ist. Und zu dem Zeitpunkt wusste ich noch gar nichts von dem Medaillon.«

Kathi schmatzte genüsslich. »Ihr Finks seid halt ein seltsamer Haufen.«

Die beiden lachten.

»So viel ist sicher, und genau deshalb hat meine Mutter den Namen auch immer behalten«, stimmte Romy ihr zu.

Nach dem Essen sah sich Romy den Brief noch einmal genauer an, doch es war nichts weiter Auffälliges daran zu erkennen.

»Gib mal her«, meinte Kathi, die mittlerweile eine Flasche Wein geöffnet und zwei Gläser eingeschenkt hatte. »Du musst ihn gegen das Licht halten. So.«

Bei Kathis Anblick prustete Romy los, sodass der Schluck Wein, den sie getrunken hatte, beinahe durch die Nase wieder das Weite suchte.

»Genau, Sherlock«, sagte sie lachend. »Und nach deiner forensischen Analyse findest du eine Landkarte zu einem versunkenen Schatz, natürlich in Form eines kryptischen Rätsels.«

Kathi hielt inne und rückte den Brief etwas näher an die Küchenlampe.

»Keine Karte«, sagte sie sachlich. »Aber offenbar eine Adresse.«

Mit einer Handbewegung winkte Romy ab. »Ja, genau.«

»Nein, kein Scherz. Schau selbst.«

Romy griff nach dem Brief und hielt ihn ebenfalls gegen das Licht.

Das durfte doch nicht wahr sein.

Auf die Rückseite war offenbar etwas geschrieben und danach wieder wegradiert worden. Doch der Druck des Stiftes hatte die Buchstaben in das Papier hineingraviert. Romy sah sich angestrengt um. Dann stand sie auf und wühlte in der Küchenschublade, bis sie einen Bleistift in den Händen hielt. Sie legte den Stift flach an und schraffierte die Fläche. Nach und nach hoben sich die Buchstaben weiß von der grauen Fläche ab.

»Na, Watson, wer macht sich jetzt noch lustig, hm?« Kathi grinste triumphierend und reckte den Kopf in die Höhe.

»Da, schau doch«, flüsterte Romy ergriffen. »Das ist wirklich eine Adresse.«

Rubén Ferrer

Cami de Son Bota, 51

07209 Felanitx

»Aber wieso wurde sie wieder wegradiert?«, fragte sie und strich sich mit dem Finger über die Lippe.

Kathi lehnte sich gegen die Arbeitsplatte und aß eine Gabel Lasagne aus der Auflaufform. »Ach, das haben wir als Kinder auch gemacht. Das war noch einfacher als dieser ganze Quatsch mit der Zaubertinte.«

Romy griff nach ihrem Handy und gab Namen und Adresse in der Karten-App ein. Kein Treffer. Sie versuchte es über eine Google-Suche. Wieder nichts. Zum Namen Rubén Ferrer erschienen über elf Millionen Suchergebnisse. Selbst mit der Eingrenzung auf Mallorca schien es aussichtslos zu sein.

»Also Felanitx liegt eher im Landesinneren und im Osten von Mallorca. Aber diesen Straßennamen gibt es irgendwie nicht.«

Sie scrollte die Suchergebnisse weiter durch. Es dauerte einige Minuten, bis sie einen Artikel mit dem exakten Straßennamen fand. Sie ließ den Artikel übersetzen und überflog die Zeilen.

»Und?«, fragte Kathi.

»Ah«, stieß Romy aus. »Die Straße gibt es offenbar nicht mehr. Oder sie wurde umbenannt. Heißt jetzt *Cami de Son Nadal.*« Dann gab sie die neue Adresse in die Karten-App ein. Treffer.

»Na also. Dann haben wir den Liebhaber deiner Großtante gefunden.«

Romy legte das Handy wieder weg. »Und nun? Soll ich ihm einen Brief schreiben und ihn fragen, wo er all die Jahre gesteckt hat? Oder schicke ich ihm einfach gleich das Medaillon zurück? Wenn dort überhaupt noch jemand wohnt.« Romy klopfte mit den Fingern gegen die Weinflasche und grübelte. Das war doch seltsam. Wahrscheinlich interpretierte sie viel zu viel in diese Sache hinein. Der Brief war schließlich fast sechzig Jahre alt.

»Romy …« Kathi grinste verschwörerisch und schüttelte langsam den Kopf. »Nein, Frau Fink. Deine Großtante hat dir hier eine Aufgabe hinterlassen. Du musst diesen Rubén finden und ihm das Medaillon und den Brief persönlich zurückgeben!« Jetzt stellte sie ein Bein auf den Küchenstuhl und nickte vehement. »Ja, das ist es, was deine Tante Elise wollte. Ich habe es im Gefühl.«

Jetzt war es Romy, die heftig den Kopf schüttelte. Allerdings ohne zu grinsen. »So ein Quatsch!«, sagte sie ernst. »Dieser Rubén lebt vielleicht auch schon gar nicht mehr. Und wenn ja, vielleicht reißt dieser Brief alte Wunden wieder auf? Oder er wohnt gar nicht mehr dort, was, nebenbei bemerkt, äußerst wahrscheinlich ist. Nein, das kannst du schön vergessen.«

Kathi lachte und wartete offenbar, welche weiteren Wendungen Romys Gedankengänge zutage bringen würden.

Tatsächlich ratterte es in ihrem Kopf. Sie merkte, wie ihre Stirn langsam, aber sicher die Betriebstemperatur hochfuhr. Romy musste zugeben, dass Rubéns Worte sie berührten.

Oh Gott, sie nannte ihn in Gedanken schon beim Namen.

Keine Frage, es wäre interessant, etwas mehr über ihre dürftig beleuchtete Familiengeschichte herauszufinden. Andererseits: Hätte Tante Elise diesen Rubén wirklich geliebt, wäre sie selbst nach Mallorca geflogen, um ihn wiederzusehen.

Nein, es war nicht Romys große Liebe, und sie hatte schon genug mit ihren eigenen Problemen zu tun.

»Ich würde sagen …«, unterbrach Kathi das Gedankenkarussell, »wir stoßen morgen im Kleinen Nachtlokal auf deine Tante Elise an und lassen das alles mal sacken. Einverstanden?«

»Ich kann morgen nicht …«, sagte Romy zögerlich.

»Ach, ja!«, stieß Kathi aus und grinste schon wieder. »Du hast ja morgen erst mal deine eigene Liebesgeschichte zu bewältigen.«

Romy legte die Hände vor das Gesicht.

Bewältigen traf es ganz gut.

»Dann eben Donnerstag. Abgemacht?«

Am späten Abend lag Romy im Bett und konnte nicht einschlafen. Je angestrengter sie es versuchte, desto wacher wurde sie. Sie warf sich auf die Seite und legte das zweite Kissen auf ihren Kopf. Diese Angewohnheit, manchmal nicht auf, sondern unter dem Kopfkissen zu schlafen, hatte sie seit Kindertagen. Es gab ihr ein Gefühl von Geborgenheit. Im Optimalfall, wie jetzt, hatte sie aber gleich zwei Kissen zur Verfügung. Eines für unter den Kopf und eines für darauf.

Durch die kuscheligen Federn hörte Romy dumpf ein Piepen. Sie griff auf den Nachttisch und lugte unter dem Kissen hervor auf ihr Handy. Auf dem Display leuchtete eine Nachricht. Offenbar gab es noch jemanden, der nicht einschlafen konnte.

Ich freue mich sehr auf morgen :-)

Jannick

Mit einem Kribbeln im Bauch legte sich Romy wieder auf die Seite und zog die Beine eng an sich. Danke, Jannick. So würde sie erst recht kein Auge zubekommen.

Kapitel 6

Romy zupfte an ihrem Pony herum, als eine junge Frau sie mehr als auffällig musterte. Sie grinste Romy höflich an, ging jedoch wortlos weiter.

Seltsam.

Doch die knappe Zeit rückte den Gedanken in den Hintergrund. Um neun Uhr war sie mit Jannick am Alten Markt verabredet und bereits zu spät. Sie konnte es überhaupt nicht leiden, wenn man sich verspätete, doch heute hatte es sich nicht vermeiden lassen. Trotz eines recht entspannten Tages im Atelier war in letzter Minute eine alte Frau mit einem besonderen Wunsch vorbeigekommen. Ihr Mann war offenbar erst kürzlich verstorben, und sie wollte sein Zahngold in eine Art Anhänger verwandeln, den sie immer bei sich tragen konnte. Die Skurrilität und Dringlichkeit des Wunsches hatten Romys Mitleid erregt, und es hätte ihr Gewissensbisse verursacht, wenn sie die alte Dame kurz abgefertigt hätte. Leider hatte diese keinerlei Vorstellung mitgebracht, wie der Anhänger aussehen sollte. Das Ganze hatte sich daher in die Länge gezogen, bis sie sich in der Ideenfindung verloren und Romy sich in der entstehenden Hektik auch noch einen Schluck Kaffee über das Shirt geschüttet hatte. Sie hatte die Kundin auf den nächsten Tag vertrösten und schnell nach Hause laufen müssen, um sich eine frische Bluse überzustreifen. Jannick hatte sie Bescheid gegeben, dass er sie nicht abzuholen brauchte, sondern sie beide sich vor dem Restaurant treffen könnten.

Es kam einem Wunder gleich, dass sie es noch einigermaßen pünktlich schaffte, aber immerhin, dank der alten Dame und der gebotenen Eile hatte Romy entsprechend wenig Zeit gehabt, sich wegen Jannick verrückt zu machen. Erst jetzt, da sie fast am Restaurant angekommen war, stieg ihre Aufregung spürbar. Trotz des milden Abends wurde Romy plötzlich ganz warm, und sie fächelte sich etwas Luft zu. Warum machte Jannick sie bloß so nervös? Schließlich hatten sie sich beide schon nackt gesehen.

Und weit mehr als das.

Oh Gott, Romy wollte gar nicht daran denken. Jedes Mal, wenn sie sich trafen, hoffte sie inständig, es würde sich wie ein Neuanfang anfühlen und nicht wie die Fortsetzung ihres peinlichen Starts von vor über einem Jahr. Doch so einfach war es nicht. Sie bekam die unvorteilhaften Bilder nicht aus dem Kopf.

Und dennoch war sie froh, über ihren Schatten gesprungen und auf seine Einladung eingegangen zu sein. Ja, sie hatte sich irgendwie in ihn verguckt. Und er sich wahrscheinlich auch in sie. Zumindest wenn sie die Zeichen richtig interpretierte. Denn so wirklich verliebt war sie noch nie gewesen. Und etwas, was einer Beziehung, wie andere sie führten, nahekam, hatte sie auch noch nicht erlebt. Aber in der Realität war eins und eins nicht immer gleich zwei. Es gab offenbar zahlreiche Abstufungen menschlicher Zweisamkeit, und je mehr Gedanken sich Romy darüber machte, desto kompliziertere Ergebnisse brachte diese Rechenaufgabe hervor.

Romy meinte, gerade einen weiteren, überdurchschnittlich lange auf ihr haftenden Blick eines Passanten bemerkt zu haben, als sie Jannick in einiger Entfernung vor dem Restaurant entdeckte. Er stand neben seinem Bike, stützte sich lässig darauf ab.

Bei jedem anderen hätte es überheblich und protzig gewirkt, bei Jannick sah es hingegen ganz natürlich, sogar sympathisch aus. Er trug enge Jeans, Sneakers und ein graues Baumwollhemd mit hochgekrempelten Ärmeln.

Verdammt, ihre Armhaare stellten sich auf.

Romy gefiel seine Art, sich zu kleiden. Das war ihr schon öfter aufgefallen. Man erkannte, dass er zweifellos Wert auf sein Äußeres legte, aber eben nicht, um etwas darzustellen, was er nicht war, sondern einfach, um er selbst zu sein.

Zu Romys Überraschung war Jannick nicht allein. Neben ihm stand ein junger Typ, den Romy nicht kannte. Die beiden schienen sich angeregt zu unterhalten.

Oh Gott, war seine Einladung gar nicht als Date gedacht gewesen? Romy kam sich auf einmal einfältig und blöd vor. Sie war davon ausgegangen, dass Jannick sie für sich allein haben wollte, und jetzt brachte er einen Freund mit.

Mit einem merkwürdigen Gefühl trat sie auf die beiden zu. Jannick hatte sie offenbar aus dem Augenwinkel bemerkt, denn er wandte sich Romy umgehend zu und lächelte. Ehe sie sichs versah, machte Jannick einen Schritt auf sie zu und küsste sanft ihre Wange.

»Hi«, sagte er, als seine Lippen sie berührten.

Romy schluckte und brachte ein hölzernes Lächeln zustande.

Dann drehte sich Jannick wieder zu dem Typen, fischte eine Visitenkarte aus der Hosentasche und reichte sie ihm.

»Hier erreichst du mich«, sagte er. »Wenn alles gut läuft, kannst du in ein paar Monaten genau so ein Bike fahren.«

»Cool, danke Mann«, sagte der hagere Kerl in Lederjacke.

Romys Herz machte einen Hüpfer. Vor Freude oder Aufregung, das vermochte sie nicht zu sagen. Es dauerte einige Sekunden, bis der junge Mann die Szene richtig deutete. »Ah, alles klar, verstehe. Ich bin dann weg.« Er zwinkerte Romy zu.

»Hey, lässiger Style, aber ich glaube, du trägst deine Bluse auf links.« Er grinste noch einmal, wandte sich ab und verschwand.

Romy sah hektisch an sich herab. Dann sprang es ihr förmlich ins Auge. Die Nähte ihrer Bluse standen auffallend hervor. Anschließend sah sie den schätzungsweise einen halben Meter langen Zettel mit der Waschanleitung an ihrer Seite baumeln. Romy lief knallrot an und wünschte sich auf der Stelle ein mittelstarkes Erdbeben herbei.

Jannick blieb gelassen, griff schmunzelnd nach seiner Jacke, die am Fahrradlenker hing, und legte sie Romy behutsam über die Schulter.

»Alles okay, ich denke, es hat sonst keiner bemerkt«, sagte er mit einem Lächeln auf den Lippen.

Romy zog hastig die Jacke vor der Brust zusammen und sah ihn dankbar an.

»Wollen wir reingehen? Dann kannst du dich auf der Toilette umziehen. Mit der Jacke wird es dir vermutlich etwas zu warm.«

Romy lachte erleichtert, und ihre Scham löste sich mit einem Mal in Luft auf.

Jannick bot ihr seinen Arm an, und Romy hakte sich ein. Grinsend betraten sie das Restaurant. Es fühlte sich großartig an, Seite an Seite durch die Welt zu laufen und Probleme mit einem Augenzwinkern zu lösen. Im Flur gab Romy ihm seine Jacke zurück und verschwand auf die Toilette, um ihre Bluse zu richten, während Jannick einen Tisch aussuchte. Als sie zurückkam, saß er in einer gemütlichen Ecke und betrachtete die Speisekarte. Romy nahm ihm gegenüber Platz.

»Du siehst übrigens sehr hübsch aus …«, sagte Jannick sanft, »… obwohl mir die Nähte auf links fast besser gefallen haben.«

»Na danke«, erwiderte Romy mit zusammengezogenen Augenbrauen. »Bis eben dachte ich noch, du wärst ein wahrer Gentleman.«

Sie lachten und musterten dabei gegenseitig ihre kleinen Fältchen um die Augen.

»Ich hoffe, du hast nicht zu lange gewartet. Aber ich musste noch mit einer älteren Dame besprechen, welche Art Anhänger ich aus dem Zahngold ihres verstorbenen Mannes anfertigen soll.«

Jannick sah Romy entgeistert an.

»Okay«, sagte er zögerlich. »Das klingt … nach einem verdammt triftigen Grund. Aber keine Angst, ich bin auch eben erst gekommen.«

Dann fiel Romy auf, dass das Zahngold eines Verstorbenen ein überaus seltsames Thema für den Einstieg ins Gespräch bei einem Date war, und sie schlug innerlich die Hände über dem Kopf zusammen.

»Also … egal«, fügte sie schnell hinzu. »Wie war dein Tag?«

Jannick erzählte ein wenig von den Vorbereitungen seiner Präsentation und der bisher mäßig erfolgreichen Suche nach geeigneten Produzenten einiger notwendiger Technikteile. Romy hörte ihm aufmerksam zu und vertiefte das Gespräch mit vielen Fragen. Jannick beeindruckte sie immer wieder aufs Neue. Gar nicht wegen seiner guten Sachkenntnis, sondern wegen der Art, wie er die Dinge anpackte. Wohlüberlegt und leidenschaftlich, mit dem nötigen Biss, um etwas voranzubringen, und dennoch mit einer Gelassenheit und Zuversicht, dass alles so funktionieren würde, wie er es sich vorstellte.

Erst als ein Kellner ihr Gespräch unterbrach und sie zwei Bier bestellten, fand Romy Gelegenheit, sich das Restaurant genauer anzusehen. Sie drehte sich ein wenig herum. Der Raum war authentisch und geschmackvoll eingerichtet, mit kleinen Strohdächern über einigen Tischen, handbemalten Fliesen an den Wänden, nicht kitschig, sondern gemütlich – die aus altem Holz gefertigten Möbel, die Lampen an der Decke, die ein warmes Licht verbreiteten. Ja, das Restaurant war hübsch, und das Essen von den Nachbartischen duftete köstlich. Lediglich der riesige Keramikkaktus mit dem grinsenden Gesicht zerstörte die Idylle.

»Das ist ein schöner Anhänger«, bemerkte Jannick, nachdem Romy sich ihm wieder zugewandt hatte.

Sie fasste sich vor die Brust und ertastete die Kette, die auf ihrer Bluse auflag. Der oberste Knopf der Bluse musste sich beim Andersherumanziehen geöffnet haben.

»Oh, danke«, erwiderte Romy und schloss hastig den Knopf. Sie würde diese Bluse weit hinten im Schrank vergraben. Dann strich sie über das glatte Gold. Es war seltsam, doch sie fühlte sich mit diesem Schmuckstück ihrer Großtante irgendwie verbunden. Besonders nach dem mehrmaligen Durchlesen von Kathis Übersetzung des Briefes zog es sie förmlich in seinen Bann. Also hatte sie sich dazu entschlossen, es heute zu tragen.

»Das ist ein Medaillon.« Romy spürte Jannicks warme Blicke auf ihrem Hals.

»Es sieht irgendwie aus, als hätte es eine lange Reise hinter sich. Gibt es dazu eine Geschichte?«

Romy war überrascht über Jannicks Frage, genoss aber seine Aufmerksamkeit. Sie erzählte ihm vom Tod ihrer Großtante, der Erbschaft des Medaillons, dem romantischen Brief von diesem Rubén bis hin zu der seltsamen Reaktion ihrer Mutter. Das Gespräch entwickelte sich weiter. Sie redeten über Familie, Lebenspläne und das Goldschmiedehandwerk. Erst nach unzähligen kleinen Gerichten, einigen süßen Cocktails und einer Menge witziger Geschichten über Jannicks Erfahrungen aus zwei Mexikoreisen bemerkten sie, dass sie die letzten Gäste im Restaurant waren.

Romy wollte nicht, dass Jannick sie einlud, also zahlte jeder die Hälfte. Der netten Kellnerin hinterließen sie außerdem ein ordentliches Trinkgeld, bevor sie nach draußen auf den gepflasterten Marktplatz traten. Jannick schob sein Rad mit einer Hand neben sich her, und sie gingen in Richtung Romys Wohnung.

Ihren Körper durchlief immer wieder ein leichtes Kribbeln, als sich ihre Hände beim Gehen berührten. Jannick übte eine so starke Anziehung auf sie aus, dass es ihr immer schwerer fiel, seinen Worten zu folgen. Was hatte dieser Brief nur mit ihr angestellt? Wieso schienen ihre Gefühle zu tanzen und zu hüpfen und nach einer Zugabe zu rufen? Es waren nicht nur die Gefühle, es war ihr ganzer Körper. Seit sie vor über einem Jahr mit Jannick intim geworden war, hatte sie mit keinem anderen Mann mehr geschlafen. Aber auf einmal, von dem mexikanischen Abend beflügelt, begehrte sie ihn. Ja, sie wollte seine Nähe spüren, ihn umschlingen. Sie wollte, dass auch er sie begehrte. Aber wie sollte sie das anstellen? Nach Hause konnte sie ihn nicht mitnehmen. Kathi war da. Sie musste mit zu ihm.

»Ich glaube übrigens, Kathi hat recht«, sagte Jannick und riss Romy damit aus ihren immer konkreter werdenden Gedanken.

»Hm, was? Wie?«

Jannick sah sie schmunzelnd an. »Ich glaube, Kathi hat recht damit, dass du versuchen solltest, diesen Rubén zu finden. Vielleicht hat er ein Leben lang darauf gewartet, wieder von deiner Großtante zu hören, doch aus irgendeinem Grund konnte sie ihn einfach nicht mehr kontaktieren. Ich meine … ich würde total verrückt werden.«

Wie sexy er war, wenn er von seinen Gefühlen redete.

Sie konnte nicht anders, also griff sie vorsichtig nach seiner Hand und blieb mitten auf dem Weg stehen. Er sah überrascht aus, aber keinesfalls überrumpelt. Romy spürte seine Hand auf ihrer Hüfte. Ihr Atem wurde schwerer, ihr Herz raste. Das Lächeln auf seinen Lippen ließ Romy vor Lust erschaudern. Sie begann sich vorzustellen, was er mit ihnen alles anzustellen vermochte. Das warme Licht der Straßenlaternen ließ seine blauen Augen funkeln. Langsam bewegte er sein Gesicht auf das ihre zu.

»Da bist du ja endlich!«, rief eine schrille Stimme hinter ihnen und ließ Romy zusammenzucken. Unvermittelt gab sie Jannicks Hand frei und entfernte sich einen Schritt weit.

»Warum, zum Teufel, gehst du nicht an dein Handy?« Vanessa stemmte die Hände in die schmalen Hüften und sah Jannick wütend an. Es schien ihr völlig egal zu sein, dass er kurz davor gewesen war, Romy zu küssen. Oder war genau das der Grund für ihre Störung?

»Ich, äh«, stammelte Jannick und zog sein Handy aus der Hosentasche.

Aus dem Augenwinkel sah Romy das Display. Acht verpasste Anrufe in Abwesenheit.

»Was ist denn überhaupt los?«, fragte er dann ernst.

»Was los ist? Deine Mails liest du also auch nicht.« Vanessa schüttelte fassungslos den Kopf. »Der verdammte Termin wurde auf morgen verschoben! Das ist los!«

»Das kann doch nicht sein«, stieß Jannick aus.

»Kann es doch. Nächste Woche findet eine außerplanmäßige Gesellschafterversammlung statt, also wurde unser Termin auf morgen vorgezogen. Ich habe schon Flüge gebucht, inklusive Sperrgepäck für das Bike. Wir haben nur noch ein paar Stunden, um die Präsentation fertig zu machen. Und jetzt komm endlich, wir müssen los!«

Romy sah besorgt zwischen den beiden hin und her. Die entstandene Hektik ließ vermuten, dass ihnen wichtige Tage zur Vorbereitung fehlten und somit das ganze Projekt auf der Kippe stand. Romy schluckte schwer.

»Romy, ich …«

»Alles in Ordnung, Jannick. Das geht jetzt vor.«

Er sah Romy noch einige Sekunden lang verwirrt lächelnd an, dann gab er ihr einen flüchtigen Kuss auf die Wange.

»Danke. Ich mache das wieder gut, versprochen.«

Er wandte sich zum Gehen und war schon zwei Schritte entfernt, als er sich noch einmal auf Romy zubewegte und seine Lippen auf ihre sinken ließ. Der Kuss war zärtlich und fordernd, definitiv hinterließ er das Versprechen für mehr.

Dann verschwand Jannick mit Vanessa, und Romy sah ihm atemlos hinterher.

Kapitel 7

Mit gemischten Gefühlen betrat Romy das kleine Bistro, in dem sie mit ihrer Mutter zum Mittagessen verabredet war. Einerseits schwang der wundervolle gestrige Abend in Romy nach, offen gestanden schwang er im wahrsten Sinne durch ihren gesamten Körper, aber andererseits hatte Svenja sie direkt heute Morgen von ihrer weichen Wolke heruntergeholt und unsanft mehrere Etagen tiefer befördert. Romy verstand immer noch nicht, warum Svenja sie so angepflaumt hatte. Sie konnte lediglich vermuten, dass ihre Chefin es nicht ertrug, wenn jemand glücklicher und zufriedener war als sie – und das galt für die deutliche Mehrzahl der Menschen.

Gestern hatte sich Romy auf dem Heimweg mehr hüpfend als gehend fortbewegt. Zwar hätte sie Vanessa für die Unterbrechung kurz vor der Ziellinie am liebsten auf den Mond geschossen, doch es war ihr wichtig, dass sich Jannick gut auf seinen Termin vorbereiten konnte. Er hatte viel Herzblut und Arbeit in die ganze Sache gesteckt, und es ging um nicht weniger als seine berufliche Zukunft. In diesem Fall wollte Romy gern noch ein paar Tage warten, bis sie ihn vollends und ganz offiziell für sich beanspruchen konnte. Selbst wenn es ihr zunehmend schwerer fiel. Es fühlte sich an, als wäre eine riesengroße und emotionsundurchlässige Blockade in ihr verschwunden. Die neue Gelöstheit ließ sie klarer denken als je zuvor, und sie war überzeugt, dass sich alles fügen würde. Woher diese Zuversicht kam? Sie hatte keine Ahnung. Aber zum ersten Mal in ihrem gesamten Liebesleben fühlte es sich gut und richtig an, einfach loszulassen. Sehnsüchtig warf sie einen schnellen Blick auf ihr Handy, doch es gab keine neue Nachricht. Das letzte Lebenszeichen von Jannick war heute Morgen um kurz nach fünf Uhr eingetroffen, als er offenbar den Flieger nach Berlin bestiegen hatte. Romy hoffte, dass alles gut für ihn lief, und wollte ihn auf keinen Fall unter Druck setzen.

An einem Tisch nahe der Kuchentheke entdeckte sie ihre Mutter, die einen Cappuccino vor sich stehen hatte.

»Hi, Mama«, sagte Romy, gab ihr einen Kuss auf die Wange und setzte sich.

»Na, womit habe ich denn die Ehre verdient, dass du dich mit mir zum Mittagessen triffst?«

Romy stieß Luft durch die Nase aus und schmunzelte über die vorwurfsvolle Begrüßung.

»Danke, mir geht es gut, dir auch?«, entgegnete sie sarkastisch. »Warum bist du schon beim Kaffee? Hast du keinen Hunger?«

»Nein, Kind. Wir haben da ein neues Buch über Intervallfasten im Programm. Ich bin gerade im Fastenzyklus. Na gut, der Cappuccino ist eigentlich auch verboten, aber auf Kaffee kann ich nun wirklich nicht verzichten.«

»Aha, verstehe«, sagte Romy und unterdrückte ein Grinsen. Immer wenn im Verlag ein neues Programm herauskam, hatte Neele einen klaren Favoriten, meist aus den Sparten Ratgeber oder Kochen, an dessen Ratschläge sie sich eisern, jedoch höchstens für zwei Wochen hielt.

Vielleicht kam ja mal ein Buch heraus zum Thema *Wie beginne ich eine Unterhaltung, ohne mein Gegenüber zu vergraulen.*

Romy bestellte sich eine Cola und einen Salat und befragte ihre Mutter zu ihrem Fastenplan. Sie plauderten ein wenig, bis Neele die Augen zusammenkniff und Romy eindringlich musterte.

»Du bist fröhlicher als sonst. Du hast rote Wangen, und hin und wieder scheinst du leise in dich hineinzugrinsen. Außerdem bist du abwesend. Wie heißt er?«

Romy saß mit offenem Mund da und konnte nicht fassen, dass ihre Mutter ihre Gefühle so einfach gedeutet und damit auch noch voll ins Schwarze getroffen hatte.

»Äh, er heißt Jannick«, stammelte Romy.

»Aha, aha.«

Romy konnte förmlich spüren, dass ihrer Mutter ein weiterer Kommentar auf der Zunge lag.

»Aber du hast sicher nicht vergessen, was mit deinem Vater passiert ist. Auf die Männer ist kein Verlass, Kind. Hab Spaß, tob dich aus, aber mach dich niemals abhängig von einem Mann. Irgendwann kommt der Tag, an dem er dir dein Herz bricht und dich wegwirft wie ein abgewetztes Portemonnaie.«

Romy schüttelte den Kopf und schwieg. Zu oft hatte sie sich diese Leier anhören müssen. Und zu sehr hatte sie sich die Worte ihrer Mutter zu Herzen genommen, hatte sich zurückgezogen und sich einen Schutzpanzer zugelegt. Sie wollte sich nicht länger hinter ihren Gefühlen verstecken, nur weil ihr Vater damals mit einer Schauspielerin in die USA abgehauen und der Kontakt zu ihm abgerissen war. Romy hatte diese Kerbe in ihrer Seele akzeptiert, doch ihre Mutter hatte es ihr die längste Zeit unmöglich gemacht, dieses Kapitel abzuschließen und ein neues anzufangen. Neele war an ihrem Verlust zerbrochen, sie hatte ihr Lebensglück danach nicht wiedergefunden. Und beinahe hatte sie Romy in diesen Strudel aus Leid und Verbitterung mit hineingezogen. Doch damit konnte und wollte Romy sich jetzt nicht mehr abfinden. Es musste einen anderen Weg geben. Es gab so etwas wie ehrliche und aufrichtige Liebe, es gab Vertrautheit, Loyalität und Treue.

»Jannick ist anders!«, sagte sie laut und deutlich. »Und jetzt hör bitte auf, dich in mein Liebesleben einzumischen.«

Neele lachte halbherzig. Es war mehr ein Schnauben.

Sie schwiegen einen Moment, als die Kellnerin Romys Salat brachte.

»Na, dann bitte klär mich auf über deinen plötzlichen Wunsch, mich aus meiner Fastenphase zu reißen. Was mache ich hier, wenn ich mich schon nicht in dein Liebesleben einmischen soll?« Neeles Verbitterung drang aus jedem ihrer Worte.

Romy zog das Medaillon unter ihrem Shirt hervor, öffnete die reparierte Schließe und legte es auf den Tisch. Sie beobachtete dabei die Mimik ihrer Mutter, doch außer etwas weiter geöffneten Augen ließ sie sich nichts anmerken.

»Aha. Und weiter?«

Romy versuchte, die Situation etwas zu entspannen, schließlich erhoffte sie sich einige Informationen über Elises Verbindung zu Mallorca.

»Mama, ich weiß, irgendetwas ist mit diesem Medaillon, und ich würde gern verstehen, warum Tante Elise es ausgerechnet mir hinterlassen hat.«

Neele schluckte.

»Weißt du, was Tante Elise mit Mallorca zu tun hat?« Romy entschloss sich, ihren Trumpf, den Brief, noch nicht auszuspielen.

Neele wandte ihren Blick für einen kurzen Moment ab.

»Wie kommst du auf Mallorca? Nein, mit Mallorca hatte sie nichts zu tun, ganz bestimmt nicht.«

Romy nickte langsam. Dann öffnete sie die Klappe des Medaillons und nahm den Brief heraus. »Und was ist dann hiermit?«, fragte sie, während sie das Papier entfaltete, auf den Tisch legte und glatt strich.

Ihre Mutter zog scharf die Luft ein. Ihr Blick haftete fest auf den handgeschriebenen Zeilen, ihre Pupillen sprangen schnell hin und her.

»Was … wo hast du das her?«, fragte Neele. »Was ist das?«

»Tante Elise hatte offenbar eine Liebesbeziehung zu einem gewissen Rubén aus Mallorca«, erklärte Romy langsam. Die verblüffte Reaktion ihrer Mutter ließ viele große Fragezeichen in ihrem Kopf entstehen.

»Das …« Neele sah auf die Uhr und wieder auf den Brief. »Nein, das hat wahrscheinlich nichts zu bedeuten.« Noch ein Blick auf ihre Uhr. »Schatz, ich muss wieder ins Büro. Eine Sitzung.« Neele stand auf und griff nach ihrer Handtasche.

»Aber … und du weißt wirklich nichts darüber? Es ist mir wichtig.«

»Nein, weiß ich nicht. Bis später, Schatz.« Neele legte einen Geldschein auf den Tisch, verließ das Bistro und ließ Romy fassungslos zurück.

Sie faltete vorsichtig den Brief wieder zusammen und legte ihn in das Medaillon.

Was verbarg ihre Mutter?

* * *

Romy sah auf ihr Handy. Immer noch keine Nachricht von Jannick. Am liebsten hätte sie sich im Bett verkrochen, einen düsteren Film geschaut und Nutella aus dem Glas gelöffelt. Aber Kathi und Ellen hatten andere Pläne für den Abend.

Laute Musik dröhnte aus der Bar, als zwei junge Männer von der Tür ausgespuckt wurden und sich gierig eine Zigarette ansteckten. Das Kleine Nachtlokal war eine winzige Bar in einer völlig unscheinbaren Kölner Seitenstraße, ohne Google-Maps-Eintrag, ohne Schild über der Tür. Höchstens vierzig Menschen passten in die schlauchförmige Lokalität, doch es zwängten sich jeden Abend mindestens sechzig Leute hinein. Getränke und Geldscheine wurden oftmals über die Köpfe hinweggereicht, da es niemand mehr zur Theke schaffte. Die Kneipe war ein echter Geheimtipp unter Kölnern, und Romy konnte sich an keinen Abend dort erinnern, der nicht überdurchschnittlich witzig bis grandios gewesen war. Heute hatte sie allerdings das Gefühl, dass es eine traurige Premiere geben könnte. Der Tag im Atelier war grauenhaft gewesen, das Mittagessen mit ihrer Mutter hatte einen seltsamen Nachgeschmack hinterlassen, und Jannick hatte weder Bescheid gesagt, wie der Termin gelaufen war, noch, wann er wieder in Köln sein würde.

Mit dieser gemischten Gefühlslage betrat Romy die Bar. Es war wie erwartet voll bis unters Dach, und ihr wurde umgehend warm in der stickigen Luft aus Schweißgeruch, verschiedenen Parfums, kaltem Rauch und Alkoholdunst. Kathi hatte geschrieben, dass sie mit Ellen am Stammplatz auf sie wartete, einer schmalen Nische zwischen Toilette und Theke. Hier konnte man den ganzen Abend ausharren, es sei denn, man war Raucher und musste vor die Tür.

Romy kämpfte sich mit vollem Körpereinsatz bis zu ihrer Stammnische und sah Kathi und Ellen mit ein paar Bier- und Schnapsgläsern neben der Theke stehen.

»Hey, da bist du ja endlich!«, rief Kathi und drückte Romy, bis ihr die Luft wegblieb.

Kathis gute Laune war hochgradig ansteckend, und Romy fühlte sich umgehend besser. Dann umarmte sie Ellen ebenso fest und warf ihre leichte Jacke auf einen Mauervorsprung.

Kathi reichte Romy ein Bier und einen Schnaps, und gemeinsam hoben sie ihre Gläser.

»Wie versprochen«, rief Kathi, »auf Großtante Elise. Mögest du deine große Liebe im Himmel wiedergefunden haben!«

Das kühle Bier weckte Romys Lebensgeister, und nachdem sie von dem seltsamen Treffen mit ihrer Mutter erzählt hatte, entwickelte sich der Abend in eine unverhofft witzige Richtung. Sie lachten, tanzten, stießen immer wieder auf Tante Elise an und schossen lustige Fotos, mit denen sie sich als jung und wild in Erinnerung behalten wollten.

Romy wusste, sie würden es morgen so was von bereuen …

Die Musik der Neunziger schallte aus den Boxen und dröhnte so laut, dass der Unmut des Tages wie weggeblasen war. Trotz der ausgelassenen Stimmung spürte Romy jedoch eine wachsende Sehnsucht nach Jannick. Ihr Handy hatte am Ende des Bar-Schlauchs keinen Empfang, daher entschuldigte sie sich für einen Moment und kämpfte sich nach draußen. Ein wenig frische Luft würde nicht schaden. Kathi und Ellen versprachen, die guten Plätze in der Zwischenzeit mit ihrem Leben zu verteidigen.

Romy trat aus der Bar und blieb einige Meter entfernt von der Eingangstür stehen. Frische Luft drang in ihre Lungenflügel, die sie gierig in sich aufsog. Das Handy empfing wieder Signale und vibrierte prompt. Ein verpasster Anruf von Jannick. Romys Herz schlug fest, und sie bemerkte, wie sich ein Lächeln auf ihrem Gesicht ausbreitete. Sie dachte an gestern, an seine Lippen, die sich ihren genähert hatten und erst kurz vor dem Zusammentreffen von Vanessa unterbrochen worden waren. Romy bekam eine wohlig prickelnde Gänsehaut, als sie den anschließenden Kuss vor Augen hatte.

Sie tippte eine Nachricht an Jannick, als sich ein Schatten auf sie zubewegte. Mit einem mulmigen Gefühl im Bauch hob Romy den Kopf. Dann setzte ihr Herz einen Moment lang aus.

»Was … was machst du denn hier? Also, ich meine …«

Jannick stand direkt vor ihr und sah ihr lächelnd in die Augen.

»Kathi hat ein Bild gepostet. Die Nische an der Theke kam mir bekannt vor.«

Romy spürte, wie sich ihr Puls beschleunigte. Dann spürte sie Jannicks Lippen auf ihren. Seine Hände gruben sich in ihr Haar, und sein warmer Körper drückte sich an ihre Brust. Ihre Zungen berührten sich sanft, und ein lustvolles Beben breitete sich in Romys Hüftgegend aus. Dann ließ Jannick von ihr ab und strich ihr durchs Haar. Selbstbewusst, erregend, und dennoch spürte Romy, dass es ihn ein wenig Überwindung gekostet hatte, die Initiative zu ergreifen. Sein ehrlicher Blick verursachte ihr weiteres Kribbeln.

»Hallo«, flüsterte Romy.

»Hi«, erwiderte er.

Dann küssten sie sich erneut. Er raubte ihr im wahrsten Sinne den Atem. Romy war wie benommen und ihre Wangen glühten. Als ihre Gedanken klarer wurden, nahm sie all ihren Mut zusammen.

»Ich denke …«, begann sie und lächelte Jannick forsch an. »Ich denke, wir sollten gehen.«

Jannick lachte. »Ja … Vermutlich sollten wir das.«

Kapitel 8

Ein Wecker klingelte, und Romy rekelte sich genüsslich unter der weichen Bettdecke. Sie trug einen Slip und ein ausgewaschenes Shirt von Jannick. Lächelnd rieb sie sich die Augen und streckte sich ausgiebig. Dann sog sie den wunderbaren Duft ein – den Duft nach Jannick, nach Liebe, nach Sex. Was war das für eine traumhafte Nacht gewesen. Sie hatten so gut harmoniert, es war gefühlvoll, elektrisierend und leidenschaftlich gewesen. Zwischen ihnen bestand nun eine vertraute Verbindung. Romy hatte sich aus luftiger Gefühlshöhe fallen lassen können, und Jannick hatte sie aufgefangen, ihr Halt und das Bewusstsein gegeben, dass er genauso verliebt war wie sie.

Nach dem Sex hatten sie sich eng aneinandergekuschelt, und Romys Atem hatte sich langsam beruhigt. Sie war mit ihrem Finger über seine Brust gefahren, und er hatte sie sanft auf die Stirn geküsst. Anschließend hatten sie erst geschmunzelt, dann gelacht und schließlich ein wenig geredet. Doch schon bald hatte sie die Energie verlassen, und sie waren mit einem wohlig warmen, behüteten Gefühl eingeschlafen. Sie würden noch genug Zeit haben, um alle Dinge der Welt miteinander zu besprechen oder um stundenlang gemeinsam zu schweigen und sich einfach nur anzusehen.

Romy sah auf die Uhr und schaltete den Wecker aus. Zum Glück hatte sie Jannick gebeten, ihn zu stellen, denn heute war ein normaler Arbeitstag. Sie musste nach Hause, um zu duschen und sich etwas Frisches anzuziehen, bevor sie ins Atelier ging. Jetzt freute sie sich jedoch erst einmal auf einen heißen Kaffee und den besten Start in einen Tag seit der Aufzeichnung aller Tage.

Sie grinste. Eines stand nämlich fest, nein, zwei Dinge standen fest. Erstens: Sie hatten das Trauma ihrer ersten gemeinsamen Nacht mit Bravour überwunden.

Die Qualität der Bewältigung war ausgezeichnet.

Und zweitens: Romys Mutter war dermaßen im Unrecht! Es gab sie noch, die richtig guten Kerle, die für wahre Liebe und ein glückliches gemeinsames Leben gemacht waren.

Vor der Tür hörte Romy Stimmen. Jannick unterhielt sich offenbar mit seinem Mitbewohner Kai. Hoffentlich hatte er nicht allzu viel mitbekommen, dachte sie und zog sich kichernd die Bettdecke vors Gesicht. Glücklicherweise lag sein Zimmer am anderen Ende des Flurs. Dann hörte sie, wie jemand einem anderen mehrfach mit der Hand auf die Schulter klopfte, bevor die Tür langsam aufging und Jannick hereintrat.

»Guten Morgen«, sagte er leise. Offenbar wusste er nicht, ob er Romy mit zu viel Energie am frühen Morgen überforderte. Seine Haare waren verwuschelt, er trug eine kurze Hose und ein Shirt, und in den Händen hielt er ein großes Tablett. Lächelnd sah er Romy an und stellte das Tablett auf dem Bett ab.

»Wovor versteckst du dich denn?«

Romy schob die Bettdecke nach unten und offenbarte ein zufriedenes Lächeln.

»Vor nichts und niemandem mehr«, sagte sie und gab Jannick einen langen Kuss.

Am liebsten hätte sie nie wieder etwas anderes getan.

Dann stieg ihr der Duft von frischem Kaffee in die Nase. Sie griff nach einer Tasse und trank einen Schluck.

»Schwarz wie die Seele von Wladimir Putin. Und dazu ein Schuss Milch. So, wie du ihn magst.«

Romy lachte und verschluckte sich.

»Immer mit der Ruhe«, sagte Jannick und nahm ihre Tasse entgegen, bevor sie den Inhalt verschütten konnte. »Ich brauche dich noch.«

Romy sah ihn eindringlich an. »Soso. Du *brauchst* mich also noch? Wozu denn, wenn ich fragen darf?«

Jannick zögerte keine Sekunde. »Na, zum Wäschewaschen, Bügeln ... was Frauen eben so machen.«

»Blödmann«, sagte Romy bemüht entsetzt und schlug ihm mit der Handfläche gegen die Brust.

»Oder eben, um noch sehr viel, und damit meine ich wirklich *sehr* viel, Zeit mit dir zu verbringen.«

Romy spürte schon wieder dieses Kribbeln im Körper.

Es war die perfekte Antwort.

Sie sahen sich lange an und tranken in Ruhe ihren Kaffee. Jannick war ein ausgesprochen hübscher Mann, doch irgendetwas war heute anders an ihm. Romy grübelte einige Sekunden lang, bis ihr etwas an ihm auffiel, was gestern nicht da gewesen war. Es war diese Sorgenfalte auf seiner Stirn. Doch schon winkte Romy innerlich ab und sagte sich, sie solle nicht schon wieder anfangen, Unsinniges in Dinge hineinzuinterpretieren.

Sie aßen Croissants, die Jannick in der Bäckerei um die Ecke besorgt hatte, tranken Kaffee und tauschten Zärtlichkeiten aus. So gern Romy sich wieder mit Jannick im Bett vergraben hätte, sie musste bald los, um keinen Ärger mit Svenja zu riskieren. Als sie aufstehen wollte, um ihre Klamotten zusammenzusuchen, die überall auf dem Boden verstreut lagen, klingelte es an der Wohnungstür.

»Ist wahrscheinlich nur ein Paket für Kai«, sagte Jannick und blieb sitzen.

Romy nickte, schälte sich aus dem warmen Bett und stieg in ihre Jeans.

Dann waren dumpfe Stimmen aus dem Flur zu hören. Sie bewegten sich auf das Zimmer zu. Es war eine Frauenstimme. Doch warum sollte die Paketbotin in die Wohnung hereinkommen?

»Du kannst da nicht einfach reinplatzen«, hörte Romy Kai rufen.

Dann flog die Zimmertür auf.

Romy schloss gerade noch den Knopf ihrer Jeans. Als sie aufblickte, sah sie Vanessa im Türrahmen.

»Oh«, sagte diese, während ihr Blick durch das Zimmer wanderte und mit einem verächtlichen Ausdruck auf Romy liegen blieb.

Romy war stinksauer. Was wollte sie hier, und warum, zum Teufel, platzte sie einfach so in Jannicks Zimmer? Dann fielen ihr die großen Faltkartons unter Vanessas Armen auf. Auffordernd sah Romy Jannick an. Tu etwas, wollte sie ihm zuflüstern. Schick sie weg. Sie bemerkte, wie jede Farbe aus Jannicks Gesicht wich. Was war hier los?

»Vanessa«, begann er nervös. »Was machst du hier?« Er zögerte. »Lässt du uns bitte kurz allein? Ich komme gleich zu dir.«

Vanessa warf ihm einen gefährlichen Blick zu. »Was ich hier mache? Was machst du denn bitte hier? Du hast ja noch nicht einmal angefangen zu packen.«

Jannick trat auf Vanessa zu und wollte sie aus dem Zimmer schieben.

»Angefangen zu packen?«, fragte Romy mit finsterer Miene. »Jannick, was ist hier los? Müsst ihr schon wieder weg?«

Vanessa verharrte im Türrahmen und lachte abfällig. »Du hast ihr nichts gesagt?«, fragte sie Jannick amüsiert. Dann sah sie erneut zu Romy herüber. »Ja, Schätzchen, wir müssen wieder weg. Wir ziehen morgen nach Berlin.«

* * *

Weinend lief Romy aus der Wohnung.

»Nein, lass mich in Ruhe. Ich will allein sein«, rief sie schluchzend Jannick zu, stürzte die Treppen hinunter und raus auf die Straße.

»Oh Gott, ich bin so dumm«, stieß sie aus und eilte einige Meter weiter, bis sie sicher war, dass er sie nicht verfolgte. Wie hatte sie bloß davon ausgehen können, dass das Glück endlich einmal bei ihr Halt machen würde? Morgen würde er mit Yoga-Vanessa nach Berlin ziehen und Romy allein in ihrem Trott sitzen lassen. Ausgerechnet Vanessa … Und das, nachdem Romy endlich all ihren Mut zusammengenommen und sich auf Jannick eingelassen hatte.

Romy ballte die Fäuste, bis es schmerzte. Sie wollte nur weg hier, weg von Jannick, weg von Svenja und weg von ihrer Mutter, die Romys Dummheit dankbar aufgreifen und darauf herumreiten würde. Als sie an sich heruntersah, bemerkte sie, dass sie Jannicks Shirt trug. Frische Tränen schossen ihr in die Augen. Am liebsten hätte sie sich den Stoff vom Leib gerissen und in die Mülltonne geworfen. Doch sie zwang sich zur Ruhe und zog stattdessen ihre Jacke darüber.

Einen Moment lang blieb sie stehen. Dann bog sie in eine Seitenstraße, ging weiter, bog links ab, rechts ab, bis sie vor Kathis Bäckerei Halt machte. Sie wischte sich die Tränen von den Wangen, holte ein paarmal tief Luft und betrat den Laden. Entschlossen zwang sie sich ein Lächeln auf die Lippen und winkte den beiden Verkäuferinnen halbherzig zu.

»Hi Jayjay, hi Kristin. Ist Kathi hinten im Büro?«

Die beiden musterten Romy kurz, nickten abwesend und widmeten sich wieder den Broten.

Romy ging durch den Laden, vorbei an der Backstube bis zur hinteren Tür. Sie klopfte und betrat den Raum. Kathi saß in einem abgewetzten Bürostuhl und starrte auf ihren Bildschirm.

»Hmm?«, machte sie. Dann bemerkte sie Romy und richtete sich auf. »Oh Gott, Romy, was ist passiert?«

»Sehe ich so schlimm aus?« Sie schluckte.

»Schlimmer.«

Romy ließ sich auf einen Stuhl sinken und schluchzte. Kathi kam um den Schreibtisch herum, drückte Romys Kopf gegen ihren Bauch und strich ihr übers Haar.

»Hey, was ist passiert?«

Dann erzählte Romy von der morgendlichen Überraschung.

»Dieser blöde Mistkerl!«, zischte Kathi. »Und diese blöde Vanessa! Hat er denn irgendetwas dazu gesagt?«

Romy schüttelte den Kopf. »So weit ist es gar nicht gekommen. Ich bin abgehauen.«

»Richtig so. Soll er sich doch an der dürren Yoga-Uschi die Finger verbrennen.«

»Kathi, er wird nachher im Atelier aufkreuzen, wenn er nicht ohnehin schon da ist, und dann zu Hause … Was soll ich nur tun?«

»Hmm.« Kathi schien nachzudenken.

Einige Zeit lang saßen sie wortlos in dem kleinen Büro.

»Ach, aber es hilft ja nichts«, sagte Romy schließlich resigniert. »Dann gehe ich mal nach Hause, dusche und hocke mich ins Atelier.«

Kathi rollte mit dem Stuhl zur Seite und tippte etwas in ihren Computer. Dann klickte sie ein paarmal und tippte wieder. »Hmm«, machte sie erneut, »die Lieferung kommt um neun, den Termin kann ich auf Montag schieben …« Dann sah sie zu Romy auf. »Wie spontan bist du gerade?«

Romy verstand nicht, worauf Kathi hinauswollte, und sah sie fragend an.

Kathi drehte ihren Monitor, sodass Romy die geöffnete Website sehen konnte.

»Es gibt einen günstigen Flug um zwölf. Dann haben wir zwei Tage, um Rubén ausfindig zu machen, ihm das Medaillon und den Brief zu geben, und wenn wir am Sonntag wieder in Köln landen, ist Jannick schon weg, und du kannst dich wieder auf *deine* Zukunft konzentrieren. Wie klingt das?«

Romy atmete laut aus, sodass sich ihre Wangen aufplusterten. »Kathi, das ist wirklich total lieb, aber ich muss gleich ins Atelier. Ich …«

»Pfeif doch mal auf das Atelier! Svenja behandelt dich schlecht, zahlt dir zu wenig, und du hast mindestens zweihundert Überstunden, die du niemals abfeiern darfst, das wissen wir beide. Ich weiß aus erster Hand, wie scheiße es ist, wenn Mitarbeiter ausfallen. Aber wenn sie derart unfair behandelt werden wie du, dann ist es sowieso ein Wunder, wenn sie überhaupt noch erscheinen.«

Romy wippte mit dem Fuß und folgte dem Ticken der Wanduhr. Sie war wütend, traurig, gebrochen, hätte Jannick am liebsten jetzt sofort nach Berlin geschickt, wollte nur noch weg hier. »Und was soll ich deiner Meinung nach tun?«

»Du schreibst Svenja jetzt eine Nachricht, sagst ihr, dass sie dich mal kreuzweise kann, dass du heute nicht kommst, aber vielleicht ab Montag wieder da bist, je nachdem, wie viel Lust du hast.«

Romy schüttelte heftig den Kopf. »Nein, ich …«

»Das war ein Spaß«, unterbrach Kathi sie und konnte sich ein Kichern nicht verkneifen. »Du schreibst ihr, dass du dich nicht gut fühlst und heute zu Hause bleibst. Ganz einfach. Und sogar fast der Wahrheit entsprechend.«

Romy ließ die Schultern sinken. Plötzlich klingelte ihr Handy. Es war Jannick. Romys Schläfen pochten. Sie drückte seinen Anruf weg. Eine Pushnachricht poppte kurz danach auf. Ein neuer Beitrag von Svenja. Aus einem Reflex heraus wischte Romy nach links, und der Beitrag öffnete sich. Sofort erkannte sie den wunderschönen Trauring an der zierlichen Hand der Kundin, den sie vor etwa einer Woche geschmiedet hatte. Er war kunstvoll verziert, mit feinen, geschwungenen Streben, in deren Mitte ein Diamant eingefasst war. Romys Gedanken schweiften ab. Dann bemerkte sie die Textzeile unter Svenjas Beitrag.

> Es ist so schön, dass meine Kunden meine Arbeit ein Leben lang tragen werden #LoveMyJob

Romy schüttelte den Kopf und schnaubte.

Meine Kunden.

Meine Arbeit.

Dann steckte Romy das Handy in die Hosentasche.

»Okay, lass uns buchen!«

Kapitel 9

1962

Ich konnte spüren, wie sich die Aufregung der Fluggäste mit jedem weiteren Meter auf der Rollbahn in Anspannung verwandelte. Der feste Griff um die Armlehne, die zusammengepressten Kiefermuskeln und die prüfenden Blicke auf den jeweiligen Sitzgurt offenbarten den Respekt der Passagiere vor einem Flugzeug dieses Ausmaßes. Ich konnte es nicht verbergen, ich war ebenso nervös. Es war mein erster Flug. Doch in mir tobte eine andere Art von Aufregung. Ich hatte keine Angst vor einem Absturz oder einem Ausfall der Triebwerke, ich hatte Angst davor, dass das, was mich erwartete, eine unendliche Sehnsucht nach mehr in mir wecken würde. Nach mehr Freiheit, mehr Eigenständigkeit, mehr Wissen, mehr von der Welt. Ich wollte so sein wie all die großen Frauen, die für ihre Rechte einstanden und sich nicht unterkriegen ließen. Ich war achtzehn Jahre jung, und ich wollte die Welt erobern.

Nach einer letzten Durchsage des Flugkapitäns begaben sich die adrett gekleideten Stewardessen auf ihre Sitze, und die gigantischen Triebwerke der modernen Boeing 707 brüllten los. Hektisch wurden die letzten Zigaretten ausgedrückt, die Gespräche verstummten. Erst rollte das Flugzeug langsam über den Asphalt, bis es am Anfang der Startbahn pausierte, um dann mit voller Geschwindigkeit gegen jeden Widerstand anzukämpfen. Die geballte Kraft der Maschinen drückte mich in meinen weichen Sitz, und meine Haut begann zu kribbeln. Ich sah, wie das Gesicht meiner Mutter kreidebleich wurde. Sie hielt meine Hand fest umschlossen, sodass die Knöchel weiß hervortraten. Mein Vater war unterdessen bemüht gelassen und sah auf seine Armbanduhr. Er war der Einzige von uns dreien, der schon in einem Flugzeug gesessen hatte.

Dann hoben langsam die Schnauze der Maschine und schließlich der gesamte Rumpf vom Boden ab. Es war ein unbeschreibliches Gefühl – wie im wahrsten Sinne des Wortes über der Welt. Ich flog. Sofort drückte ich meine Nase an das Fenster und sah Häuser und Wälder unter uns, klein wie eine Spielzeuglandschaft. Und in der Ferne den Horizont, hinter dem sich eine weite Welt voller Wunder verbarg.

Kaum hatte das Flugzeug abgehoben, steckte sich mein Vater eine Zigarette an und schlug seine Zeitung auf. Meine Mutter suchte in ihrer Tasche nach den Beruhigungstropfen, die Doktor Schwing ihr mitgegeben hatte. Lautes Rascheln setzte überall im Gang ein, aufspringende Benzinfeuerzeuge und erleichtertes Inhalieren. Ich konnte nicht fassen, wieso nicht alle Passagiere an den Fenstern klebten und die unglaubliche Perspektive auf die Welt genossen. Ich beobachtete, wie die Wolken an uns vorbeizogen, wie sich die Blautöne des Himmels in jeder Minute änderten. Berge, Flüsse und Seen erstreckten sich unter uns, bis das Flugzeug so hoch am Himmel flog, dass nur noch weit entfernte Konturen sichtbar waren.

»Elli, ich glaube, du hast jetzt genug geguckt. Du siehst ja aus wie ein kleines Mädchen, das zum ersten Mal in der Großstadt ist«, zischte mir meine Mutter ins Ohr, die offenbar zu ihrer gewohnten Form zurückfand.

Sie riss mich aus meiner Faszination und erinnerte mich daran, dass ich eigentlich gar nicht hier sein wollte. Hier mit meinen Eltern, während meine Schwester allein mit einer Freundin in das Ferienhaus von deren Eltern nach Schweden fahren durfte. Zugegeben, sie war drei Jahre älter, und mein Vater hatte versprochen, ich dürfe in den nächsten Jahren auch mit einer Freundin verreisen. Doch es fühlte sich trotzdem ungerecht an.

Ich griff in meine Tasche und zog ein Magazin heraus, das ich von dem Mann im Reisebüro bekommen hatte. Es war bereits abgegriffen, doch ich konnte mich nicht an den bunten Fotos sattsehen, die diese wunderbare Insel aus verschiedenen Blickwinkeln zeigten. Die »Isla de la calma«, so wurde Mallorca genannt. Die Insel der Ruhe. Der Prospekt versprach kilometerlange Strände vor türkisfarbenem Meer, kristallklares Wasser, moderne Hotels mit Blick auf beeindruckende Buchten, Badeanstalten, so groß wie Fußballfelder, vielerlei Freizeitaktivitäten, Zimmerservice und weitere Annehmlichkeiten, die den Urlaub zu einem bleibenden Erlebnis machen sollten.

Es fühlte sich an wie eine Zeit des Aufbruchs. Der Fortschritt machte keinen Halt, die Wirtschaft blühte, und die Erfindung der sogenannten Pauschalreise ermöglichte es jedem, eine Flugreise auf eine Insel im Mittelmeer inklusive Transfer und Verpflegung anzutreten, für nur 338 Mark. Während Mallorca in den Fünfzigerjahren noch ein Luxus-Reiseziel gewesen war, machte es der wachsende Tourismus nun auch dem Normalbürger möglich, in den Genuss eines solchen Urlaubs zu kommen. Das hatte mir jedenfalls mein Vater erzählt, als er einmal mehr über die sich abzeichnenden Klassenunterschiede innerhalb der Gesellschaft philosophierte. Neben seiner Leidenschaft für die Rechtswissenschaften, die er als leitender Staatsanwalt auslebte, war dies eines seiner Lieblingsgesprächsthemen. Dass er selbst stark von diesen Klassenunterschieden profitierte und besonders meine Mutter auf ein gehobenes Ansehen Wert legte, erwähnte er nie.

Etwa zwei Stunden später kündigte der Kapitän die baldige Landung auf dem erst vor zwei Jahren eröffneten Flughafen Son Sant Joan an. Kurz darauf schoben die netten Stewardessen offenbar zum letzten Mal auf diesem Flug ihre Servierwagen durch die Gänge und schenkten Sekt aus. Vermutlich, um die nervösen unter den Passagieren zu beruhigen. Nicht nur bei meiner Mutter schien dieser Trick zu funktionieren, denn die Stimmung wurde immer ausgelassener, beinahe euphorisch.

Während das Flugzeug seine Reiseflughöhe verließ und sich langsam wieder der Erde näherte, sah ich das tiefblaue, weite Meer unter mir. Die Gischt tanzte in der Sonne, und ich konnte die Möwen förmlich kreischen hören. Die schiere Menge an Wasser machte mich noch neugieriger auf die Insel, die sich mitten im Mittelmeer befand.

Windböen ließen das Metall um uns herum erzittern und schüttelten den Flieger von links nach rechts und von oben nach unten. Es war wie eine Achterbahnfahrt ins Paradies.

Dann sah ich die Küste vor uns. Das Wasser leuchtete türkisfarben wie auf den Fotos. Lange Buchten schmiegten sich an die Insel, teils kleine, teils ausgedehnte helle Strände. Sie waren umgeben von Büschen und Bäumen und gingen weiter im Landesinneren in rotglühende Erde über. Ich konnte beachtliche Berge erkennen und Täler voller Zitronen- und Orangenhaine. Sofort stellte ich mir vor, wie es sein würde, die Insel zu erkunden, die Natur um mich herum mit allen Sinnen wahrzunehmen, zu sehen, wie die Menschen hier lebten, zu erfahren, welche Ziele und Träume sie hatten. Meine Wangen glühten.

Der Flieger sank immer tiefer, rumpelte noch einmal und setzte mit einem harten Rucken auf der Landebahn auf.

Erleichterung machte sich breit und ging dann in lauten Beifall über. War es eben noch völlig still gewesen, wurden die Passagiere nun schon wieder hektisch, ließen ihre Sitzgurte klacken, zerrten ihr Gepäck aus den Ablagefächern, setzten sogar schon ihre Hüte auf und drängten zum Ausgang. Es schien, als wollte jeder der Erste sein, der seinen Fuß auf die Insel setzte.

Mein Vater ließ die anderen Fluggäste gewähren und blieb sitzen, bis sich die Lage entspannt hatte.

»Wir wünschen Ihnen einen angenehmen Aufenthalt«, sagte eine der Stewardessen zum Abschied. »Du wirst sicher eine Menge Spaß mit den mallorquinischen Jungs haben«, flüsterte sie mir zu und zwinkerte geheimnisvoll.

»Ja, sie wird eine Menge Spaß haben«, sagte meine Mutter, die offenbar mitgehört hatte. »Und zwar mit uns!« Dann sah sie die hübsche Flugbegleiterin abfällig an und zog mich ruppig mit nach draußen.

Bereits auf der ersten Stufe der Treppe, die aus dem Flieger führte, empfing uns die Sonne mit einer Wucht, die wir nicht erahnt hatten. Meinem Vater brach umgehend der Schweiß aus, und er fächelte sich mit seinem Hut Luft zu.

»Ach du lieber Gott«, stöhnte meine Mutter.

Ich musste zwangsläufig kichern, denn sie war es gewesen, die darauf bestanden hatte, sich für die Reise schick zu machen. Mein Vater trug dementsprechend einen grauen Anzug samt Weste und festem Jackett, meine Mutter ein schweres Kleid mit darüberliegendem Mantel, den sie allein schon aus Prinzip nicht auszog. Da ich um die hohen Temperaturen im Sommer auf Mallorca wusste, hatte ich darauf bestanden, ein leichtes Sommerkleid anziehen zu dürfen, und war mehr als froh darum.

Ich blieb einen Moment lang auf der Treppe stehen. Genau wie in Köln herrschte auch hier ein reges Treiben. Flugzeuge reihten sich auf der Startbahn, Gepäcktransporter flitzten über das Rollfeld und verschwanden hinter großen Toren, und Menschen liefen wie Ameisen der Reihe nach auf den Gebäudekomplex zu.

»Elli, jetzt komm endlich. Sonst verpassen wir noch unseren Bus!«

Ich nickte, lief die Gangway hinunter und folgte meinen Eltern, die sich mühsam auf einen Eingang zubewegten. Im Inneren der Halle war es deutlich kühler, und meine Mutter atmete hörbar durch. Dann folgten wir den Schildern, die den Umriss eines Koffers abbildeten. Hunderte von Menschen schoben sich aneinander vorbei zu den Gepäckbändern. Erst zwanzig Minuten und einige Plaudereien mit anderen Gästen später liefen unsere Koffer über das Band. Mein Vater hatte bereits den Ausgang erkundet, und wir folgten ihm.

Es war alles ganz anders, als ich es erwartet hatte. Es war so groß, so voll, so laut. Und trotz alledem lag eine besondere Stimmung in der Luft, die über den Duft der Insel an meine Nase getragen wurde und sich in meinem Kopf festsetzte.

»Hier entlang«, rief mein Vater und folgte einem Jungen, der ein Schild unseres Reiseveranstalters in die Höhe hielt. Kurz darauf wurde das Gepäck von einem anderen Jungen entgegengenommen, und wir wurden aufgefordert, uns in die Schlange vor dem in die Jahre gekommenen Bus einzureihen.

»Was stinkt denn hier so?«, fragte meine Mutter pikiert. »Das ist ja alles so … schmutzig. Und der Bus …«

Einige Minuten später saßen wir auf muffigen, durchgesessenen Sitzen und fächelten uns mit Hut, Zeitung und einem Stofftaschentuch Luft zu. Die Hitze in dem Bus war erdrückend. Glücklicherweise gehörten wir zu den letzten Passagieren, denn kurz nachdem wir Platz genommen hatten, schloss sich die Tür, und der Bus setzte sich in Bewegung.

Die nur etwa fünfzehnminütige Fahrt verlief über eine Landstraße mit Schlaglöchern und einige holprige Pisten.

Das Gemurmel im Bus offenbarte einen etwas enttäuschten Unterton. »Das habe ich mir aber anders vorgestellt«, sagte eine ältere Dame zu meiner Rechten. »Das ist ja richtiges Ödland hier«, stieß jemand aus den hinteren Reihen aus.

Ich war ebenfalls überrascht von der kargen Landschaft. Offenbar hatte ein trockener Sommer zumindest hier jedes Grün aus den Pflanzen gesogen, viele Felder lagen brach, und an den Straßenrändern befand sich Bauschutt. Hin und wieder gingen Wege von der Straße ab, an deren Enden große Baustellen zu sehen waren.

Dann endlich bog der Bus in einen dieser Feldwege mit einer leichten Steigung ab. Ein Raunen ging durch die vorderen Reihen. Ich streckte meinen Kopf in den Gang und versuchte zu sehen, worauf wir zusteuerten.

Diesen Moment würde ich nie vergessen. Nicht in einer Million Jahren. Vor uns erstreckte sich das weite, glitzernde Meer. So schön, als wäre es an den Horizont gemalt worden. Dann schmeckte ich Salz in der Luft, die durch das Fenster hereinwehte, hörte Möwen, das Rascheln der Bäume im Wind. Eine Gänsehaut überzog meine Arme. Es war ein Gefühl wie … ich konnte es kaum zuordnen. Mein Herz klopfte, als wollte es mich wachrütteln, mir etwas zurufen: »Du bist angekommen. Du bist zu Hause.«

Kapitel 10

Heute

Romy streckte ihre Hand aus dem offenen Fenster. Das Prickeln der warmen Sonne mischte sich mit dem angenehmen Fahrtwind zu einem belebenden Gefühl auf ihrer Haut. Zu ihrer Rechten öffnete sich der Blick auf das glitzernde Meer. Zu lange hatte sie es nicht gesehen, obwohl es doch schon immer eine so magische, unbeschreibliche Anziehungskraft auf sie ausgeübt hatte. Das dunkle Blau besaß etwas beinahe Mystisches, als hätte das kraftvolle Wasser Tausende nicht erzählte Geschichten verschluckt.

»Puh, das ist aber ganz schön heiß«, warf Kathi von der Seite ein, während sie den Mietwagen über die Autobahn steuerte und sich mit ihrem Shirt etwas Luft zufächelte.

Romy grinste. Am klimatisierten Flughafen hatte Kathi gefroren, jetzt brach ihr der Schweiß aus. Allerdings nicht ohne Grund, denn die Klimaanlage schien kaputt zu sein, und die Sonne heizte den Kleinwagen ordentlich auf.

Als das Meer hinter einem Hügel verschwand und Romy tief einatmete, bemerkte sie, dass sie sich einen Finger leicht blutig gekratzt hatte. Einerseits fühlte es sich toll an, hier zu sein, andererseits nagte das schlechte Gewissen mit jedem Herzschlag an ihr, gepaart mit Sehnsucht, Unverständnis und einer Prise Wut. Das perfekte Gefühlschaos, um nach der geheimnisvollen großen Liebe einer verstorbenen Großtante zu forschen. Es klang absolut dämlich, aber nach der herben Enttäuschung mit Jannick klammerte sie sich irgendwie an die Vorstellung, es hätte etwas Besonderes zwischen Rubén und Tante Elise bestanden, ein unzertrennliches Band, das der Vergangenheit getrotzt hatte. Als wäre ihre Geschichte die letzte Möglichkeit, zu beweisen, dass es gut und richtig war, der Liebe eine Chance zu geben.

»Willst du Jannick denn nicht mal zurückschreiben?«, fragte Kathi vorsichtig.

Jannick hatte während der letzten Stunden einige Male versucht, Romy zu erreichen, und sich schließlich per Nachricht für die unglückliche Situation entschuldigt. Er versicherte, es sei ganz anders, als Romy vermute, und er wolle, nein, er *müsse* unbedingt mit ihr sprechen.

»Ich weiß es noch nicht«, antwortete sie abwesend. »Ich weiß nicht, was ich ihm sagen soll.«

Kathi legte ihre Hand auf Romys Knie. »Vielleicht musst du erst mal gar nichts sagen. Aber vielleicht will *er* ja etwas sagen?«

Romy schluckte und beobachtete, wie die Sonnenstrahlen die Straße zum Flirren brachten.

»Vielleicht hatte Jannick wirklich keine böse Absicht, Romy. Vielleicht hat sich das mit dem Umzug kurzfristig ergeben oder so.«

Kathi bemerkte anscheinend selbst, wie schräg das klang und wie oft sie das Wort *vielleicht* benutzte, denn sie lächelte schief.

»Niemand entscheidet von heute auf morgen, einfach von Köln nach Berlin zu ziehen«, sprach Romy das Offensichtliche aus. »Er muss es ja auch schon vor unserer Nacht gewusst haben, und statt es mir zu sagen, hat er mich in dem Glauben gelassen, er wäre für mich da und alles wäre gut.«

Was Romy sich nicht vor Kathi eingestehen wollte, war, dass Vanessa einen großen Teil ihres Unmutes auf Jannick ausmachte. Wie abfällig sie Romy behandelt und wie sehr sie es genossen hatte, ihr ins Gesicht zu sagen, dass *sie beide* schon bald nach Berlin umziehen würden. Ja, dann sollten *die beiden* das schleunigst tun. Sollten *die beiden* sich doch zum Teufel scheren.

Je länger Romy darüber nachdachte, desto stärker war sie davon überzeugt, nicht dafür gemacht zu sein, sich einem Menschen völlig hinzugeben. Zu groß war die Gefahr, verletzt und verstoßen zu werden. Es war das erste Mal, dass Romy sich in ihre Mutter hineinversetzen konnte – vielleicht sogar ihre Ansicht teilte? Unbewusst schüttelte sie den Kopf, so heftig, dass ihr Pony im Wind flatterte.

Nein, sie war nicht wie ihre Mutter!

»Ist alles in Ordnung?«, fragte Kathi irritiert.

»Ach …«, begann Romy kraftlos. »Ich habe gerade eine schreckliche Erkenntnis gewonnen. Ich kann meine Mama tatsächlich verstehen. Vielleicht bin ich ihr sogar ähnlicher, als ich dachte. Vielleicht bin ich sogar genau wie sie.«

»Sag doch so was nicht!«

Romy lachte verzweifelt auf. »Das klingt, als wäre es eine Beleidigung.«

»Nein, ist es nicht! Oder, na ja, vielleicht ein bisschen? Aber … so hart das klingt, es war *ihre* Entscheidung, sich der Liebe und dem Leben zu verweigern. Natürlich war es sicher alles andere als leicht, als dein Dad euch damals verlassen hat, aber deine Mum hat sich für Verbitterung statt für einen Neuanfang entschieden. Und das machst du bitte nicht!«

Romy zog eine kindische Grimasse, und sie lachten zurückhaltend.

»Jetzt finden wir erst einmal Tante Elises Rubén und klären, was in den Sechzigern hier los war.«

Romy nickte, und ihre Gedanken schweiften ab. »Stell dir mal vor, wie es hier damals noch ausgesehen haben muss. Ich wette, der Großteil der ganzen Häuser und Siedlungen ist erst viel später entstanden.«

»Kann gut sein, ja.«

Sie blieben eine Weile lang still. Dann meldete sich das Navi zu Wort und schickte sie von Llucmajor Richtung Campos und von dort aus weiter nach Felanitx.

Die Landschaft öffnete sich, von Steinmauern umfasste Felder leuchteten rötlich in der Nachmittagssonne, Mandel- und Johannisbrotbäume standen imposant und kräftig in der Erde, Schafe tummelten sich in deren Schatten und ließen ihre Glocken klingen. Romy vergaß völlig den Grund ihrer spontanen Reise. Für einen Moment vergaß sie sogar Svenja, Jannick und ihre Mutter. Sie wurde eins mit der Insel, schloss die Augen und atmete mehrere Male tief ein und aus. Ihre Hand wanderte zu dem Medaillon um ihren Hals, und sie erfühlte die zarte Gravur.

Als sie sich der Stadt Felanitx näherten, erfasste Romy eine seltsame Aufregung. Wie würde dieser Rubén reagieren, wenn sie ihn mit dieser längst vergessenen Geschichte überfiel? Was, wenn er glücklich verheiratet war, Kinder und Enkelkinder hatte und dieser Brief alte Wunden aufreißen würde? So weit hatte Romy gar nicht gedacht. Ein mulmiges Gefühl machte sich in ihr breit.

»So«, sagte Kathi. »Das hier ist die Straße.«

Romys Puls beschleunigte sich.

Doch bei näherer Betrachtung gab es hier wenig zu sehen. Es war eher ein Feldweg, ein Landwirtschaftsweg.

»Bist du ganz sicher?«, fragte Romy und sah sich ungläubig um.

»Ganz sicher. Schau.« Sie deutete auf das Navi.

Kathi fuhr den Weg einmal rauf und wieder runter.

»Stopp, warte mal!«, stieß Romy aus. »Hier, das Tor …«

Sie stiegen aus und ließen den Wagen auf dem Weg zurück. Hinter einem zugewucherten alten Tor führte ein bewachsener Pfad einen leichten Hang hinauf und verschwand dahinter.

»Das muss es sein.«

»Ich glaube, du hast recht, aber … das sieht ganz schön runtergekommen aus«, bemerkte Kathi sachlich. Bisher hatten sie gar nicht über ihre Erwartungen gesprochen, jedoch hatten sie zumindest damit gerechnet, Menschen anzutreffen.

Ohne nachzudenken, stieg Romy über das Tor. »Komm, das müssen wir uns ansehen.« Sie wartete nicht auf Kathi, sondern lief den Weg entlang den Hügel hinauf. Ob sich dahinter Rubéns Haus verbarg? War es nur eine kleine Hütte oder vielleicht sogar ein richtiger Landsitz? Lebte er zurückgezogen und in ewiger Trauer um seine Elise?

Als der Hügel flacher wurde, konnte Romy etwas zwischen den Bäumen erkennen.

Kathi kam hechelnd hinter ihr hergeeilt. »Da war ein Schild«, zischte sie. »Das ist ein Jagdrevier oder so was.«

Doch Romy hörte ihr nicht zu. Sie deutete hinter den Hügel. »Da«, murmelte sie. Die Hände in die Hüften gestemmt, blieb sie auf der Spitze des Hügels stehen.

»Oh«, sagte Kathi leise.

»Ja, oh.«

Hinter dem Hügel lag eine Ansammlung verschiedener Gebäude, wahrscheinlich ein Bauernhof. Allerdings war er völlig zerfallen und von der Natur zurückerobert worden.

Mit enttäuschter Miene gingen sie den Hügel hinab und auf den Bauernhof zu. Je näher sie kamen, desto besser konnten sie das Ausmaß der Zerstörung erkennen. Die Dächer waren allesamt eingestürzt und die Mauern schwarz verfärbt.

»Ein Brand«, murmelte Kathi. »Es ist völlig abgebrannt.«

Ein unruhiges Gefühl durchfuhr Romy wie ein kalter Schauer. »Kathi, ich glaube, da ist jemand.«

Kathi lachte kurz auf. »Romy, das ist zwar ziemlich makaber, aber ich glaube, hier ist schon lange niemand mehr.«

Romy zeigte mit dem Finger auf einen Spalt zwischen den Mauern. »Doch, da«, flüsterte sie. »Da hat sich etwas bewegt. Ich bin mir ganz sicher.« Ihr Körper versteifte sich. »Komm, lass uns gehen.«

»Okay, okay«, gab Kathi nach.

Plötzlich ertönte ein lauter Knall, und sie zuckten zusammen. Dann kam etwas Großes auf sie zugerast. Sie schrien vor Schreck auf, doch es war zu spät. Der riesige Schäferhund stürmte auf sie zu, und Romy meinte, seine spitzen Zähne in der Sonne aufblitzen zu sehen. Mit großen Sprüngen und der Kraft seiner muskulösen Beine kam er immer näher. Romy und Kathi verharrten wie in Schockstarre. Das Tier setzte zum Sprung an und erreichte Romy, noch bevor sie sich aus ihrer Lähmung lösen konnte. Sie stürzte in das hohe Gras und spürte, wie sich der Kopf des Hundes ihrem Hals näherte. Seine bedrohlichen Kiefer rieben an ihrem Schlüsselbein. Romy versuchte, sich mit Händen und Füßen zu wehren, doch der Hund war zu kräftig. Plötzlich spürte sie eine nasse Zunge auf ihrem Hals, dann im Gesicht.

Kathi beobachtete die Szene mit großen Augen und aufgerissenem Mund. Auf einmal fing sie unvermittelt an zu lachen, als der Schäferhund aufgeregt mit dem Schwanz wedelte und seine Zunge schräg aus dem hechelnden Maul heraushing.

»Oh Mann!«, stieß Romy aus und wischte sich den Sabber aus dem Gesicht. »Ich hab mir beinahe in die Hose gemacht! Ich …«

Ein zweites, kratziges Lachen ließ Romy innehalten. Sie drehte sich hektisch um und erkannte einen alten Mann neben den Ruinen. In der einen Hand trug er ein großes Gewehr, mit der anderen schlug er schallend auf seinen Oberschenkel.

Kathi war mittlerweile verstummt. Sie sahen sich unsicher an.

»Princesa, aquí«, rief der Mann in rauem Spanisch. Der Hund ließ von Romy ab, flitzte zu seinem Herrchen und setzte sich stolz neben ihn.

Kathi schmunzelte. »Der Hund heißt *Prinzessin*«, flüsterte sie und unterdrückte ein Lachen.

Der Mann trat langsam auf die beiden zu. Im Gegensatz zu seinem langen, bedrohlichen Gewehr war er klein, rundlich und hatte ein freundliches Gesicht. Er trug eine grüne Latzhose und Gummistiefel.

Romy zwang sich zu einem Lächeln, obwohl sie sich hier im Nirgendwo mit einem bewaffneten Mann und einem kräftigen Schäferhund eher unwohl fühlte.

Kathi brach das Eis, indem sie ein Gespräch mit dem Mann begann. Romy verstand nicht, worum es ging, nickte nur ab und zu freundlich, wenn der Mann sie ansah, und versuchte, seine Mimik zu deuten. Er lachte und zeigte seine nur vereinzelt vorhandenen Vorderzähne. Dann legte er die wulstige Stirn in Falten, wirkte überrascht. Kathi hatte offenbar erzählt, wonach oder besser gesagt nach wem sie suchten. Zumindest war Rubéns Name gefallen. Das Gespräch ging über mehrere Minuten, und Romy war beeindruckt von Kathis fließendem Spanisch. Ihr war gar nicht bewusst gewesen, dass sie es so gut beherrschte.

Irgendwann hob der Mann seine Hand zur Verabschiedung, stieß einen schrillen Pfiff durch die Zähne aus und ging. Romy sah Kathi ungeduldig und erwartungsvoll an. Ihr Lächeln war verheißungsvoll.

»Jetzt erzähl schon«, drängte Romy. »Was hat er gesagt?«

Kathi genoss die Spannung sichtlich, die in der Luft lag.

»Rubén Ferrer gibt es nicht mehr«, sagte sie geheimnisvoll. »Deswegen konnten wir auch im Internet nichts über ihn finden.«

Romy versuchte, zu verstehen, was das bedeuten sollte, doch es ergab keinen Sinn. »Was … hä?«, stammelte sie.

»Er hat sich umbenannt«, antwortete Kathi amüsiert. »Er heißt jetzt Rubén Munar.«

Romy verstand kein Wort. »Umbenannt, wieso denn umbenannt?«

»Ich weiß auch nicht«, gestand Kathi. »Aber die gute Nachricht: Er lebt noch. Und er hat tatsächlich vor vielen Jahren einmal hier gewohnt, mit seiner Familie.«

Romy war auf seltsame Art erleichtert. Doch Kathi schien noch mehr zu wissen. »Und …?«

Kathi lachte. »Nichts und. Der Mann sagte, Rubén sei Fotograf.«

Romy runzelte die Stirn. Da war doch noch irgendetwas. »Raus mit der Sprache. Was noch?«

»Er hat noch etwas gesagt, was ich nicht richtig verstanden habe, also nicht sprachlich, sondern sinngemäß. Er meinte, wir sollten uns mal eine Zeitung kaufen.«

Kapitel 11

Romy und Kathi fuhren durch die Straßen Palmas, auf der Jagd nach einem Parkplatz in Laufweite zu ihrer Unterkunft. Die Sonne verschwand gerade als rot glühender Feuerball hinter dem Jachthafen und legte lange Schatten über die Straßen.

»Komm, dann fahren wir eben in eines der Parkhäuser«, schlug Romy vor. Es war ein anstrengender Tag gewesen, und sie hatte keine Lust, noch weiter umherzuirren. Unglaublich, dass sie erst heute Morgen in Jannicks Bett aufgewacht war und nun mit Kathi durch Palma fuhr.

»Einen Versuch mache ich noch«, sagte Kathi. »Das wäre doch gelacht.«

Genau in diesem Moment sah Romy einen roten Kombi aus einer Lücke fahren. Kathi setzte sofort den Blinker, und mit zwei Zügen parkte sie schwungvoll ein.

»Läuft doch bei uns!«, sagte sie und grinste. »Direkt vor der Haustür!«

Im gleichen Moment verabschiedete sich ihr Telefon. Die Navigation hatte zu viel Akku verbraucht. Romys Handy war bereits seit über einer Stunde tot. Die Versuchung war verlockend gewesen, Rubén auf der Stelle zu googeln, doch es war ihnen wichtiger, erst einmal die Unterkunft zu finden. Sie zogen ihre beiden bunten Reisetaschen aus dem Kofferraum und sahen an den Gebäudefassaden hoch, die von Straßenlaternen angeleuchtet wurden. Die eher schmucklose, aber breite Straße lag unweit des Zentrums. Einige alte, herrschaftlich wirkende Gebäude reihten sich hier aneinander. In der Mitte lag ein breiter gepflasterter Streifen, der aussah, als wäre er für Marktstände angelegt worden. Tatsächlich entdeckte Romy im Abstand von ungefähr fünfzig Metern einige verschlossene Hütten, vor denen der Wind bunte Blumenblätter aufwirbelte. Dann nahm sie den süßen Duft wahr, der in der Luft lag. Es waren Blumenstände.

»So, komm, wir schauen mal, ob das mit diesem Code klappt.«

Sie traten auf ein Haus mit einer weinroten Fassade zu, aus der kleine französische Balkone herausragten. Die Hausnummer stimmte. Dann sah Romy einen schwarzen Kasten mit mehreren Fächern und einem Zahlenfeld. Sie gab den über die Buchungsplattform mitgeteilten Code ein, und eines der Fächer sprang auf. Darin fand Romy einen schweren Schlüsselbund mit drei neuen und einem großen alten, verrosteten Schlüssel.

Die Haustür ließ sich problemlos mit dem alten Schlüssel öffnen. Das Treppenhaus war schmal, sauber und dennoch etwas muffig. Hintereinander stiegen sie die steinerne Treppe hinauf in den zweiten Stock. Einer der anderen Schlüssel öffnete eine hohe Holztür mit feinen Schnitzereien.

Die Wohnung war genauso angenehm wie im Internet abgebildet. Hohe Decken, charmante alte Fliesen, die Wände frisch renoviert und die Möblierung ein stimmiger Mix aus alt und neu.

»Ich weiß nicht, wie es dir geht«, meinte Kathi erschöpft, »aber ich habe einen riesigen Hunger. Wann haben wir zuletzt gegessen?«

»Heute Morgen«, sagte Romy, und auch ihr knurrte der Magen.

»Okay, ich gehe nur schnell aufs Klo, und dann suchen wir uns etwas in der Nähe, ja?«

Romy nickte, während sie die hohen Flügeltüren aus Holz öffnete und auf einen der kleinen Balkone trat. Wieder überlegte sie, wie es damals hier gewesen sein musste, vor vierzig, fünfzig oder sogar sechzig Jahren. Sie stellte sich vor, wie die Straße von Leben erfüllt war, adrett gekleidete Menschen Besorgungen machten und Kinder auf der Straße spielten. Dann dachte sie an Rubén. Ein Fotograf. Welche Art Fotos er wohl geschossen hatte? Ob er immer noch fotografierte? Romy sah an der von Platanen gesäumten Straße entlang. Das warme Licht verlieh ihr eine verträumte Stimmung, die sicher auch auf einem Foto ihre Wirkung entfalten würde. Dann tastete sie nach ihrem Handy, wandte sich von der Straße ab und steckte das Gerät zum Laden in einem der Schlafzimmer ein.

»Bereit?«, fragte Kathi, während sie sich den obersten Hosenknopf zumachte.

»Bereit.«

Sie verließen die Wohnung und gingen die Allee entlang. Romy meinte, vom Balkon aus etwas gesehen zu haben, was nach einem Restaurant aussah.

»Ich würde so gern länger bleiben«, gestand sie.

»Hach, ich auch. Ist eine tolle Insel. Und Palma eine tolle Stadt. Du warst noch nie hier, oder?«

»Nein«, sagte Romy.

Aber sie würde bestimmt wiederkommen.

Als sie den beleuchteten Laden erreichten, stellten sie fest, dass es nur eine Galerie war, kein Restaurant. Also gingen sie weiter, durch kleine gepflasterte Gassen, über belebte Plätze, auf denen Künstler ihre Werke zur Schau stellten, vorbei an talentierten Straßenmusikern und lachenden Menschen. Trotz ihrer Erschöpfung genoss Romy das Flair der pulsierenden Stadt und die melodischen Klänge der spanischen Sprache.

Nachdem sie deutlich weiter gelaufen waren als ursprünglich gedacht, fanden sie an einer ruhigen Ecke ein gemütliches Restaurant und ließen sich erschöpft auf der Terrasse nieder. Sofort kam eine junge Kellnerin und nahm lächelnd ihre Getränkewünsche auf. Romy beneidete Kathi erneut um ihre Sprachkenntnisse. Es schien ihr so leichtzufallen, und es klang so wunderschön. Sie hatte es nach dem Abitur während eines Auslandsjahrs in Argentinien gelernt. Romy nahm sich vor, irgendwann einen Spanischkurs zu belegen, damit sie sich bei ihrem nächsten Besuch in der Landessprache verständigen könnte.

Sie blätterten durch die übersichtliche Speisekarte und entschieden sich jeweils für ein Fischgericht. Romy bemerkte, wie ihre Augen immer müder wurden. Dennoch hörte ihr Kopf nicht auf zu arbeiten, warf Gedankenfetzen umher und sprang von Köln nach Mallorca, von Jannick zu dem Mann mit Hund und Gewehr. Dann fiel ihr aus dem Augenwinkel ein kleiner achteckiger Straßenladen auf, der gerade seine Pforten schloss. Plötzlich war Romy wieder hellwach. Sie sprang von ihrem Stuhl auf und lief über die Straße.

»Perdón, perdón!«, rief sie dem Mann im Kiosk zu, der sie bemerkte und lächelnd innehielt. Dann wies Romy auf einen Stapel Zeitungen und deutete mit dem Zeigefinger an, dass sie gern ein Exemplar hätte.

Der Mann mit dem wettergegerbten Gesicht lachte ob der Dringlichkeit ihres Wunsches nach bereits veralteten Nachrichten und reichte Romy eine Zeitung. Sie griff in die Hosentasche und fischte einige Münzen heraus, doch der Mann winkte freundlich ab. Offenbar wären die Ausgaben sowieso zur Druckerei zurückgeschickt worden oder gleich im Altpapier gelandet. Romy fand es dennoch außerordentlich nett.

»Gracias«, bedankte sie sich holprig und versuchte, ihre Unsicherheit mit einem Lächeln zu überspielen.

»Buenas noches«, sagte der Mann und fuhr fort, seinen Laden zu verschließen.

Zufrieden kehrte Romy zum Restaurant zurück und legte die Zeitung auf den Tisch.

»Sehr gut«, stellte Kathi anerkennend fest. »Ich habe zwar keine Ahnung, was wir darin suchen sollen … aber legen wir los.«

»Ja, frag mich mal.« Romy lachte auf. »Du verstehst wenigstens, worum es geht. Ich werde mich wohl an die wenigen Bilder halten müssen.« Sie öffnete die dicke Zeitung, teilte sie und reichte Kathi eine Hälfte.

Wie zwei alte Männer saßen sie dort, die großen Seiten über ihre Beine ausgebreitet, und begannen, die Artikel durchzuschauen. Rubén Munar. Fotograf. Felanitx. Mehr wussten sie nicht über ihn. Romy kämpfte sich mit schmaler werdenden Augen durch die vielen Textzeilen, in der Hoffnung, seinen Namen zu entdecken. Die Bilder zeigten Spaniens Ministerpräsidenten, irgendeinen Fußballspieler, eine Gruppe Umweltaktivisten. Dann kam die Kellnerin mit dem Fisch. Romy wollte die Zeitung schon zusammenklappen, als ihr ein Foto im Veranstaltungsteil ins Auge sprang. Irgendwie schien es sich von den übrigen Artikeln abzuheben, nicht in diese Zeitung zu gehören. Es füllte ein Drittel der Seite und sah aus wie eine Postkarte aus den Siebzigern oder Achtzigern.

»Ich glaube, du musst mal etwas Platz machen«, sagte Kathi, die offenbar schon ganz ungeduldig vor Hunger war.

»Sofort«, erwiderte Romy und drehte sich mit ihrem Stuhl zur Seite, ohne ihren Blick von dem Artikel abzuwenden. Die Müdigkeit, der Wein und das ständige Kreisen ihrer Gedanken ließen die Worte auf dem dünnen Zeitungspapier miteinander verschmelzen. Dann sah sie es deutlich vor sich. Romy verschluckte sich und hustete.

»Alles in Ordnung?«

Sie rang nach Luft, hielt Kathi die Zeitung hin, während sie einen Schluck Wasser trank.

»Das ist es!«, stieß Kathi aus.

»Ja«, krächzte Romy. »Ich glaube, wir haben ihn.«

»Er hat eine Ausstellung hier in Palma. In einer Galerie. Und sie läuft noch!«

Kapitel 12

Romy wachte von dem fröhlichen Zwitschern der Vögel auf. Anders als zu Hause, wo die Vogelgesänge ihrem Telefon entsprangen, zeigte sich hier ein kleiner Spatz auf den Ästen vor dem Fenster. Romy rieb sich die Augen und beobachtete den hübschen Kerl, der sie ebenfalls zu mustern schien. Dann nickte er einige Male heftig, flog davon und hinterließ lediglich ein Lächeln auf Romys Lippen.

In der Küche hörte sie ein leises Poltern, dann ein Fluchen. Romy stand auf, um nachzusehen, was Kathi dort anstellte. Als sie barfuß durch die Wohnung tappte und lautlos die Küche betrat, zuckte Kathi zusammen und ließ beinahe die Kaffeekanne fallen.

»Erschreck mich doch nicht so«, keuchte sie. »Der Kaffee hat sich also erledigt. Ich bin wach.«

Romy kicherte. »Hast du gut geschlafen?«

»Wie ein Stein. Ich war aber auch echt kaputt.«

»Ging mir auch so.«

Nachdem Romy den Artikel über Rubén gefunden und Kathi ihn übersetzt hatte, waren sie so neugierig geworden, dass sie das Essen hinuntergeschlungen und sofort bezahlt hatten. Sie waren nach Hause geeilt und hatten umgehend auf den geladenen Handys das Internet durchsucht. Rubén Munar entpuppte sich als ein richtiger Star der mallorquinischen Fotoszene. Sein Name wurde gemeinsam mit Hollywoodschauspielern, Regisseuren, Rockstars, Präsidenten und Mitgliedern der Königsfamilie genannt. Es waren nicht viele Artikel über ihn zu finden, doch die wenigen Texte hatten es in sich. Anders als man vermuten würde, war Rubén Munar nicht durch seinen glamourösen Umgang, sondern durch seine mehrere Jahrzehnte andauernde Dokumentation Mallorcas bekannt geworden, die auch das Thema seiner momentanen Ausstellung war. Leider gingen die Artikel nicht ins Detail, und es war nicht mehr über sein Leben und sein Schaffen herauszubekommen. Romy vermutete, dass sich in irgendwelchen Zeitungs- oder Stadtarchiven deutlich mehr finden ließe.

Romy und Kathi nahmen zwei Kaffeetassen aus dem Küchenschrank und setzten sich auf den Balkon, um dem morgendlichen Treiben der Stadt zuzuschauen. Da die Balkontüren etwas zurückgesetzt lagen, hatten auf dem kleinen Balkon sogar zwei Bistrostühle und ein dazu passender Tisch Platz. Die Möbel waren alt und verrostet, aber das störte sie nicht weiter. Kathi schlürfte zufrieden ihren Kaffee, und allmählich kam ihr Kreislauf in Schwung.

»Hast du eigentlich deiner Mum schon Bescheid gesagt, dass wir hier sind? Und dass wir kurz davor stehen, mehr über Rubén herauszufinden?«

Romy schüttelte nachdenklich den Kopf. Noch immer konnte sie sich keinen Reim auf die heftige und unerwartete Reaktion ihrer Mutter machen. Sie nahm sich vor, sie am Abend anzurufen.

Nach dem Kaffee und nachdem ihre Lebensgeister wieder geweckt waren, machten sich Romy und Kathi fertig, duschten und zogen sich luftige Sommerkleider über. Um zehn Uhr öffnete die Galerie, und sie wollten keine Minute ihrer kostbaren Mallorca-Zeit vergeuden. Denn morgen Abend würden sie bereits wieder im Flugzeug sitzen und auf ihren gewohnten Alltag zusteuern.

Ein Alltag ohne Jannick.

Doch Romy ließ den Gedanken hinter der zugezogenen Wohnungstür. Auf dem kurzen Fußweg zur zentral gelegenen Galerie fragte sie sich, was genau sie sich eigentlich von der Ausstellung erhofften. Sie würden mehr über seine Arbeit erfahren, ja. Aber darüber hinaus? Vielleicht wussten die Galeristen mehr über ihn. Womöglich standen sie mit ihm in Kontakt, kannten seinen Wohnort oder hatten sogar seine Telefonnummer?

Sie gingen die Straße hinunter Richtung Hafen, bogen dann an einem Kreisel nach links ab und schlängelten sich durch einige Gassen, bis sie über den Dächern die imposante Kathedrale erblickten. Die Stadt war noch verhältnismäßig ruhig, doch an einem Samstag mitten im Sommer würde es nicht mehr lange dauern, bis sich die Touristen durch die Straßen des historischen Zentrums schoben. Nur einige Gassen abseits der Kathedrale erkannte Romy das Motiv eines großen, auf einen Rahmen gespannten Posters – die Postkarte aus dem Zeitungsartikel. Eigentlich bestand das Motiv in einer Collage aus vier Fotos, die eine dralle Blondine im Siebziger-Jahre-Bikini, ein Hotel mit der Aufschrift »Majorica« sowie zwei wunderschöne Buchten zeigten.

»Wieso eigentlich ein Postkartenbild?«, fragte sich Romy leise, doch Kathi zuckte nur mit den Schultern und betrat die Galerie durch einen bewachsenen Rundbogen.

»Wir werden es sicher gleich erfahren«, sagte sie und steuerte auf eine hölzerne Theke zu, an der die Tickets verkauft wurden.

Romy spürte eine seltsame Aufregung in sich aufsteigen. Es war dieselbe Aufregung wie gestern, als sie sich dem Bauernhaus genähert hatten. Irgendetwas versuchte ihr Körper ihr mitzuteilen. Unvermittelt griff sie dabei an das Medaillon um ihren Hals.

Wenige Sekunden später hielt Kathi zwei bedruckte Papierstreifen in den Händen. Sie gingen vorbei an einer lächelnden Dame und betraten die Ausstellung. Die Räume der Galerie waren mehrere Meter hoch, an manchen der Wände hatte man Teile alter Steinmauern freigelegt, andere waren glatt verputzt und strahlten in hellem Weiß. Der Boden bestand aus mediterranen, schachbrettartig verlegten Keramikfliesen, die der Abnutzung nach zu urteilen viele Jahrzehnte alt waren. Es herrschte eine ruhige und kühle Atmosphäre hier drinnen – eine kleine, stille Oase inmitten der geschäftigen Stadt.

Einige Infotafeln hinter dem Eingang gaben höchstwahrscheinlich einen kurzen Abriss über das Leben von Rubén Munar, doch Kathi hatte keine Lust, den Text zu übersetzen. Sie wollte sich erst einmal die Bilder anschauen, sich davon überraschen lassen, um sich dann den Hintergrundinformationen zu widmen. Das kleine Schwarz-Weiß-Porträt in der Ecke der Infotafel zeigte einen ernsten Mann fortgeschrittenen Alters, schätzungsweise um die achtzig Jahre. Man konnte sagen, er sah aus wie ein ganz gewöhnlicher Opa und hatte nichts Glamouröses an sich.

Romy betrat den ersten von offenbar vielen miteinander verbundenen Räumen, die um einen großen Innenhof herum gruppiert waren. Großformatige Fotos zeigten Mallorca zu Land, zu Wasser und aus der Luft. Die ersten Bilder waren ausdrucksstarke Schwarz-Weiß-Aufnahmen von charakteristischen Dörfern und von markanten Gesichtern, etwa von Bauern oder von Waschfrauen. Dann wurden die Bilder farbig, die Orte belebter, die Landschaften bebauter. Mit steigender Farbsättigung nahmen die Aktualität der Fotos und somit die Entwicklung zu einer modernen Umgebung zu. Tatsächlich konnte man gut erkennen, dass Hotels, Bars, Straßen und

Einkaufszentren aus dem Boden geschossen waren wie Pilze. Besonders in den Siebzigerjahren war die Besiedelung drastisch, beinahe dramatisch gestiegen. Damit einhergegangen war die gesellschaftliche Entwicklung – die Mode, die Freizügigkeit, die Gleichstellung. All das konnte man anhand der Fotos nachvollziehen. Es war eine emotionale Reise, an deren Ende Romy und Kathi sichtlich beeindruckt waren.

»Wie schön diese Insel heute ist. Und dann stell dir vor, um wie viel schöner es hier damals noch gewesen sein muss«, flüsterte Romy.

»Ja, das ist schon Wahnsinn. Und das Ende ist noch nicht erreicht.«

Sie bewegten sich auf den Ausgang zu, als sich noch ein letzter großer Raum öffnete.

»Das ist ja abgefahren!«, stieß Romy unvermittelt aus.

Auch Kathi sah sich mit offenem Mund um.

Die Wände im ganzen Raum waren über und über mit alten Postkarten behängt. Es sah aus wie eine Fototapete, doch es waren tatsächlich echte Karten, vergilbt und abgegriffen. Genau wie bei den vorangegangenen großen Aufnahmen konnte Romy verschiedene Epochen ausmachen. Erst auf den zweiten Blick realisierte sie, dass dieser Raum das eigentliche Highlight der Ausstellung war. Die Karten waren zeitgeschichtliche Dokumente, die ebenso viel über die gesellschaftliche Veränderung aussagten wie die bisherigen Bilder, wenn nicht sogar mehr. Gleichzeitig dokumentierten sie die Entwicklung der beliebtesten Urlaubsorte der Insel. Waren anfangs noch klassische Landschaftsaufnahmen zu sehen, zeigten die Bilder in den Siebzigerjahren eine fortschreitende Bebauung und Entwicklung der Gegenden. Bei den meisten handelte es sich um Collagen, wie bei dem Poster am Eingang. Eine hübsche Frau im Badeanzug, entweder beim Sonnenbad oder beim vergnügten Spiel mit ihrer Familie, dann einige Bilder der offenbar größten Hotels in der jeweiligen Gegend und ein oder zwei mit malerischer Natur. Allen Postkarten gemein war jedoch, dass sie, sei es durch ein besonderes Licht oder einen außergewöhnlichen Blickwinkel, eine Art kleinen Glücksmoment zeigten. Genau konnte Romy es nicht festmachen, aber die Karten sprachen sie direkt an.

»Es hat sich nichts verändert«, stellte Kathi lachend fest. »Das sind die Selfies der Siebziger und Achtziger. Die Beweise dafür, dass es ein wahnsinnig toller Urlaub war, und der Mittelfinger an all die Daheimgebliebenen.«

»Oh mein Gott, du hast absolut recht!«

Sie drehten sich herum und gingen zur gegenüberliegenden Wand. Hier waren die beschriebenen Rückseiten Hunderter Postkarten zu sehen. Wie Kathi gesagt hatte, waren es manipulierte Beweisstücke einer tollen Urlaubszeit für diejenigen, die zu Hause bleiben mussten. Es waren kurze Nachrichten nach Deutschland, England, Polen, sogar nach Brasilien, in die USA oder nach China. All diese Postkarten waren einmal um die Welt gegangen, um schließlich hier an dieser Wand zu landen, teilweise vierzig oder fünfzig Jahre später.

Aus dem Augenwinkel sah Romy, dass ein Mann den Raum betrat, der einen Rollstuhl vor sich herschob, in dem ein deutlich älterer Mann mit Hut saß. Sie machten hinter Romy und Kathi Halt, und der Jüngere setzte sich auf die Bank in der Mitte des Raumes. Romy lauschte dem melodischen Spanisch des Jüngeren, dessen angenehme Stimme in ihr nachhallte.

Kathi, die schon seit einigen Minuten nervös von einem Bein auf das andere trat, unterbrach die Stille.

»Ich bin mal eben weg.«

Romy grinste und lauschte weiter der beruhigenden Stimme. Dann drehte sie sich herum, um ein Gesicht dazu zu sehen.

Moment. Dieser alte Mann im Rollstuhl.

Romy fasste sich schlagartig an den Hals, an das Medaillon. Er hatte genau dorthin gestarrt, und seine Augen hatten gezuckt, bevor er sich den Hut tief in die Stirn gezogen hatte. Oder bildete sich Romy das nur ein? Schnell wandte sie sich den Postkarten zu. Der junge Mann begann wieder zu sprechen. Und da war der Name. Er hatte ihn gesagt. Er hatte »Rubén« gesagt. Es war dahingenuschelt, aber Romy hatte es deutlich gehört. Sofort drehte sie sich um.

Jetzt oder nie.

»Äh, perdón, do you speak English?«, fragte Romy und spürte, wie die Aufregung sie erröten ließ. Ihr Blick ging dabei zwischen den beiden Männern hin und her. Er war es. Definitiv. Das war der Mann von dem Bild im Eingang. Es war Rubén.

»Wir können auch in Ihrer Sprache sprechen«, antwortete der junge Mann, um dessen funkelnde braune Augen sich freundlich wirkende Lachfältchen bildeten.

Romy war überrascht, rang um ihre nächsten Worte.

»Sind Sie … sind Sie Rubén Munar?«, fragte sie den Mann im Rollstuhl, doch dieser drehte abwesend den Kopf zur Seite.

»Rubén, seien Sie nicht unhöflich«, antwortete der Jüngere stattdessen. »Sie ist ein Fan.«

In diesem Moment kam Kathi wieder um die Ecke und atmete erleichtert auf. »Ich sag's dir, das war allerhöchste Eisenbahn.«

Der junge Mann schmunzelte und richtete weiterhin seinen Blick auf Romy. »Aber zu Ihrer Frage, ja, das ist Rubén Munar, höchstpersönlich. Der Schöpfer all dieser wunderbaren Bilder.«

Kapitel 13

Romy strich sich aufgeregt den Pony aus der Stirn. Das war Rubén, der Verfasser des Briefes in ihrem Medaillon, der so schöne Zeilen an ihre Großtante geschrieben hatte. Aber was sollte sie nun tun? Wie sollte sie vorgehen, um ihn zu Tante Elise zu befragen?

»Ach, du Scheiße«, raunte Kathi von der Seite, als sie Rubén ebenfalls erkannte.

Der junge Mann grinste immer breiter. »Mögen Sie seine Arbeit?«

Kathi nickte mit großen Augen.

»Ja … ja, deswegen sind wir auch hier«, log Romy.

»Verstehe. Und sind Sie beide denn länger auf Mallorca?«

»Nein. Also eigentlich nur noch bis morgen Abend.«

»Oh. Das ist kurz.«

Eine seltsame Stille entstand. Romy bemerkte, dass der junge Mann sie auffällig musterte. Nicht aufdringlich oder unangenehm, eher … aufmerksam. Ihr fielen seine geradlinigen Gesichtszüge auf. Er war ein hübscher Mann und schien das zu wissen. Sein Selbstbewusstsein imponierte Romy spürbar. Ihre Hände kribbelten, und sie legte sie eng an die Oberschenkel. Unvermittelt dachte sie an Jannick, und ihr Hals wurde trocken.

»Ich heiße übrigens Xavi.«

»Ich … bin Romy. Und das …«

»Kathi«, sagte Kathi blitzschnell und klimperte auffällig oft mit den Wimpern.

Wie kam Romy überhaupt darauf, Kathi vorstellen zu müssen? Es war eine durch und durch seltsame Begegnung.

»Wenn es euch nichts ausmacht, können wir auch gern Du sagen. Wir sind hier nicht so förmlich.«

Hatte er Romy gerade zugezwinkert?

»Okay. Das ist okay. *Du.*« Romy rang sich ein trockenes Lachen ab, bevor sie sich innerlich wegen dieser dummen Bemerkung schüttelte. Dann lenkte sie Xavis Blick auf Rubén, der sich weiterhin entschlossen wegdrehte. »Versteht er uns eigentlich auch?«

Xavi verzog etwas den Mund und kratzte sich an der Stirn. »Ja, also, generell spricht er sogar ein ziemlich gutes Deutsch … auch Englisch und ein wenig Russisch.«

»Aber?«, fragte Kathi erwartungsvoll.

»Aber … nun ja, er hat schon lange nicht mehr gesprochen.«

Romy und Kathi sahen sich fragend an.

»Rubén hatte mehrere Schlaganfälle und leidet seither unter vaskulärer, also durch die Hirninfarkte ausgelöster Demenz. Es ist nicht mit einer Alzheimer-Demenz zu vergleichen, aber … niemand weiß, was er mitbekommt.«

Romy legte erschrocken die Hand vor den Mund. Die Vorstellung hinterließ in ihr eine seltsame Traurigkeit. Erst einige Atemzüge später begriff sie, dass sich damit höchstwahrscheinlich auch ihr Anliegen, ihm den Brief zu zeigen und mehr über seine Beziehung zu Elise zu erfahren, in Luft aufgelöst hatte. Aber … hatten vorhin seine Augen nicht deutlich gezuckt, als er das Medaillon entdeckt hatte? Hatte er sich nicht deswegen weggedreht? Romy blieb skeptisch. Er musste es gesehen und erkannt haben.

Gerade als sie Xavi darauf ansprechen wollte, kam er ihr zuvor.

»Also, wir müssen jetzt leider weiter. Rubén hat einen Arzttermin, da dürfen wir nicht zu spät kommen.«

Romys Schultern sanken enttäuscht nach unten. Xavi wandte sich bereits zum Gehen und hob zum Abschied die Hand, als Romy sich erst verschluckte, um dann ein seltsames Krächzen hinterherzuschicken. Erst dann fand sie ihre Sprache wieder.

»Warte. Können wir … also, wir würden gern noch mehr über Rubén Munar erfahren. Wäre es möglich, dass wir uns noch einmal treffen?« Sie schluckte. »Also, ganz unverbindlich.«

Ganz unverbindlich? Was redete sie da?

Kathi sah Romy mit großen Augen an. Xavi schmunzelte.

»Also … das würde mich sogar sehr freuen«, sagte er lächelnd. »Ich mache so etwas normalerweise nicht, das müsst ihr mir bitte glauben. Aber … möchtet ihr vielleicht heute Abend zum Essen kommen? Rubén hat noch so viele weitere tolle Bilder im Archiv, es ist wirklich …«

»Sehr gern!«, unterbrach Kathi ihn, und schon wieder klimperten ihre Wimpern so vehement, dass Romy beinahe den davon ausgehenden Luftzug spürte.

»Ach ja?«, raunte Romy ihr leise zu.

»Ja«, erwiderte Kathi lautstark.

»Das freut mich sehr.« Xavis aufrichtiges Lächeln verriet, dass er die Wahrheit sprach. Er reichte den beiden eine Visitenkarte, die Kathi umgehend an sich nahm.

»Klingelt mich einfach an. Dann schicke ich euch Rubéns Adresse.«

»Alles klar«, sagte Kathi.

»Ganz unverbindlich«, meinte Xavi, dann wandte er sich Rubén zu und schob ihn in Richtung Ausgang. Kurz bevor die beiden die Galerie verließen, blickte er noch einmal zurück. Im nächsten Moment waren sie verschwunden.

Romy und Kathi standen wie verloren in dem großen Raum voller Postkarten. War das gerade wirklich passiert? Es kam Romy geradezu surreal vor. Dann löste sie sich aus ihrer Starre und boxte Kathi sanft gegen die Schulter.

»Aua«, rief diese und kicherte. »Was denn?«

»Sag nichts!«

»Ist er nicht süß? So ganz unverbindlich?«

Romy lief rot an, und die beiden lachten.

Dann seufzte Kathi leise. »Wir sind bei Rubén Munar zum Essen eingeladen. Wir haben ihn gefunden, und heute Abend sind wir bei ihm zu Hause. Volltreffer, würde ich sagen.«

* * *

Kathi ließ das Wagenfenster herunter und betätigte die auf Hüfthöhe angebrachte Klingel. Wenig später öffnete sich das große schmiedeeiserne Flügeltor wie durch Zauberhand.

»Bereit?«, fragte sie und grinste.

»Ich weiß nicht so recht«, gab Romy zu.

Dann ließ Kathi den Wagen langsam die geschwungene und von beleuchteten Palmen gesäumte Auffahrt hinaufrollen. Staunend sah sich Romy auf der Anlage um. Obwohl die Sonne bereits untergegangen war, erkannte sie lange Reihen von Oliven- und Mandelbäumen zu ihrer Rechten, die sich hinter einer Steinmauer wie Striche über die weite Landschaft zogen. Ein altes Flügeltor aus Olivenholz machte die Plantage für die Ernte und Pflege zugänglich. Auf der linken Seite der Palmenallee befand sich ein harmonisch angelegter und gepflegter Garten. Am Ende der Auffahrt stand ein imposantes altes Herrenhaus, dessen Renovierung der Traum jedes Innenarchitekten gewesen sein musste. Die Hausfassade bestand aus behauenen

Steinen, die Fenster, mit grünen Schlagläden versehen, waren offenbar nachträglich vergrößert worden. Wilder Wein und Bougainvilleen rankten an einem rostigen Spalier und spendeten tagsüber sicher wohltuenden Schatten. Es war ein Traumhaus.

»Du kannst deinen Mund jetzt wieder schließen«, sagte Kathi kichernd und parkte den Wagen direkt vor der geschwungenen Eingangstür aus rauem Hartholz, die sich langsam öffnete. Xavi trat heraus und sah freudig zu ihnen herunter.

Romy zwang sich zur Ruhe und fasste erneut an ihren Hals. Das Medaillon, der Brief, Tante Elise – deswegen war sie hier. Sie wollte erfahren, was Rubén und ihre Großtante verbunden hatte, wieso sie sich möglicherweise aus den Augen verloren hatten und warum Tante Elise das Medaillon ausgerechnet ihr hatte zukommen lassen.

Romy sah an sich herab. Kathi und sie hatten keine besonders große Auswahl an passender Garderobe mitgenommen. Wer hätte auch ahnen können, dass sie zu Hause bei einem Starfotografen landen würden, der höchstwahrscheinlich in den Sechzigerjahren etwas mit ihrer Großtante gehabt hatte? Romy trug das grüne schulterfreie Kleid, das für ein schönes Abendessen in einem Restaurant am Hafen gedacht gewesen war. Heute fühlte sie sich jedoch unwohl darin, denn es war etwas zu attraktiv für die Einladung bei einem gut aussehenden Fremden. Es ging ihr um Tante Elise und nicht um eine neue Bekanntschaft. Und schließlich wirbelten ihre Gefühle für Jannick wie ein wild gewordener Tornado durch ihren wirren Kopf.

Romy stieg aus dem Wagen. Sie bemerkte nicht, dass sich der Saum des knielangen Kleides in einem Hebel neben dem Beifahrersitz verhakt hatte. Als sie die Knie durchdrückte, spürte sie den plötzlichen Ruck. Zu spät, wie sich herausstellte. Das Kleid hatte sich verfangen und rutschte nach unten.

Das war jetzt nicht wirklich passiert!

In Sekundenbruchteilen lief ihr Kopf tomatenrot an.

»Ach, du Scheiße!«, stieß Kathi aus und schlug schockiert beide Hände vor den Mund.

Romy zog reflexartig die Arme vor die Brust und duckte sich hinter der Beifahrertür.

Xavi versuchte offenbar, die skurrile Szene einzuordnen, und schwieg. Er hatte die Augenbrauen weit in die Stirn gezogen, und sein Blick war …

War das etwa Anerkennung?

Romy bückte sich im Schutz der Autotür und fummelte hektisch an dem Hebel zum Verstellen des Sitzes herum. Das Kleid löste sich. Hastig zog sie es von der Hüfte aufwärts, zurück über ihren trägerlosen BH. Der Gummizug saß, es war nichts kaputtgegangen. Sie holte noch einmal tief Luft, versuchte, dem Drang, sich im Kofferraum zu verkriechen oder mit Vollgas auf der Auffahrt zurückzusetzen, zu widerstehen und ihre Scham abzuschütteln. Sie stand auf und streckte sich, dieses Mal bekleidet. Als sie bemerkte, wie sich Kathi vor Lachen krümmte, schoss ihr erneut das Blut ins Gesicht.

»Tut … tut mir leid, Romy, aber …«

»Schön, dass ihr da seid«, unterbrach Xavi sie. »Herzlich willkommen auf Rubéns bescheidenem Anwesen.«

Romy lächelte ihn dankbar an. Er hatte die Situation elegant gerettet. Kathi warf sie hingegen einen bösen Blick zu, der sich jedoch schnell in ein peinlich berührtes Schmunzeln verwandelte. Wäre Kathi das Gleiche passiert, hätte sie sich ebenso wenig zusammenreißen können.

Als Romy die drei Stufen zur Haustür genommen hatte, streckte sie Xavi die Hand entgegen. Er beachtete die Geste nicht, sondern beugte sich vor und gab ihr einen Kuss auf die Wange. Sein Dreitagebart kratzte leicht auf Romys Haut, die daraufhin kribbelte. Dann wandte er sich Kathi zu.

»Ich hoffe, ihr habt gut hierhergefunden. Das ist immer ein bisschen schwierig, weil es in der Gegend keine Hausnummern gibt.«

»Alles in Ordnung, deine Beschreibung war sehr gut«, sagte Kathi, die sich wieder etwas beruhigt hatte.

»Bitte, kommt rein.«

Sie folgten Xavi durch die Tür, hinter der sich ein riesiger Eingangsbereich mit meterhoher Decke befand, von der moderne Lampen herabhingen. Boden und Wände waren rustikal und schienen aus perfekt restaurierten Originalbeständen zu bestehen. Moderne Bauhausmöbel boten dazu einen auffälligen Kontrast.

Irrte sie sich, oder warf Xavi ihr die ganze Zeit über flüchtige Blicke zu, die weniger flüchtig ankamen als womöglich beabsichtigt? Romy fiel auf, dass er sich für den Abend umgezogen hatte. Er trug eine blaue Stoffhose, die seine schlanken Knöchel sehen ließ, dazu helle Sommerschuhe und ein dunkelblaues Hemd mit einem hellen Muster darauf. Bei genauerer Betrachtung bemerkte Romy, dass es kleine Vögel waren.

»Das Haus ist ein alter Bauernhof aus dem achtzehnten Jahrhundert. Rubén hat es für seine Eltern gekauft, deren Hof Jahre zuvor abgebrannt ist«, erklärte Xavi. »Als seine Eltern starben, ist er selbst eingezogen und hat es komplett umgestaltet.«

Romy und Kathi folgten Xavi durch die verschiedenen Räume, die allesamt modern und künstlerisch gestaltet waren. An den Wänden hingen großformatige Fotografien von Landschaften, Gesichtern und Szenen des Alltags. Das ganze Haus war eine einzige Ausstellung und schon allein deswegen tief beeindruckend. Gemeinsam folgten sie Xavi durch ein Lesezimmer, ein Arbeitszimmer, mehrere Schlafräume, Archive und Haushaltsräume in einen riesigen Wohn-Essbereich. Eine meterlange Fensterfront gab den Blick auf die dunklen Oliven- und Mandelfelder frei, die sich über die weite Landschaft zogen.

Das ganze Anwesen war unglaublich und machte Romy neugierig darauf, wie Rubén zu diesem offensichtlichen Reichtum gekommen war. Im gleichen Moment fiel ihr auf, dass sie immer noch nicht wusste, wer Xavi eigentlich war und in welcher Beziehung er zu Rubén stand. Auf seiner Visitenkarte hatte *Xavi López – Fotógrafo* gestanden. Vielleicht war er Rubéns Enkel und hatte Talent und Leidenschaft für die Fotografie von ihm geerbt?

»Wo ist eigentlich Rubén?«, fragte Romy unbeabsichtigt direkt.

Xavi grinste und zeigte hinaus auf die Terrasse.

Bei genauerem Hinsehen erkannte Romy ihn in einem Schaukelstuhl, der sich im schummrigen Licht langsam hin- und herwiegte.

»Und … es ist in Ordnung für ihn, wenn wir hier sind?«

»Früher hat Rubén immer Gäste zu Besuch gehabt. Er war ein sehr geselliger Mensch, bevor er … krank wurde. Manchmal habe ich sogar gedacht, dass er die Einsamkeit nicht erträgt und deshalb immer Menschen um sich hat.«

Xavi bedeutete Romy und Kathi, auf einer der Ledergarnituren Platz zu nehmen, die auf einem riesigen cremefarbenen Teppich standen.

»Trinkt ihr Weißwein?«

»Ja«, antwortete Kathi, während sie sich auf die Couch sinken ließ. »Gern.«

Romy kam sich völlig deplatziert vor, doch Kathi schien das alles nichts auszumachen. Im Gegenteil, sie genoss das kleine unerwartete Abenteuer.

»Sag mal, Xavi«, begann sie, als würden sie sich schon lange kennen. »In welcher Beziehung stehst du eigentlich zu Rubén? Bist du sein Enkel?«

Okay, so konnte man es natürlich auch herausfinden, anstatt sich langsam an diese Frage heranzutasten.

Romy schmunzelte über Kathis erfrischende Direktheit. Xavi lachte, ließ in der offenen Küche einen Korken ploppen und schenkte drei Gläser ein. »Nein, wir sind nicht verwandt.« Er kam wieder in das Wohnzimmer und reichte ihnen den Wein. »Ich bin so etwas wie sein Schützling, Freund und seit einigen Jahren leider auch sein Pfleger.«

Gemeinsam ließen sie die Gläser klingen. Romy und Kathi warteten gespannt auf Xavis weitere Erklärung.

»Ich habe Rubén vor fast zwanzig Jahren kennengelernt. Damals habe ich meine Fotos in den Straßen Palmas verkauft. Ich war wie besessen von der Fotografie, doch alles, was ich wusste, hatte ich mir selbst beigebracht. Zu dieser Zeit war Rubén jeden Morgen in der Stadt und trank immer in derselben Bar einen Kaffee, immer zur selben Zeit. Ich wusste längst, wer er war, und wartete auf ihn, jeden Morgen, über Wochen. Ich wusste, dass ihm meine Bilder aufgefallen waren, und ich war fest davon überzeugt, dass, wenn ich nur hartnäckig genug wäre, irgendetwas Gutes daraus entstehen würde.«

Romy hing an seinen Lippen. Xavis Ausstrahlung war fesselnd, ähnlich wie bei Jannick, wenn er für ein Thema brannte.

»Dann, nach über zwei Monaten, winkte er mich zu sich heran. Ich wusste nicht, was mich erwartete, doch er zog etwas aus seiner Tasche und überreichte es mir. Es war eine Kamera. Eine verdammt teure Kamera. ›Hier‹, sagte er, ›lerne, damit umzugehen, und dann gehen wir zusammen fotografieren.‹«

Romy spürte eine Gänsehaut auf ihrem Rücken.

»Das ist ja wie im Film«, stieß Kathi aus und konnte ihre Aufregung nicht verbergen.

Xavi lachte. »Ja, das war es. Und seitdem hat er mich überallhin mitgenommen. Ich war sein Assistent. Wir waren zusammen auf der ganzen Welt. Doch seine tiefe Verbundenheit mit Mallorca hat uns immer wieder hierhergebracht, zu seinem Zuhause.«

Eine Tür fiel zu, und sie reckten ihre Köpfe zur Terrasse. Als hätte er gespürt, dass sie über ihn sprachen, schlich Rubén am Rande des Wohnzimmers entlang. Er warf einen kurzen Blick auf sie und ließ sich dann stumm in einem Sessel nieder, der auf die Wand gerichtet war. Seine Augen fixierten ein großformatiges Schwarz-Weiß-Foto.

»Unheimlich«, flüsterte Kathi Romy zu.

»Das macht er jeden Abend«, sagte Xavi. »Er setzt sich immer vor dieses Bild und sieht es stundenlang an. Ich habe nie herausfinden können, was es damit auf sich hat. Er hat auf Nachfragen immer nur den Kopf geschüttelt.«

Während Xavi ein viertes Glas Wein einschenkte und es Rubén brachte, betrachtete Romy das gerahmte Foto. Es war schlicht, zeigte eine dunkle, verlassene Bucht, die lediglich durch ein Blitzlicht erhellt wurde. Konturen einiger zum Wasser führender Fußabdrücke und ein Paar Sandalen, die kurz vor dem Wasser abgestreift worden waren. Daneben lag etwas, was wie ein Kleid aussah. Das Foto versprühte eine nicht greifbare Energie. Dem Aussehen nach zu urteilen, war das Foto viele Jahre alt. Doch wer war die geheimnisvolle Frau, zu der die abgestreifte Kleidung gehörte?

Xavi beschloss, etwas zu kochen. Um Romy und Kathi die Wartezeit angenehmer zu gestalten, holte er einige Kisten mit Fotoalben aus dem Archiv. Während er also das Essen zubereitete, sahen sich Romy und Kathi alte Fotos an. Sie boten einen Abriss von Rubéns offenbar aufregendem und bewegtem Leben. Die beiden kamen aus dem Staunen gar nicht heraus, als sie einige Bilder fanden, die ihn mit Marlene Dietrich am Strand, den Rolling Stones auf einem Fischerboot oder mit Prinz Charles auf einer Abendveranstaltung zeigten. Wie hatte es ein mallorquinischer Fotograf vom Land zu solch einer Berühmtheit gebracht?

Während Xavi einige Gambas in duftendem Knoblauchöl anbriet, erzählte er Geschichten zu den Bildern, von denen er die meisten natürlich nicht selbst erlebt hatte, sie jedoch aus Rubéns Erzählungen kannte. Die Stimmung wurde ausgelassener, und auch Rubén gesellte sich zum Essen an den Tisch. Obwohl er nicht sprach, hatte Romy ab und zu den Eindruck, dass er den Gesprächen zu folgen versuchte. Romy und Kathi löcherten Xavi mit Fragen und vergaßen darüber Zeit, Ort und Anliegen ihres Besuches.

Nachdem Rubén in seinen Sessel zurückgekehrt war, sie mit Xavi das Geschirr in die Küche getragen und sich einen Schluck Wein nachgeschenkt hatten, saßen sie erneut an dem langen Holztisch. Xavi sah Romy eindringlich an, als wollte er sie herausfordern, etwas zu sagen. Sein Blick fiel auf das Medaillon. Romy schreckte auf. Kannte er das Schmuckstück etwa? Jetzt war der richtige Zeitpunkt gekommen, das spürte sie.

»Weißt du … eigentlich hat unser Besuch auf der Insel einen anderen Grund, als nur ein schönes Wochenende zu verbringen«, begann sie.

Kathi nickte ihr ermutigend zu.

Xavi sah nicht erstaunt aus. Er wartete geduldig.

Romy öffnete die Schließe des Medaillons und legte es auf den Tisch.

»Das habe ich von meiner Großtante bekommen. Sie ist vor zwei Wochen gestorben.«

»Das tut mir sehr leid. Darf ich?«, fragte Xavi und deutete auf das Schmuckstück. Romy nickte, und er nahm es vorsichtig in die Hand und betrachtete es von allen Seiten.

»Es ist wirklich hübsch«, bemerkte er.

»Aber das ist noch nicht alles. Darin …«, Xavi reichte ihr das Medaillon zurück, und Romy öffnete die kleine Klappe, »… darin habe ich einen Brief gefunden. Er ist von Rubén an meine Tante Elli.«

Plötzlich bekam Xavi große Augen und verzog staunend den Mund.

Romy faltete den Brief auf und reichte ihn hinüber. Xavi las die Zeilen aufmerksam und schluckte. Romy beobachtete ihn und seine Reaktion, konnte sie jedoch nicht genau deuten. Dennoch keimte Hoffnung in ihr auf.

Vielleicht wusste er etwas darüber.

Xavi legte den Brief wieder auf den Tisch und trank einen Schluck Wein. »Das ist wirklich … bemerkenswert«, sagte er und atmete schwer aus.

»Weißt du etwas darüber? Kannst du mir weiterhelfen?«

Ein kurzer Moment der Stille trat ein.

»Ich fürchte, nein«, sagte er betroffen. »Ich weiß nichts von einer Elli. Rubén hat den Namen nie erwähnt. Das tut mir wirklich leid.«

Plötzlich hörte man aus der Sitzecke ein lautes Husten, das in ein Röcheln und Keuchen überging.

Xavi sprang auf und eilte zu Rubén.

»Todo bien, Rubén. Todo bien.«

Kapitel 14

Ein Spiel aus Licht und Schatten huschte über die dünne weiße Bettdecke. Romy lag schon eine Weile wach und sah den Silhouetten der Platanen zu, wie sie leichtfüßig über sie hinwegtanzten, sich im Wind so schnell bewegten wie Romys Gedanken.

Wo sollte das alles hinführen?

Sie war müde, und vielleicht war es eine gute Idee, Rubén in Ruhe zu lassen. Schließlich war er die letzten fünfzig Jahre auch ohne Medaillon und Brief bestens klargekommen.

Und dennoch, in Romy brannte das pochende Gefühl der Neugier. Es war beinahe wie eine innere Stimme, die ihr zuflüsterte: *Es ist nicht so, wie es scheint. Das alles hat eine tiefere Bedeutung.*

Doch die einzige Bedeutung, die Romy momentan erkennen konnte, war, dass sie morgen im Atelier einen riesigen Anschiss von Svenja bekommen würde, das Verhältnis zu ihrer Mutter noch angespannter wäre als zuvor und Jannick jetzt in Berlin lebte … mit Vanessa.

Dann dachte sie an die Nachricht, die gestern am späten Abend noch von Xavi gekommen war, nachdem Kathi und sie hektisch das Haus verlassen hatten. Romy war sofort wieder hellwach gewesen, hatte förmlich im Bett gestanden. Xavi hatte etwas gefunden. Irgendeinen Hinweis. So zumindest seine Worte. Doch er wollte ihr die Information persönlich geben, bei einem letzten Ausflug vor ihrer Abreise. Zugegeben, das war ein netter Versuch, Kathi und sie noch einmal wiederzusehen. Nach der seltsamen Begegnung in der Galerie, dem BH-Blitzer und dem netten Abend bei ihm zu Hause. In jedem anderen Fall hätte sie abgelehnt und dem Absender der Nachricht ein schönes restliches Leben gewünscht. Doch sie musste wissen, was Xavi gefunden hatte.

Ein Summen ertönte. Romy drehte den Kopf zur Seite und sah ihr Handy auf dem Nachttisch vibrieren.

Xavi? Jannick? Svenja?

Ein kalter Schauer kroch ihr den Rücken hinauf, als sie bemerkte, dass sie zuerst an Xavi gedacht hatte und ihn bei jeder Gelegenheit mit Jannick verglich.

Romy griff nach dem Handy. Es war niemand von den dreien. *Mama* stand auf dem Display. Romy war erleichtert und zugleich aus mehreren Gründen verwundert. Sie sah auf die Uhr. Es war gerade einmal halb acht, an einem Sonntag. War etwas passiert? Warum sollte sie sonst anrufen? Besonders nach ihrem seltsamen Abgang im Restaurant. Romy richtete sich im Bett auf und nahm den Anruf entgegen.

»Hallo? Mama?« Romys Stimme klang kratzig, und sie musste sich räuspern, um ihre gewohnte Stimmlage zu finden.

»Guten Morgen, Schatz«, erklang Neeles melodische Stimme. »Ich wollte einfach mal hören, wie es meiner Tochter geht.«

Romy rückte hin und her, nur um festzustellen, dass sie auf einer Haarspange saß. Was war denn mit ihrer Mutter los? Hatte sie getrunken? War sie krank? Sie war so … nett.

»Hallo Mama«, stammelte Romy. »Mir … geht's gut, ja. Dir denn auch?«

»Ja, alles bestens. Ich weiß, es ist noch früh, aber es ist ein so schöner Tag, da dachte ich, wir könnten vielleicht frühstücken gehen.«

Was zum …

»Und bevor du irgendetwas sagst: Es tut mir leid wegen letztens. Es war nicht mein Tag. Also, das Frühstück geht auf mich.«

Romys Magen zog sich zusammen. Doch nicht vor Ärger oder Frust, sondern wegen der Herzlichkeit, die von ihrer Mutter ausging. Romy bemerkte, wie sie lächelte und Wärme in ihrer Brust aufstieg. Ihre Mutter klang so nett, so interessiert. Genauso ein Verhältnis hatte sie sich immer zu ihr gewünscht. Außerdem hatte sie sich entschuldigt. Das war überhaupt das erste Mal gewesen, vermutete Romy. War wirklich alles in Ordnung bei ihr? Dann kam ihr die erdrückende Erkenntnis, dass sie ihr absagen musste. Noch erdrückender war, dass Neele gar nichts von dem Ausflug nach Mallorca wusste, denn Romy hatte ihr gestern nicht Bescheid gegeben.

Sie spürte, wie sich Engel und Teufel auf ihrer Schulter gegenseitig herausfordernde Blicke zuwarfen und um eine Entscheidung rangen.

»Das ist wirklich total nett, Mama …«

»Aber. Das klingt nach einem Aber.«

»Aber ich kann heute leider nicht.«

»Oh.«

»Also, das ist … Ich freu mich total über den Vorschlag …«

Romy kniff die Augen zusammen. Der Engel hatte die Rangelei gewonnen. Keine Ausflüchte, sondern die Wahrheit.

»Ich bin aber gar nicht in Köln.«

Romy schluckte. Neele sagte nichts.

»Ich bin auf Mallorca.«

»Ich hab's doch gewusst. Ich wusste es!«, spuckte sie förmlich aus. Schlagartig änderte sich die Richtung des Gesprächs.

»Warum kannst du es nicht einfach gut sein lassen? Lass Elise und allen Beteiligten die letzte Ruhe. Lass es endlich!«

Romy zuckte zusammen.

»Mama, hör mir zu, ich …«

»Nein, du hörst mir zu. Konzentriere dich auf dein eigenes Leben. Du hast noch so viel vor dir. Hör endlich auf, dich posthum in das Leben deiner Großtante und in alte Familiengeschichten einzumischen. Du erzählst mir sicher nicht alles, aber ich gehe davon aus, dass du ausreichend eigene Probleme hast, um die du dich kümmern kannst!«

Romy sank in ihr Kopfkissen, erschrocken über die Dringlichkeit der Worte ihrer Mutter.

»Mama, aber …«

»Nein, jetzt ist Schluss damit.«

»Mama, ich …«

Sie hatte aufgelegt.

Romy kauerte auf ihrem Bett. Nein, diesmal würde sie sich nicht von den Launen ihrer Mutter runterziehen lassen. Sie erst freundlich einladen und ihr dann plötzlich wieder Schuldgefühle machen wollen. Schuldgefühle wofür? Weil sie den Spuren des Medaillons folgte? Ihre Hand bewegte sich an den Hals und umfasste das Schmuckstück. Warum war ihr so viel daran gelegen, die Sache ruhen zu lassen? Es war doch nur ein simpler Liebesbrief. So alt, dass die Welt, in der er geschrieben worden war, schon überhaupt nicht mehr existierte.

Die Worte ihrer Mutter hallten in Romy nach.

»Hör endlich auf, dich posthum in das Leben deiner Großtante und in alte Familiengeschichten einzumischen.«

Alte Familiengeschichten.

Romys Gedanken schweiften ab. Stumm starrte sie auf das Handy. Dann fiel ihr eine ungelesene Nachricht auf. Sie war von Jannick.

Romy, ich hoffe, dir geht es etwas besser. Ich war am Freitag im Atelier, aber du warst nicht da. Deine Chefin hat mir gesagt, dass du dich kurzfristig krankgemeldet hast. Sie war so seltsam, dass ich mir Sorgen gemacht hab. Romy, du bist mir wichtiger, als du vielleicht glaubst. Bitte, rede mit mir. Ich vermisse dich, Jannick

Romy rollte sich auf den Bauch, drückte das Gesicht in die Matratze und legte die Hände auf ihren Hinterkopf. Ja, sie vermisste ihn auch. Mehr, als sie zugeben wollte. Aber warum das alles? Warum konnte er nicht in Köln bleiben, und alles würde gut werden? Warum war das Leben immer so verdammt kompliziert? Sie vermisste ihn und war gleichzeitig unglaublich sauer auf ihn. So sauer, dass ihr beinahe die Tränen kamen.

Sie saß hier auf dieser zugegeben wunderbaren Insel und folgte einem winzigen Hinweis, anstatt sich um ihr eigenes Leben zu kümmern. Warum musste aber auch alles derart geballt auf sie einprasseln? Sie seufzte. Doch sie war nun einmal hier und dem Geheimnis auf der Spur, da würde sie jetzt nicht auf den letzten Metern aufgeben, nur weil es ihrer Mutter nicht passte.

In diesem Moment flog die Tür auf, und laute Musik drang in den eben noch totenstillen Raum.

Kathi kam in Unterwäsche hereingetanzt.

Mit einem Kochlöffel als Mikrofon in der Hand.

»Ich bin bereit!«, verkündete sie lautstark und tauchte völlig in ihre Rolle als Lady Gaga ein.

* * *

Dieses Mal bogen sie in Campos nicht nach links Richtung Felanitx ab, sondern nach rechts in Richtung Ses Salines. Xavi hatte ihnen einen Standort per WhatsApp geschickt, auf den sie nun zusteuerten, um seine Neuigkeiten zu erfahren. Warum das nicht am Telefon, per Videoanruf oder über sonst irgendeine Kommunikationsform des einundzwanzigsten Jahrhunderts erfolgen konnte, war Romy schleierhaft.

»So, in ein paar Hundert Metern sind wir da«, stellte Romy fest und legte das Handy in die Mittelkonsole.

Die weitere Fahrt hatte sie erst durch den verschlafenen Ort Ses Salines geführt, kurz vor Es Llombards nach rechts und dann zwischen Es Llombards und irgendeinen Leuchtturm, der im Internet als »sehenswerter Hotspot« angepriesen wurde. Allerdings war hier weit und breit nichts zu sehen außer brachliegenden Feldern, blökenden Schafen und einigen Vögeln, die um die Wette sangen.

»Da steht er schon«, sagte Kathi aufgeregt.

Und tatsächlich, neben der welligen und rissigen Straße stand ein schnittiges Mazda-Cabrio und daneben Xavi in kurzer blauer Hose, weißem Leinenhemd und Sonnenbrille.

Kathi stellte den Wagen hinter dem Cabrio ab, und sie stiegen aus. Obwohl Romy heute eine kurze Hose und kein Kleid trug, achtete sie darauf, sich nicht in dem blöden Sitz zu verheddern.

Xavi strahlte aufrichtig, als sie auf ihn zutraten und sich von ihm auf die Wange küssen ließen. Er roch angenehm nach Shampoo und Aftershave.

»Ich freue mich sehr, dass ihr gekommen seid.«

Romy spürte seinen Blick über sich wandern. Es war, als würden seine Augen sie berühren.

Der Blick war definitiv anzüglich.

»Wie geht es Rubén?«, fragte sie, um einen klaren Kopf zu bewahren.

Xavi lächelte. Offenbar gefiel es ihm, dass sie sich um Rubén sorgte.

»Ihm geht es gut. Er hatte sich gestern nur verschluckt. Momentan ist eine Pflegerin bei ihm, so wie jeden Sonntag.«

»Das ist schön zu hören.«

»Sooo«, begann Kathi alles andere als zurückhaltend. »Was hast du denn mit uns vor?«

Xavi zeigte auf eines der Felder und machte mit einer Handbewegung deutlich, dass das Ziel dahinter lag. »Habt ihr noch andere Schuhe dabei?«

Nachdem Romy und Kathi ihre Sandalen gegen etwas festere Sneakers getauscht und Romy sich erkundigt hatte, ob der Ausflug wirklich notwendig sei, waren sie hintereinander über die erste Steinmauer geklettert und die Felder entlanggelaufen. Danach navigierte Xavi sie durch dichtes Buschwerk. Hier führte kein Weg entlang, nicht einmal ein Trampelpfad. Die Einzigen, die diesen Ausflug für genauso bescheuert zu halten schienen wie Romy, waren die Schafe, die ihnen skeptisch nachschauten.

Romy hatte Durst, und die ganze Aktion hier in der Ödnis nervte. Das Einzige, was sie hier auf diesem Pfad hielt, war die reine Neugier auf das, was Xavi angeblich herausgefunden hatte. Ihre Unterarme waren von feinen roten Striemen übersät, die die Büsche auf ihnen hinterlassen hatten.

Endlich, hinter dem nächsten Strauch konnte Romy erkennen, dass die Landschaft offener wurde. Sie kämpfte sich hindurch und reckte den Hals. Die Landschaft war nicht nur offen, sondern völlig frei. Sie standen oben an einer Steilküste, hinter der nichts als das blaue, rauschende Meer zu sehen war.

»Da sind wir«, sagte Xavi zufrieden. »Gefällt es euch?«

»Es ist wunderschön«, flüsterte Romy abwesend. Dann bemerkte sie, dass sich rechts unter ihnen eine Bucht befand. Völlig versteckt, traumhaft schön, mit Wasser so klar, als wäre es aus Glas.

»Kommt mit, hier geht es runter.« Xavi ging den kleinen, steilen Weg voraus. Romy und Kathi folgten ihm, langsam und auf festen Tritt bedacht. Sie tasteten sich rechts entlang, um leichter bergab gehen zu können, bis sie das Ende der Bucht erreichten, die das Meer mit seiner Brandung ins Land gewaschen hatte. Hin und wieder knickte Romy leicht mit dem Fuß zur Seite um. Für den Rückweg wollte sie sich die Schuhe etwas fester binden. Auf einem kleinen Plateau blieb Xavi schließlich stehen.

»Und deswegen sind wir hier«, sagte er freudig und deutete auf den kleinen Sandstrand, über das türkisfarbene Wasser bis zum Horizont. »Erkennt ihr es?«

Kathi warf einen flüchtigen Blick auf die Bucht und zuckte mit den Achseln.

Eine Erinnerung schoss Romy durch den Kopf.

Ja, das hatte sie schon einmal gesehen. Doch wo?

In Gedanken zog sie die Linien der Felsformationen nach. Plötzlich sah sie Fußstapfen im Sand, ein paar Sandalen.

»Es ist die Bucht von dem Foto«, stellte sie mit großen Augen fest. »Von dem Foto, das Rubén sich immer ansieht.«

Xavi nickte anerkennend. »In Farbe ist es noch viel schöner, oder?«

Romy war elektrisiert und lächelte zum ersten Mal an diesem Tag.

Dann griff Xavi in seine Brusttasche und zog etwas heraus. Es war ein kleines Foto mit wellenförmigem Rand. Er reichte es Romy. Kathi rückte nah an sie heran, um es ebenfalls betrachten zu können.

»Und das habe ich gestern noch in einem der Familienalben entdeckt.«

Das kleine Foto zeigte eine junge Frau auf einem Feld. Sie trug ein helles Kleid und posierte vor einem ausladenden Baum.

Der Mode nach musste es in den Zwanzigerjahren des letzten Jahrhunderts entstanden sein. Um ihren Hals …

»Das Medaillon!«, stieß Romy aus, fuhr mit der Hand an ihren Hals und hielt das Schmuckstück neben das Foto.

»Ja«, bestätigte Xavi. »Das ist es vermutlich. Und die Frau ist Rubéns Mutter.« Er griff erneut in seine Brusttasche. Dann streckte er Romy ein weiteres Foto entgegen. »Und das hier ist die Mutter seiner Mutter.«

Die Härchen an Romys Armen stellten sich auf, als sie das zweite, deutlich ältere Foto betrachtete. Auch diese Frau trug das Medaillon um den Hals. Sogar Romys Beine begannen zu kribbeln. Sie bückte sich, um darüberzustreichen. Dann sah sie die etwa einen Meter lange Schlange auf ihrem Schuh. Sie schrie auf, trat einen Schritt zur Seite, in den Abgrund.

Kapitel 15

Unter Schmerzen versuchte Romy einzuatmen. Die Luft schien zähflüssig wie Honig in ihre Nasenlöcher zu laufen. Sie fühlte eine sich ausweitende Beklemmung in der Brust. Irgendetwas piepte um sie herum. Vorsichtig schob sie ihre Augenlider auseinander. Grelles Licht traf auf ihre Netzhaut und verursachte eine Flut von wild tanzenden Lichtpunkten. Als sich einige dunklere Punkte dazumischten, sich Konturen formten und Gegenstände vor ihr abzeichneten, stellte sie fest, dass sie in einem Krankenhausbett lag. Romy versuchte, sich aufzurichten, doch ein spitzer Schmerz schoss in ihr Bein und ließ sie laut aufschreien.

»Romy, du bist wach! Oh mein Gott, wie geht's dir?«

Kathi riss sich förmlich aus einem Stuhl neben dem Bett, ging einen Schritt auf Romy zu und drückte vorsichtig ihre Hand.

»Xavi?«, schrie sie zur Tür blickend.

Im nächsten Moment trat Xavi herein und rief irgendetwas in den Flur.

Zwei weitere Menschen betraten den Raum, eine Frau im grünen und ein Mann im weißen Kittel.

Xavi stellte ihr eine ganze Reihe komischer Fragen, deren Antworten er den beiden Kittelträgern übersetzte. Romy sollte bis zehn zählen, das heutige Datum, den Namen der amtierenden Bundeskanzlerin und ihr Schmerzempfinden in Bein und Kopf auf einer Skala von eins bis zehn nennen. Romy hatte offenbar auf alles die korrekte Antwort gegeben, denn die beiden Kittelträger verschwanden so schnell, wie sie gekommen waren.

»Romy, weißt du noch, was passiert ist?«, fragte Kathi leise.

Wenn Kathi schon so blass war, wie sah sie selbst dann wohl aus?

»Ich …« Romy leckte sich die trockenen Lippen, und Xavi reichte ihr sofort einen Trinkbecher.

»Wir waren an der Bucht. Und … da war diese Schlange. Und dann bin ich gestürzt. Habe ich das nur geträumt, oder war da wirklich eine Schlange?«

Kathi nickte. »Da war wirklich eine Schlange. Und wenn du nicht gestürzt wärst, wäre mit Sicherheit ich es gewesen.« Sie nahm Romy den Becher ab und stellte ihn wieder auf eine Art Nachttischchen. »Und weißt du noch, was danach passiert ist?«

Trotz des Schmerzes versuchte Romy, sich zu erinnern, was nach dem Sturz passiert war, doch die gesamte Zeitspanne fehlte ihr komplett. Sie schüttelte entsetzt den Kopf. »Nein, ich weiß gar nichts mehr. Bis zu dem Zeitpunkt, als ich eben aufgewacht bin.« Ihr Kopf dröhnte, und als sie sich an die Stirn griff, merkte sie, dass sie einen Kopfverband trug. »Was … was ist denn danach passiert?«, wollte sie wissen. »Und was habe ich?«

Kathi versuchte sichtlich, sich zusammenzureißen und ihre Gedanken zu sammeln.

»Du warst weggetreten. Und hast geblutet. Dein Bein … es stand ganz … schief. Wir sind zu dir runtergeklettert, Xavi hat den Notruf angerufen, und wir haben gewartet. Dann kam ein Hubschrauber und hat dich hier in die Klinik gebracht, nach Palma. Xavi und ich durften nicht mitfliegen, also sind wir zurück zu den Autos gelaufen und so schnell wie möglich hergekommen.«

Um Gottes willen, dachte Romy. Völlig entgeistert sah sie zwischen Xavi und Kathi hin und her. »Und was … was ist mit meinem Kopf?«

»Dein Kopf hat eine kleine Platzwunde, nichts Ernstes. Aber du warst eine Zeit lang bewusstlos. Wahrscheinlich hast du eine Gehirnerschütterung.«

Tränen der Erleichterung schossen Romy in die Augen. »Und mein Bein?« Sie sah an sich hinunter, auf das hochgelagerte und dick umwickelte Bein.

»Dein Bein ist gebrochen. Offenbar war es ein sauberer Bruch, wie der Arzt sagt. Es konnte unter Narkose gerichtet werden, und es wird alles wieder gut.«

Dankbar sah Romy die beiden an.

»Wir sind froh, dass es dir wieder besser geht, Romy«, sagte Xavi sanft und erhob sich.

»Xavi, ich weiß gar nicht, was ich sagen soll. Dir auch Kathi. Ich … ich danke euch für eure Hilfe.« Dann suchten sich weitere Tränen ihren Weg über Romys Wangen.

»Ich lasse euch kurz allein«, erklärte Xavi und verließ das Krankenzimmer.

Kathi lehnte sich vorsichtig über das Bett und nahm Romy sanft in den Arm. »Es wird alles gut, Süße. Wirklich.«

»Ich … also … was passiert denn jetzt mit mir? Und was ist mit dir? Unser Flug.«

»Immer mit der Ruhe, Romy. Eins nach dem anderen. Wir warten jetzt erst mal ab, was die Ärztin noch sagt. Aber ich denke, du musst sicher eine Woche hier liegen bleiben, bevor du transportfähig bist und wieder nach Deutschland kannst.«

»Eine Woche?« Romy hielt sich entsetzt die Hand vor den Mund. »Aber … Svenja! Sie wird mir den Kopf abreißen.«

»Das wird sie ganz sicher nicht«, entgegnete Kathi ruhig. »Sie wird froh sein, dass dir nichts Ernsteres passiert ist.«

»Aber, was ist mit dir?« Romys Kopf dröhnte, und sie kniff schmerzverzerrt die Augen zusammen.

»Ich habe erst mal auf morgen umgebucht. So leid mir das tut, aber ich muss zurück zur Arbeit. Xavi hat schon angeboten, regelmäßig nach dir zu sehen, und ich wollte deine Mum fragen, ob sie kommen kann. Was hältst du davon?«

»Auf keinen Fall«, schoss es aus Romy heraus. »Nein, das wäre keine gute Idee.«

»Wie du magst. Deine Sachen liegen hier auf dem Nachttisch, auch dein Handy, falls du ihr doch Bescheid sagen möchtest.«

»Okay, danke.«

»Soll ich … Svenja anrufen?«

»Ich fürchte, das muss ich selbst übernehmen.« Ein Gefühl der Übelkeit stieg in Romy auf. Sie musste Svenja die Wahrheit sagen. Wer wusste schon, wie lange sie tatsächlich hier liegen bleiben musste? Ein riesiger Kloß bildete sich in ihrer Kehle, und ihr Herz drückte von innen gegen die Brust, wenn sie nur an das bevorstehende Gespräch dachte. Sie hatte Svenja wegen Freitag belogen, war, statt zur Arbeit zu kommen, nach Mallorca geflogen, und dann war da auch noch das Bild vom Donnerstagabend aus dem Kleinen Nachtlokal, dem Svenja auf Facebook einen provokativen Daumen nach oben gegeben hatte.

Sie war geliefert.

Kathi gähnte, obwohl die Sonne eben erst untergegangen war. Zumindest kam es Romy so vor. Die große Wanduhr auf der gegenüberliegenden Seite des Raumes zeigte allerdings schon nach neun.

»Geh ruhig, Kathi. Du hast bestimmt noch nichts gegessen, und ich sehe doch, dass du hundemüde bist.«

Prompt meldete sich Kathis Magen mit einem lauten, bissigen Knurren.

Romy versuchte zu lächeln, doch ihr Kopf verzieh ihr keine falsche Bewegung, selbst wenn sie nur den Mund verzog.

»Okay«, hauchte Kathi und drückte Romy einen Kuss auf die Stirn. »Wir machen es so: Ich gehe kurz was essen, und dann komme ich noch mal Gute Nacht sagen.«

Dieses Mal nahm Romy die Schmerzen für ein weiteres Lächeln gern in Kauf.

»Werde ich dann zu Hause auch so gut umsorgt?«

»Mal sehen. Vielleicht bleibst du ja doch noch hier«, sagte sie kichernd und deutete auf das Fenster zum Flur, hinter dem Xavi stand und Romy mitleidig ansah. »Er hat sich ganz schön Sorgen um dich gemacht.«

Zusätzlich zu Romys Kopfschmerzen breitete sich jetzt noch eine brennende Röte auf ihren Wangen aus.

»Am liebsten wäre er mit in den Helikopter gesprungen und hätte dich Mund zu Mund beatmet.« Kathi lachte verschmitzt.

»Oh Gott, hör bloß auf.« Romy rollte die Augen und legte den Kopf nach hinten. »Reiß dich zusammen, ich glaube, er kommt rein. Pst!«

Langsam öffnete sich die Tür.

Kathis Kichern verstummte.

Xavi kam rückwärts in das Zimmer und zog einen Rollstuhl hinter sich her.

»Wir wollten nur kurz Tschüs sagen.« Xavi drehte erst sich selbst und dann den Rollstuhl, in dem Rubén saß. Er sah gepflegt aus, trug einen grauen Anzug und wirkte klarer als gestern Abend.

Verlegen stützte sich Romy etwas auf. Es war ihr unangenehm, so beäugt zu werden.

»Ich hoffe, dir geht es schnell wieder besser. Morgen bringe ich dir etwas zu lesen. Wenn du sonst noch irgendetwas brauchst, schreib mir einfach. Und nein, das macht wirklich keine Umstände.« Er grinste, wohl wissend, dass Romy Einspruch eingelegt hätte.

»Okay«, willigte sie dankbar ein.

Xavi griff in die Brusttasche seines Hemdes und reichte Romy die beiden Bilder von Rubéns Mutter und Großmutter.

»Hier. Nimm sie, immerhin haben uns die beiden Damen das alles hier eingebrockt.«

Romy nahm die Bilder entgegen und sah zu Rubén, dessen Rollstuhl beinahe unangenehm nah an ihrem Bett stand, genau vor dem Nachttischchen, auf dem ihre Sachen lagen.

Dann sah Romy, wie er langsam die Hand hob. Romy verfolgte die Bewegung wie in Zeitlupe. Er hob einen Finger, richtete ihn auf den Nachttisch, und sein Mund öffnete sich leicht.

»Elli«, sagte er leise, aber deutlich.

Romy folgte der verlängerten Linie seines Fingers. Er zeigte direkt auf das Medaillon.

Kapitel 16

1962

Mein Po schmerzte von dem ständigen Auf und Ab und Hin und Her. Außerdem hatte ich die völlig falsche Kleidung für den Ausritt angezogen. Wer hätte auch ahnen können, dass meine Eltern es ernst meinten, als sie sagten, wir würden eine Esel-Tour unternehmen.

Der alte Mann mit den schiefen Zähnen hatte mich bereits beim Aufsitzen angeschaut, als würde ich nackt in einem Iglu übernachten wollen, und morgen würde ich mir meinen wunden Hintern auch sicher dorthin wünschen. Ich saß auf dem ersten von sechs mageren Eseln, auf denen sich unter anderem meine Eltern befanden und sich offenbar prächtig amüsierten. Ich hatte sie selten so albern gesehen. Na ja, mit Ausnahme unserer Unterkunft würden sie wohl alle Aktivitäten der nächsten zwei Wochen als gelungen und amüsant betrachten. In den Worten meiner Mutter war unser Hotel nämlich ein »menschenunwürdiger Albtraum«, der, sobald wir zu Hause wären, »die juristischen Fähigkeiten« meines Vaters fordern würde, um vom Reiseveranstalter einen Teil der Kosten zurückzubekommen. Ich selbst fand es eher amüsant, dass die Zimmer auf den Hinterhof hinausgingen, es lediglich verrostete Metallbetten mit durchgelegenen Matratzen gab, über die einige Ameisenstraßen verliefen, und das Hotel zudem völlig überfüllt war. In den Prospekten hatte das alles deutlich anders ausgesehen. Mir reichte allerdings die Gewissheit, dass mich nur vierunddreißig Schritte von dem glitzernden Meer trennten, an das ich schon bei unserer Ankunft mein Herz verloren hatte.

Hätten mich meine Eltern nicht zu diesem dämlichen Esel-Ausflug gezwungen, hätte ich stundenlang am Strand sitzen, den Sand durch meine Füße rieseln lassen und sie anschließend im erfrischenden Wasser abkühlen können. Ich hätte den Wellen und den Möwen lauschen und davon träumen können, all das jeden Tag um mich zu haben. Gern hätte ich auf den ganzen Trubel, der mit der Idylle einherging, verzichtet. Auch wenn der Weg zum Hotel noch abgelegen und wenig benutzt gewirkt hatte, gab es im Umfeld Bereiche, in denen deutlich mehr los war, als man aus der Ferne vermutete. Hotels, Bars, Tanzcafés, all das schien innerhalb weniger Jahre oder sogar Monate aus dem Boden gestampft worden zu sein, und überall waren weitere Baustellen in Betrieb. An den Unterkünften wurden Busladungen voller Menschen abgesetzt, die erst in die Hotels und anschließend an den Strand stürmten, um ihre Sonnenschirme aufzuspannen und sich einen Platz direkt am Wasser zu sichern. Der Ort, der sich S'Arenal nannte, schien ein reiner Vergnügungsort für Erwachsene zu sein. Bootstouren, Tanzkurse, Restaurants und Spielhallen. Und all das lief deutlich unzüchtiger ab, als meiner Mutter lieb war. Streng katholisch aufgewachsen, hatte sie schon immer versucht, auch mich und meine Schwester so zu erziehen. Sie achtete besonders auf meine anständige Garderobe, wenn ich das Hotel verließ. Keinesfalls sollte ich wie diese schwedischen Strandschönheiten – denen mein Vater immer hinterhersah, wenn er sich unbeobachtet fühlte – im Bikini herumlaufen. Allerdings konnte ich mit den bemerkenswert schönen

Schwedinnen sowieso nicht konkurrieren und suchte lieber die Ruhe an den abgelegenen Strandabschnitten. Dort, wo sich kein anderer hinverirrte, weil es nichts zu erleben gab, was mit Wasserbällen, Booten oder Musik zu tun hatte. Überhaupt hatte ich den Eindruck, dass die meisten der Urlauber nicht hier waren, um eine schöne Zeit zu verbringen, sondern um möglichst spektakuläre Geschichten zu sammeln, die sie zu Hause allen Freunden und Bekannten erzählen konnten.

Ich konnte meine Eltern schon förmlich hören, wie sie ihren Bekannten bei einem Cognac von der exotischen Reise berichten würden, bei der alles »ach, so wundervoll«, »luxuriös« oder »spektakulär« gewesen war. Ein totaler Kontrast zu den Beschwerden über das Hotel, die mein Vater bestimmt schon formuliert hatte. Ich würde äußerlich nicken und mich innerlich schämen.

Der alte Mann vor mir erinnerte mich daran, dass es anderen Menschen, und auch Tieren, deutlich schlechter ging als mir. Er tat mir leid. Weil er diesen Unsinn jeden Tag ertragen musste und weil er sich trotz seines Alters für ein paar Pfennige durch die Hitze quälte. Auch tat mir der knochige Esel unter mir leid, und noch mehr das arme Tier, das den dicken, geschäftsmännisch gekleideten Mann mit Hut tragen musste, der sich allein kaum im Sattel halten konnte.

All das stand im Kontrast zu der verträumten Umgebung, in der wir uns nun befanden. Rötlich leuchtende Steinmauern, die auf das Meer zuliefen, Schatten spendende Johannisbrot- und wilde Olivenbäume, in der Ferne die aufragenden Berge, in der Luft der beflügelnde Geruch von Meer, Sand und Freiheit. Ich war geradezu verliebt in die Umgebung.

Mein Eselführer bemerkte offenbar meine abwesenden Blicke und die beruhigende Wirkung, die diese Umgebung auf mich hatte, und nickte mir freundlich zu. Er sagte einige melodisch klingende Sätze, dann gab er mir den Zügel in die Hand und eilte ein paar Esel weiter zu dem übergewichtigen Mann, der herunterzurutschen drohte.

Mein Esel – ich nannte ihn Herr Schubert, da er meinem Mathematiklehrer verblüffend ähnlich sah – und ich führten die Gruppe an, und ich klopfte ihm zuversichtlich auf die Schultern. Wir bahnten uns den Weg durch das hohe, trockene Gras, als ich bemerkte, dass sich einige Meter vor uns der Boden zu bewegen schien. Herr Schubert legte die spitzen Ohren an und tastete sich aufmerksam vor, bis auch er die Schlange zwischen den Halmen entdeckte. Die Angst musste mir förmlich aus den Augen gesprungen sein.

Mit einem lauten Schnauben und einer Art Wiehern stieg der Esel auf die Hinterbeine. Reflexartig legte ich die Arme um seinen Hals und zog scharf die Luft ein. Als Herr Schubert wieder aufsetzte, schlug mir sein Halfter hart gegen die Schläfe, doch ich krallte mich weiter an seinen haarigen Hals.

Dann hörte ich einen Schrei. Erst dachte ich, es wäre mein eigener, bis ich die hysterischen Rufe meiner Mutter zuordnen konnte. Noch irritierter wegen des spitzen Kreischens setzte der Esel sich ruckartig in Bewegung. Hektik brach hinter uns aus. Energische spanische Sätze mischten sich mit angstvollen deutschen. Der Esel beschleunigte, lief im Trab den Weg entlang und versuchte panisch, mich abzuschütteln. Plötzlich verließ er den Weg, bog nach rechts ab. Ich spürte, wie raue Äste über meinen Rücken schabten. Schmerz mischte sich in die Angst. Der Untergrund wurde zunehmend steiniger. Als ich aufsah, endete das Feld an einer massiven Natursteinmauer. Erneut stieg der Esel wiehernd auf die Hinterbeine, und meine Kräfte verließen mich. Ich verlor den Halt, merkte nur, wie meine Hände an seinem Hals entlangglitten und die Schwerkraft mich förmlich von seinem Rücken zog. Ich schloss die Augen, in düsterer Ahnung, dass der Aufprall hart und schmerzvoll werden würde.

Ich fiel. Und landete. Doch es gab kein Knirschen an meinem Hinterkopf, ich spürte keinen Schmerz, nur einen starken Druck auf meinem gesamten Rücken. Als sich meine Augenlider ängstlich auseinanderschoben, sah ich weder den Himmel noch die Steinmauer.

Ich blickte in ein Paar funkelnde braune Augen. Es waren die schönsten Augen, die ich je gesehen hatte. Dann merkte ich, wo ich gelandet war. In den schützenden Armen eines jungen Mannes, der mich fest an sich drückte und dessen angenehme Wärme ich an mir spürte. Der Wind spielte mit seinen dunklen Locken, die in das gebräunte Gesicht fielen. Ein unvergessliches Lächeln lag auf seinen geschwungenen Lippen. Ja, ich war schon mal verliebt gewesen, doch das hier … Der Blick in diese Augen machte mich verrückt. Mit jedem Schlag meines Herzens strömte mehr Wärme durch meinen Körper, und ein Gefühl machte sich breit. Es war dasselbe Gefühl, das ich bei der Ankunft am Meer verspürt hatte. Ich fühlte mich auf eine seltsame Art geborgen, angekommen. Als unsere Blicke ineinander ruhten und sich mein Puls normalisierte, traf mich eine weitere Erkenntnis: Unsere Herzen schlugen im selben Takt.

»Hola«, sagte der junge Mann. »Ich heiße Rubén.«

Kapitel 17

Heute

Romys Augenlider lagen schwer wie Tanklaster auf ihren Augäpfeln. Das Pochen und dieser ziehende Schmerz dahinter hatten etwas nachgelassen, doch die Müdigkeit drückte ihren Körper in die nach Desinfektionsmittel riechenden Kissen.

Die ganze Nacht hatte sie wachgelegen. Sie hatte nicht einmal über das, was gestern passiert war, nachdenken können, so sehr lasteten Müdigkeit und Erschöpfung auf ihren Gedanken. Das Ganze war ihr vorgekommen wie einer jener Albträume, die einen manchmal nach düsteren Filmen heimsuchen. Die Schlange, der Sturz, der Flug im Helikopter, von dem ihr einige Erinnerungsfetzen durch den Kopf schossen. Doch da ein Albtraum wenigstens etwas Schlaf voraussetzte, erschien es Romy unwahrscheinlich, dass sie träumte.

Als ihr Kopf etwas klarer war und die Augenlider nicht mehr wie Kaugummi aneinanderklebten, begannen die Gedankenspiele. »Hätte ich nicht, dann …« und »Was wäre passiert, wenn …« Es war verrückt, wie viele kleine Entscheidungen zu einer großen führen konnten, oder eben zu einem Unfall oder einem alten dementen Mann, der nach Jahren des Schweigens plötzlich den Namen seiner Jugendliebe aussprach.

Doch die ganzen Überlegungen waren hinfällig und führten zu nichts. Manche Dinge passierten eben und andere wiederum nicht. Und man selbst war die Summe all dessen.

Nachdem wieder etwas Kraft in Romys Arme geflossen war, griff sie nervös nach ihrem Handy. Spät am Abend hatte sie sich ein Herz gefasst und Svenja angerufen. Da sie nicht abgehoben hatte, hatte Romy ihr eine lange Sprachnachricht mit vielen »Ähms«, »Es tut mir so leid« und »Das kommt nie wieder vor« geschickt, in der sie zugab, am Freitag wegen Jannick blaugemacht zu haben und Hals über Kopf nach Mallorca gereist zu sein, wo sie sich aufgrund einer Schlange das Bein gebrochen und eine Gehirnerschütterung zugezogen hatte. Es klang so absurd, dass Svenja es einfach glauben musste.

Tatsächlich verriet Romys Display, dass ihre Chefin eine Antwort geschickt hatte, ebenfalls als Sprachnachricht. Dann sah Romy die Länge der Nachricht. Nur siebenundzwanzig Sekunden. Das sah Svenja weder ähnlich, noch war es ein gutes Zeichen. Sie ließ ihre Hand sinken und legte das Handy neben sich aufs Bett. Allein der Gedanke, jetzt ihre Stimme zu hören, trieb Romy den kalten Schweiß auf die Stirn. Sie konnte die Mitteilung nicht abhören. Noch nicht.

Kathi.

Ja, sie würde die Nachricht mit Kathi zusammen anhören.

Eine ganze lange Stunde später betrat Kathi das Krankenzimmer, zwei Cappuccino, ein Croissant und ein Rätselheft in den Händen balancierend.

»Endlich bist du da«, sagte Romy erleichtert. Sie hatte das Gefühl, ihr Handy hätte ihr die ganze Zeit zugeflüstert, sie solle sich auf eine Überraschung vorbereiten.

»Guten Morgen, du Überlebende. Wie geht's dir? Hier, zum Wachwerden.« Sie drückte Romy den dampfenden Pappbecher in die Hand.

»Du bist die Allerbeste, danke.« Überraschenderweise hatte Romy Hunger. Die Übelkeit hatte sich gelegt.

»Hast du ein bisschen geschlafen?«

Romy deutete wortlos auf ihre verquollenen Augen.

»Ups. Aber wenn du dich auch ausgerechnet mit einer Schlange anlegen musst, die so gefährlich ist wie eine Hummel.«

»Du bist gemein. Ein fieser, gemeiner Mensch.«

Romy versuchte zu lachen, ließ es jedoch lieber bleiben. Xavi hatte Kathi während der langen Wartezeit erklärt, dass es gar nicht so unüblich sei, Schlangen auf Mallorca anzutreffen, denn die Tiere seien in den letzten zwanzig Jahren eine richtige Plage geworden. Meist seien es Hufeisennattern, die in hohlen Olivenbäumen vom Festland auf die Insel gelangten und sich rasant vermehrten. Doch für den Menschen seien sie keine ernsthafte Gefahr. Sie könnten zwar auch einmal zubeißen, doch das sei nicht schlimmer als ein Bienenstich, der eine Weile an die unangenehme Begegnung erinnerte.

»Und hast du noch mal über Rubén nachgedacht? Ist ja abgefahren, dass er etwas gesagt hat.«

»Ja, also nein. Ich konnte noch nicht klar denken. Aber ich weiß auch noch nicht, was das bedeutet.«

»Hm. So richtig etwas Neues haben wir ja nicht erfahren. Aber vielleicht ist ja noch mehr aus ihm herauszukriegen?«

»Hm, hm«, murmelte Romy und sah zur Bettkante. Ihr Handy schien mittlerweile zu schreien. »Ich habe Svenja gestern eine Sprachnachricht geschickt und ihr die Wahrheit gesagt.«

Kathi zog scharf die Luft ein und verzog schmerzhaft das Gesicht. »Und?«, fragte sie.

»Ich weiß nicht. Ich habe die Antwort noch nicht abgehört. Aber sie ist nur siebenundzwanzig Sekunden lang.«

Kathi wusste mittlerweile genug über Svenja, um einschätzen zu können, dass eine derart kurze Nachricht ein schlechtes Zeichen war. Entsprechend sah sie aus wie ein gequälter Hund mit Gesichtsentgleisung.

»Verstehe«, sagte sie und grübelte. »Wie wäre es, wenn du sie einfach löschst?«

»Wir wissen beide, dass ich das nicht mache«, seufzte Romy.

»Okay, dann spiel sie ab. Jetzt. Dann hast du es hinter dir.«

Romy nickte. In Zeitlupe entsperrte sie das Handy, tippte auf das WhatsApp-Icon und legte den Finger über den Play-Button. Kathi nickte aufmunternd.

In dem Moment öffnete sich die Zimmertür, und sie schraken auf. Romy landete aus Versehen auf dem Play-Button, und die Nachricht begann abzuspielen. Hektisch fummelte sie wieder an dem Handy herum, das erst durch die Luft wirbelte und schließlich auf der Bettdecke landete. Dann stoppte sie die Nachricht.

»Störe ich?«, fragte der Arzt und legte amüsiert die Stirn in Falten.

»Nein, nein«, stammelte Romy.

»Doch. Sie haben uns zu Tode erschreckt«, sagte Kathi schwer atmend und mit den Händen vor der Brust. »Wir hätten einen Herzinfarkt kriegen können.«

»Das tut mir sehr leid«, sagte der Arzt, der nur einige Jahre älter sein konnte als sie. Er grinste. »Aber dann wären Sie hier immerhin optimal versorgt.«

Romy konnte sich ein Lachen nicht verkneifen.

»Wie geht es Ihnen denn, Frau Fink?«, wandte er sich an Romy, sah aber immer wieder zu Kathi und lächelte dabei.

Romy berichtete von der unruhigen Nacht, den geringer werdenden Kopfschmerzen und der verschwundenen Übelkeit.

Der Arzt nickte und machte sich einige Notizen. Er war gestern bereits hier gewesen, hatte sich vorgestellt und Romy mitgeteilt, dass ihr Bein »sehr gut gebrochen« sei. Was er damit meinte, war, dass es offenbar ein glatter Bruch ohne Komplikationen war, der schnell und gut verheilen würde. Doktor Andreas Frey, der den Bruch auch gerichtet hatte, war einer der vier deutschen Ärzte im Krankenhaus und hatte einen netten und kompetenten Eindruck hinterlassen. Leider hatte er das Offensichtliche bestätigt, nämlich dass Romy eine lange Zeit mit Krücken würde herumlaufen müssen.

»Sie haben großes Glück gehabt, Frau Fink«, sagte er, bevor er sich zum Gehen wandte. »Ein Sturz auf die spitzen Felsen kann auch schnell anders ausgehen.« Er unterstrich diese Information mit einem nachdenklichen Nicken. »Ich möchte Sie gern noch ein paar Tage hierbehalten. Sie haben tiefere Schürfwunden in dem behandelten Bereich erlitten, und ich möchte sichergehen, dass sich nichts entzündet, bevor wir den Gips anlegen. Ich sehe nachher noch einmal nach Ihnen.« Er warf Kathi einen weiteren interessierten Blick zu und verschwand in den Flur.

»Und du bist sicher, dass du gleich wieder nach Köln fliegen willst?«, fragte Romy sarkastisch.

»Vielleicht fliegt der Herr Doktor ja mit«, sagte sie grinsend. Dann sanken ihre Mundwinkel in eine neutrale Position, und ihre Hand deutete auf das Handy. »Zweiter Versuch?«

Romy nahm laut atmend das Handy und spielte Svenjas Nachricht ab.

Hallo Romy …

Eine quälend lange Pause mit lauten Atemgeräuschen.

Ich glaube, ich muss dir nicht sagen, wie enttäuscht ich bin. Das muss ich erst einmal sacken lassen.

Eine noch längere Pause.

> Natürlich wünsche ich dir gute Besserung, das ist gar keine Frage ... aber ich kann dir momentan wirklich nicht sagen, ob ich unter diesen Umständen weiter mit dir zusammenarbeiten will. Melde dich, wenn du wieder in Köln bist. Also dann, bis bald.

»Uff«, machte Kathi und plusterte ihre Wangen auf.

»Oh Mann, so eine Scheiße«, stieß Romy aus, legte das Handy zur Seite und sank in sich zusammen. »Sie wird mich rausschmeißen!«

»Romy, die blufft doch nur. Das weißt du ganz genau. Du darfst ihr gar nicht erst die Genugtuung geben, dir das zu Herzen zu nehmen. Genau das will die blöde Kuh doch nur.«

Romy hob langsam den Kopf. »Ich weiß es nicht, Kathi. Das klingt schon ... ernst. Und es war ja schließlich mein eigener Fehler.«

»Hey, alles wird gut. Versprochen.«

Romy war zum Weinen zumute, doch ihre Augen waren zu müde, um Tränen bilden zu können. »Was habe ich mir da nur eingebrockt?«

Romys Handy vibrierte. Bloß keine weiteren schlechten Nachrichten, dachte sie, griff nach dem Telefon und sah nach. Es war Xavi. Er schickte irgendetwas, was einige Sekunden brauchte, ehe es geladen war. Ein Foto, mit dem Handy abfotografiert. Das Foto wurde schärfer, und Romy erkannte eine dritte Frau mit dem Medaillon um den Hals. Sie richtete sich auf und zoomte das Foto etwas größer. Die Frau war wesentlich jünger als die beiden anderen. Und auch das Foto musste wesentlich jünger sein. Das grelle Blitzlicht ließ den Hintergrund völlig dunkel erscheinen. Die Frau hatte ein weißes Badetuch um den Körper gewickelt und lachte schüchtern in die Kamera.

Das musste Tante Elise sein!

Das Foto war an dem Ort entstanden, den Romy nie wieder vergessen würde. In der Bucht, die Rubén täglich anstarrte. Die Bucht, in der sich Romys Mallorca-Aufenthalt unfreiwillig verlängert hatte.

Kapitel 18

1962

Es fühlte sich an wie die reinste Verschwendung, hier im Bett zu liegen, während sich draußen nicht nur der wundervollste Ort der Welt, sondern ebenso mein Retter befand, der mich schon in meinen Träumen aufsuchte. Noch nie hatte ich eine solche Sehnsucht verspürt, die fast schon körperlich schmerzte. Jedes bisherige Verliebtsein verblasste dagegen.

»Lass dich mal anschauen, Kind«, sagte meine Mutter und legte mir eine Hand auf die Stirn. »Ja, du hast erhöhte Temperatur. Richard, so können wir auf keinen Fall auf das Boot gehen.«

Aus dem Augenwinkel sah ich, wie mein Vater das Gesicht verzog. Ich wusste, dass er sich auf den Tagesausflug gefreut hatte.

»Ich habe eine Idee«, sagte meine Mutter aufgeregt. »Wir bleiben gemeinsam hier und machen es uns im Schatten gemütlich. Und Elli, dir besorgen wir etwas Eis.«

Ich musste mich zusammenreißen, um nicht vehement Einspruch einzulegen. Ich war kein kleines Kind mehr, dem man mit einem Eis die Welt wieder schön machte.

»Mama, ich muss sowieso hier im Bett bleiben. Vielleicht sogar die nächsten Tage …« Ich drückte einen trockenen Husten aus der Lunge, der meine Eltern einen Schritt zurückweichen ließ. »Aber es ist okay, bitte. Macht ihr die Tour, und ich erhole mich hier im ruhigen Zimmer.« Ich blinzelte ein paarmal mit schmerzverzerrtem Gesicht. »Hier ist es wenigstens angenehm dunkel.«

Es arbeitete in meiner Mutter. Entweder hierbleiben in dem muffigen Ameisen-Zimmer oder Sekt auf einem Ausflugsboot. Ich machte ihr die Entscheidung denkbar einfach, doch sie konnte sich nicht überwinden, sie zu treffen.

»Richard, was meinst du?«, wandte sie sich hoffnungsvoll an ihn.

»Und das ist wirklich in Ordnung, Elli?«, fragte er ebenso hoffnungsvoll.

»Ja, ist es. Ich habe alles, was ich brauche. Wasser, ein paar Kekse und zwei Bücher.« Ich nickte, um ihnen auch die letzte Sorge zu nehmen. »Heute Abend geht es mir vielleicht schon besser, und wir sehen uns unten zum Essen.«

Meine Eltern sahen sich an und gaben vor, eine weitere Runde mit ihrem Gewissen zu ringen.

»Na gut«, sagte mein Vater dann laut und legte seinen Kopf schief, um mir sein Mitleid zu bekunden. »Dann lassen wir dich mal in Ruhe wieder gesund werden.«

»Aber du bleibst schön zugedeckt und auf dem Zimmer, ja? Wäre deine Schwester jetzt hier, könnte sie dir wenigstens Gesellschaft leisten.«

Meine Schwester wäre schon längst am Strand, um zu tanzen und zu feiern …

Ich deutete auf die beiden Bücher. »Es ist wirklich in Ordnung, Mama. Amüsiert euch.«

Meine Mutter zwinkerte mir noch einmal zu und richtete sich das hochgesteckte Haar, dann verließen die beiden mein Zimmer, und ich hörte sie den Flur hinunterlaufen.

Ich wartete, bis die schwere Treppenhaustür krachend zufiel, dann schob ich die Bettdecke von mir, die ich bis zu den Zähnen hochgezogen hatte, und stieg fertig angezogen aus dem Bett. Trotz des luftigen roten Sommerkleids mit den weißen Punkten, an das meine Mutter gern noch einen halben Meter Stoff angenäht hätte, war es ganz schön warm unter der Decke geworden, und ich fächelte mir Luft zu. Sogar meine Sandalen hatte ich schon an den Füßen, um keine Zeit zu verlieren.

Ich griff nach meiner Umhängetasche, prüfte, ob Geld darin war, um mit einem Bus fahren zu können oder etwas zu trinken zu kaufen, und verließ das Zimmer.

Mein Herz raste, als ich wie ein Detektiv auf den Flur trat und sicherstellte, dass die Luft rein war. Dann hastete ich den Gang hinunter bis in das kahle Treppenhaus. Zwei Stockwerke tiefer betrat ich die Lobby und zog schnell den Kopf zurück hinter die Trennwand. Meine Eltern standen im Eingangsbereich und begrüßten ein anderes Paar. Hätten wir Zimmer mit Meerblick gehabt, hätte ich abwarten können, bis die beiden das Boot bestiegen. So wartete ich im Treppenhaus und lugte immer wieder um die Ecke, bis sie sich endlich in Bewegung setzten und nach rechts den Strand entlang zum Hafen schlenderten.

Ich atmete erleichtert auf. Der erste Teil meines Plans war geglückt. Einen ganzen Tag lang hatte ich nun Zeit, um den zweiten, weit schwierigeren Teil umzusetzen. Ich musste ihn finden. Rubén, den Mann, dessen Seele sich mit meiner verbunden hatte, dessen Zuneigung ich mit jedem Atemzug aufgesogen hatte, den Mann, mit dem sich alles geändert hatte. Ich wusste nichts über ihn – und gleichzeitig alles. Sein Herz hatte es mir verraten. Rubén. Ich musste ihn wiedersehen und herausfinden, ob er das Gleiche fühlte. Nur, wie sollte ich das anstellen? In meiner Vorstellung würde ich jeden Passanten hier in der Umgebung fragen, ob er einen jungen Mallorquiner namens Rubén mit einer auffällig großen Kamera auf einem schweren Stativ gesehen hatte. Denn das war das Einzige, was ich mit Sicherheit über ihn sagen konnte. Er hatte diese Kamera bei sich gehabt und geübt damit ausgesehen, als ob er regelmäßig fotografierte. Sie würde mich zu ihm führen, dessen war ich mir sicher.

Langsam tastete ich mich durch die Lobby, in der es nach Lumumba und kaltem Rauch roch, und streckte meinen Kopf durch die gläserne Pforte des Hotels. Zwischen all den Menschen erkannte ich auch meine Eltern, die bereits ausreichend weit entfernt schienen. Ich setzte meinen Sommerhut auf, der mich vor einem Sonnenbrand schützen sollte, den man sich wohl kaum in einem dunklen Zimmer zuziehen konnte, und marschierte los. Das Rauschen des Meeres beflügelte mich und die Vorstellung, Rubén zu finden. Der Gedanke daran, seine Gesichtszüge zu ertasten und seinen Duft zu riechen, ließ mich vor Freude erröten.

Ich lief los und befragte jeden, der mich verstand, als ginge es um einen Vermissten, der in Lebensgefahr schwebte. Tatsächlich war ich jedoch diejenige, deren Leben auf dem Spiel stand. Was wäre, wenn ich ihn nicht finden würde? Mein Schicksal könnte nicht trostloser sein. Mir war bewusst, dass mich kaum einer ernst nehmen würde, schon gar nicht meine Eltern. Sie würden mich belächeln und meine Gefühle als kindische Träumerei abstempeln. Doch sie irrten, denn das, was ich fühlte, musste die wahre Liebe sein – kein Traum, keine blinde Verliebtheit, kein Filmkitsch. Er war der Richtige.

Mehrere Stunden lief ich die weitläufige Straße am Strand auf und ab, befragte Touristen, Eisverkäufer und Kellnerinnen, ohne Erfolg. Erschöpft und kraftlos setzte ich mich auf eine kleine Mauer nahe dem Strand. Die Erkenntnis, wie klein die Chance war, ihn wiederzufinden, brannte sich in meine

Gedanken ein. Doch ich fasste den Entschluss, es jeden Tag dieses Urlaubs wieder zu versuchen. Und wenn ich ihn in diesem Sommer nicht finden würde, würde ich wiederkommen und weitersuchen. Mein Schicksal hing davon ab. Ich spürte es mit jeder Faser meines Körpers.

Gedankenversunken bemerkte ich nicht, dass jemand hinter mir stand und mir auf die Schulter tippte. Ich schreckte auf und drehte mich herum.

Es war ein sommersprossiges Mädchen mit zwei abstehenden Zöpfen und rehbraunen Augen.

»Hallo, ich heiße Julia«, sagte sie und setzte sich zu mir. Julia musste ein paar Jahre jünger sein als ich.

»Hallo. Ich bin Elli.«

»Ich sitze da hinten im Café, mit meinen Eltern. Und da habe ich mitbekommen, wie du nach jemandem gefragt hast.«

Mit herabhängenden Schultern nickte ich. Ich musste dringend einen Schattenplatz aufsuchen, um keinen Hitzschlag zu erleiden.

»Ganz sicher bin ich mir nicht, aber da war so ein Mann in unserem Hotel. Und er hat nach einer jungen Frau gefragt.«

Von einem auf den anderen Moment war ich wieder hellwach. Als hätte mir jemand einen Eimer eiskaltes Wasser in den Nacken geschüttet. Ich sah Julia eindringlich an.

»Was war das für ein Mann?«, schoss es aus mir heraus. »Und wo ist euer Hotel?«

»Er war, na ja … ich habe es nicht so genau gesehen. Aber er war ein paar Jahre älter als du, ein Spanier, oder Mallorquiner, oder wie man die Leute hier nennt.«

Ich wollte Julia an den Schultern packen und den Namen ihres Hotels aus ihr herausschütteln.

»Wo ist euer Hotel? Bitte.«

»Es ist das da vorn, in zweiter Reihe. Hotel Atlantis.« Sie deutete in die Richtung.

Ich sprang von der Mauer auf, griff nach meiner Tasche und rannte los. »Danke, Julia«, rief ich mit einem Blick zurück.

»Warte«, erwiderte sie. »Das war vor zwei Stunden.«

Mein Puls raste und mein Herz schlug so heftig, dass ich glaubte, es würde aus meiner Brust springen. Eine Sandale löste sich von meinem Fuß. Ich ließ sie zurück und rannte weiter über den heißen Asphalt.

»Hotel Atlantis, zweite Reihe«, murmelte ich, um nicht durcheinanderzugeraten. Ich schlängelte mich zwischen den vielen Menschen hindurch, die mich ansahen wie eine flüchtende Taschendiebin. Mein Atem ging stoßweise im Takt meiner Schritte. Ich bog um die Ecke. Dann spürte ich einen dumpfen Aufprall. Mein Gesicht schlug mit einiger Wucht gegen einen festen Oberkörper. Ich bekam keine Luft mehr, bemerkte, wie der Boden immer näher kam. Meine Tasche flog in hohem Bogen über mich hinweg. Ich federte den Sturz mit meinen Händen ab und landete bäuchlings.

Die Aufregung vertrieb den Schmerz. Ich wollte sofort wieder aufstehen und weiterrennen. Dann sah ich in das Gesicht des Mannes, den ich umgerannt und zu Fall gebracht hatte, und mein Herz blieb für einige lange Sekunden stehen, mein Atem setzte aus. Diese Lippen, diese funkelnden Augen.

»Ich habe dich gefunden«, flüsterte Rubén, und ich wunderte mich in diesem Augenblick noch nicht einmal darüber, dass er Deutsch sprach.

Wir blieben auf dem Boden liegen und blendeten alles um uns herum aus. Die Menschen, die stehen geblieben waren, selbst den Polizisten, der auf uns zugerannt kam.

Ich spürte Rubéns Hand auf meiner Wange, wie sie sanft darüberstrich, während unsere Augen miteinander tanzten. Dann küsste er mich. In diesem Moment blieb die Welt stehen. Es gab nur uns beide und das Prickeln auf unseren Lippen.

Kapitel 19

Heute

Romy bedauerte es, sich nicht auf Spanisch verständigen zu können. Zu gern hätte sie sich mit der netten Krankenpflegerin unterhalten, die unermüdlich ihr Bein versorgte, und ihr für die liebevolle Pflege gedankt. Selten hatte sie Menschen mit einer derart positiven Ausstrahlung erlebt wie hier im Krankenhaus. Sie schienen ihrer Arbeit mit einer Freude und Hingabe nachzugehen, die sich Romy auch für sich selbst wünschte. Sie hatte so viel Spaß an der Goldschmiedekunst gefunden und würde jederzeit bestätigen, dass es das war, was sie liebte und sich für den Rest ihres Berufslebens vorstellen könnte. Wären da nicht Svenjas ständige Launen und Einmischungen, die es Romy unmöglich machten, gern zur Arbeit zu kommen.

Es zog sie momentan nicht zurück nach Köln, doch der Ärger mit Svenja ging ihr nicht aus dem Kopf. Sie musste die Sache schnellstmöglich aus der Welt schaffen.

Doktor Frey, der Arzt, den Kathi am liebsten mit ins Handgepäck geschmuggelt hätte, hatte Romy bestätigt, dass die Wunden gut verheilten. Die Stabilisierung könne morgen angelegt werden und Romy schon am Tag darauf das Krankenhaus verlassen.

Dann würde sie nach Hause fliegen, die Sache mit Svenja klären und in ihr normales, geregeltes Leben zurückkehren. Das ganze Chaos hatte mit dem Medaillon angefangen, und damit würde es auch enden. Es hatte bewirkt, dass Romy sich letztendlich doch auf Jannick eingelassen hatte, dass sie hierher nach Mallorca gekommen war, dass sich das Verhältnis zu ihrer Mutter verschlimmert hatte und nun auch noch ihr Bein gebrochen war. Sie würde das Medaillon bei Rubén lassen, da, wo es offenbar hergekommen war und nach Tante Elises Tod auch wieder hingehörte. Damit war die Geschichte zu Ende.

Das war sie doch, oder?

Oder würde ein absurder Gedanke weiterhin in Romys Kopf herumschwirren, immer größere Kreise ziehen, so lange, bis er einen weiteren Wirbelsturm auslöste?

Warum war es ihrer Mutter derart wichtig gewesen, die Vergangenheit ruhen zu lassen?

War es nicht erst die Tatsache gewesen, dass ihre Mutter sie alles vergessen lassen wollte, die diese ganze Angelegenheit für sie so geheimnisvoll und interessant gemacht hatte?

Romy schob den Gedanken erst einmal beiseite und tippte eine kurze Nachricht an Jannick. Sie wollte ihn nicht völlig ins Leere laufen lassen, wo er sich doch offenbar solche Sorgen um sie gemacht hatte. Zwar wollte Romy ihm nicht alles im Detail erzählen, ihn aber dennoch wissen lassen, dass es ihr gut ging, sie jedoch Zeit für sich brauchte.

Die Krankenpflegerin hatte in der Zwischenzeit ihr Werk vollendet, und Romys Bein trug wieder einen frischen, strahlend weißen Verband.

»Gracias«, sagte sie dankbar nickend und bekam ein warmherziges Lächeln zurück.

Was so ein Aufenthalt im Krankenhaus doch mit einem anstellt, dachte Romy und warf einen Blick in das Rätselheft, das Kathi ihr besorgt hatte. Plötzlich hatte sie eine Menge Zeit zum Nachdenken, sie war an einen Ort gefesselt, auf Hilfe angewiesen und konnte sich nicht in die Tätigkeiten des Alltags flüchten. All das nagte an ihr und ließ sie schließlich eine Nummer wählen.

Sie konnte sich nicht ewig davor drücken.

Der Rufton war klar und deutlich.

»Romy? Musst du nicht arbeiten? Ich jedenfalls habe eine Menge zu tun, ich …«

»Nein, ich muss nicht arbeiten.«

Neele schien irritiert zu sein. »Ach nein?«

»Mama, hast du zwei Minuten?«

Kurze Pause.

»Warte, ich mache eben die Bürotür zu.«

Romy hörte es rascheln, dann ein dumpfes Klacken.

»Okay, was ist denn los?«

»Bitte mach dir keine Sorgen, aber ich habe mir das Bein gebrochen. Mir …«

»Wie ist das denn passiert?«, stieß Neele entsetzt aus.

In Gedanken bildete Romy eine Ereigniskette: *Ich habe mich vor einer Schlange erschreckt und bin einen Felsen hinuntergestürzt, bevor ich mit dem Helikopter zum Krankenhaus geflogen bin, was ich nicht mitbekommen habe, weil ich bewusstlos war.*

»Ich bin gestürzt«, antwortete sie stattdessen. »Aber es ist alles in Ordnung. Ich wollte nur, dass du es weißt.«

»In welchem Krankenhaus liegst du? Dann komme ich nach der Arbeit vorbei.«

Romy lächelte. Es war trotz allem schön, zu wissen, dass sie auf ihre Mutter zählen konnte, wenn es drauf ankam.

»Na ja, das ist so eine Sache …« Sie schluckte. »Im Krankenhaus in Palma.«

Romy hörte lautes Schnauben in der Leitung. Sie konnte nur erahnen, wie viel Zurückhaltung es ihre Mutter kostete, nicht sofort loszupoltern und ihrem Unmut freien Lauf zu lassen.

»Verstehe«, sagte sie gefasst. »Wann wirst du entlassen?«

»Wahrscheinlich übermorgen.«

»Ich hole dich vom Flughafen ab. Sag mir Bescheid.«

»Danke, Mama«, flüsterte Romy.

Es ratterte in ihrem Kopf. Sollte sie? Oder lieber nicht? Doch, sie musste es versuchen.

»Da ist noch etwas …«, begann sie zaghaft. »Ich … habe jemanden gefunden. Rubén.« Romy kniff die Augen zusammen, als wartete sie auf einen schmerzhaften Aufprall.

Es blieb wieder einen Moment lang still in der Leitung. Dann wurde das Schnauben mit jedem Atemzug lauter, bis es schier unerträglich wurde.

»Warum, zum Teufel, ist das so schwer zu kapieren, Romy?«, brüllte Neele und verlor vollständig die Fassung. »Ich sage es jetzt zum letzten Mal: Lass die verdammte Vergangenheit ruhen! Das geht dich nichts an! Und … halt dich bloß fern von diesem Alkoholiker. Hast du das verstanden?«

Romys Kehle wurde schlagartig trocken, sodass jedes Schlucken schmerzvoll wurde.

»Du kennst …«

Dann ertönte ein eindringliches Tuten. Neele hatte aufgelegt.

* * *

Hey, du Schlangenbeschwörerin, ich hoffe, dir geht's besser! Wollte nur kurz Bescheid geben: Ich habe zufällig Jannick getroffen. Er ist wegen der Wohnungsübergabe oder irgend so was in Köln. Ich habe ihm von deinem Unfall erzählt, ohne drüber nachzudenken, ob es dir recht ist. Tut mir leid :-(Nur falls er plötzlich anruft oder dir schreibt. Dickes Bussi

Na ja, dachte Romy und legte das Handy weg. Er hätte es sowieso irgendwann erfahren. Viel schwerer wog der Ausbruch ihrer Mutter auf Romys Gedankenchaos. Sie wusste, wer Rubén war. So viel war ihr nun klar. Aber woher kannte sie ihn? Und wieso sagte sie, Rubén sei Alkoholiker? Hatte das etwas mit seiner Demenzerkrankung zu tun? Romy fühlte sich hilflos und zu Unrecht zurechtgewiesen. Wieso sagte ihre Mutter ihr nicht, was das ganze Theater sollte, anstatt so eine Geheimnistuerei daraus zu machen?

Romy war kurz davor, ihren Kopf auf das wackelige Krankenhaustischchen zu schlagen, damit sich die wirren Gedanken entknoteten und sich ihre Stirn etwas abkühlen konnte. Es gab niemanden, der Klarheit in die Sache hätte bringen können, niemanden, der …

Oder vielleicht doch?

Die beiden waren immerhin acht Jahre zusammen gewesen. Und sie war ihre gemeinsame Tochter.

Romy wählte die Nummer ihres Vaters.

Jedes Tuten erinnerte sie an all die Jahre, die sie nichts voneinander gehört hatten, seit er ihre Mutter vor sechsundzwanzig Jahren verlassen hatte, um mit seiner neuen Liebe, einer südamerikanischen Schauspielerin, in die USA abzuhauen. Anfangs hatte er noch versucht, Kontakt zu Romy zu halten, war sogar nach Deutschland gekommen, doch mit jedem Jahr waren die Telefonate weniger geworden, bis sich der Kontakt auf maximal zwei Gespräche im Jahr beschränkt hatte. Romy war wütend auf ihn gewesen, hatte jeden Wutausbruch ihrer Mutter noch einmal aufleben lassen und an ihren Vater weitergegeben. Doch irgendwann hatte sie ihren Frieden mit der Situation geschlossen oder sich damit abgefunden, dass sie ihren Vater an eine andere verloren hatte. Wie auch immer. Romy war damals erst zwei Jahre alt gewesen, und er hatte mittlerweile zwei Söhne im Alter von zehn und elf. Seine neue Familie.

Doch er kannte Romys Mutter gut genug, um zu wissen, inwiefern sie in diese Liebesgeschichte zwischen Elise und Rubén verwickelt war. Das hoffte Romy zumindest.

»Romy? Bist du das?«

Man sollte nicht aufgeregt sein, wenn man mit seinem Vater telefonierte, aber Romy kam es unnatürlich vor, seine Stimme zu hören.

»Hallo Papa. Ja, ich bin's.«

»Das ist ja toll!« Es raschelte. »Honey, it's Romy. Yeah, I'm serious«, hörte sie ihn tuscheln. »Wie geht's dir, Schatz?«

»Mir geht's gut. Also …« Romy überlegte kurz, entschied sich dann aber dagegen, von ihrem momentanen Aufenthaltsort und der Vorgeschichte zu berichten. »Ja, mir geht's gut.«

»Das ist großartig, toll! Wirklich toll.«

Nach so vielen Jahren in den USA klang Romys Vater wie ein waschechter Amerikaner. Great.

»Und … deiner Mutter? Wie geht es ihr?«

»Ihr geht's auch gut. Nicht mehr lange, dann ist sie in Rente.«

»*Oh man,* du hast ja vollkommen recht. Wie die Zeit vergeht, was? Und, hast du noch diesen … Michi? Nein, halt … Martin!«

Romy verkniff sich eine Bemerkung. Die kurze Romanze mit Martin war fünf Jahre her und hatte nur drei Wochen gedauert.

»Nein. Martin ist … Geschichte.«

»Ach schade, Schatz. She quit with Martin, yeah«, flüsterte er wieder. »Schatz, falls du dich wunderst, wir sind gerade auf dem Weg zum Karate. Dillan hat heute eine Prüfung. Ich soll dich lieb grüßen.«

»Okay, danke. Und viel Erfolg.«

Romy beschloss, das holprige Telefonat abzukürzen und endlich zu ihrer Frage zu kommen.

»Papa, was hat Mama mit Mallorca zu tun?«

»Wait, wait, yeah, I'll join in a second.« Er schien sich eine ruhige Ecke zu suchen. »Romy … also, wie kommst du denn darauf?«

»Tante Elise ist gestorben und hat mir ein Medaillon hinterlassen …«

»Oh, das tut mir leid, Schatz.«

»In dem Medaillon war ein Brief von einem gewissen Rubén an Tante Elise. Der Brief war mit 1962 datiert, auf Mallorca. Und Mama wollte weder, dass ich nach Mallorca fliege, noch dass ich in der Vergangenheit grabe. Und sie hat irgendetwas davon gesagt, dass Rubén Alkoholiker sei. Ich weiß einfach nicht weiter.«

»Puh. Schatz, ich weiß wirklich nicht, ob ich mich da einmischen sollte. Das … das klingt für mich so, als sei da einiges nicht ausgesprochen worden.«

Romy massierte abwechselnd ihre pochenden Schläfen.

»Ich denke, du solltest lieber mit deiner Mutter darüber sprechen, sie …«

»Nein, ich möchte es bitte von dir hören. Bitte, das bist du mir schuldig.« Romy hatte nie etwas von ihrem Vater verlangt, doch jetzt brauchte sie Klarheit und zog zum ersten Mal die Das-bist-du-mir-schuldig-Karte.

Sie konnte förmlich das Knirschen der Zahnräder im Kopf ihres Vaters beim Nachdenken hören, dann räusperte er sich und begann langsam zu sprechen.

»Also, ich fange mal damit an, dass ich wirklich nichts über einen Rubén weiß und auch keine Ahnung habe, was deine Großtante damit zu tun hat. Wirklich.«

Die Enttäuschung machte sich bereits jetzt in Romy breit. Doch sie wartete geduldig auf das, was er darüber hinaus zu sagen hatte.

»Hat deine Mutter dir eigentlich je erzählt, weswegen wir uns getrennt haben?«

Romy bemerkte ein deutliches Zögern bei seiner Wortwahl.

»Wegen Lissy, oder nicht?«

»Na ja, also Lissy war nicht der Grund. Sie war, wie soll ich sagen ... das Resultat. Zerbrochen ist unsere Beziehung bereits davor. Seit dem Tod deiner Urgroßmutter Marianne.«

Die Schwerkraft drückte Romy immer tiefer in ihre Matratze, und sie klammerte sich an dem Metallgestell fest. Was meinte ihr Vater damit? Was hatte das mit ihrer Urgroßmutter zu tun?

»Du weißt ja, dass deine Mutter nach dem Tod ihrer Eltern bei deiner Urgroßmutter Marianne aufgewachsen ist. Dein Urgroßvater Richard ist schon in den Sechzigern gestorben. Aber als Marianne gestorben ist, du warst gerade zwei geworden, da muss sie deiner Mutter irgendetwas auf dem Sterbebett gesagt haben. Es hat sie völlig aus der Bahn geworfen, Schatz. Es war furchtbar.«

Romys Vater räusperte sich erneut, so als müsste er die Worte unter großer Anstrengung aus seinen Lungenflügeln herauspressen.

»Ich weiß wirklich nicht, was sie ihr gesagt hat, das musst du mir bitte glauben. Aber es hatte wohl irgendetwas mit Mallorca zu tun. Sie war danach wie besessen. Sie war nicht mehr die Frau, die ich kennengelernt, in die ich mich verliebt und mit der ich eine Familie gegründet hatte.«

Seine Stimme wurde immer weicher.

»Wir sind daran zerbrochen. Und erst dann habe ich Lissy kennengelernt. Deine Mutter war schon immer sehr verschlossen, Schatz. Aber sie war einfach nicht mehr sie selbst. Und ich konnte ihr nicht helfen, sie hat mich nicht an all das herangelassen.«

Irgendwann verwandelten sich die Worte von Romys Vater in weit entfernte, dumpfe Klänge. Danach hörte sie nur noch das Rauschen des eigenen Blutes in ihren Ohren.

Kapitel 20

Der Druck am Fuß war ungewohnt, und die Vorstellung, sich dort mehrere Wochen nicht kratzen zu können, wenn es juckte, machte Romy schon jetzt wahnsinnig. Catalina, wie die neue Krankenschwester sich vorstellte, legte mit geübten Schwüngen unter Aufsicht von Doktor Frey den Gips an. Er bewirkte eine Stabilisierung des Sprunggelenks und des gebrochenen Unterschenkels, die für den nötigen Halt sorgte und es ihr schon bald erlauben würde, sich wieder zu bewegen.

In dem muffigen Patientenhemd und mit Haaren wie feuchtes Stroh fühlte sich Romy wie ein Höhlenmensch. Hinzu kam, dass sie sich nicht bewegen durfte und sich in der Bettpfanne entleeren musste. Das war ihr unangenehm und eine echte Überwindung. Doch mit dem Gehgips würde sie schon bald wieder auf die Toilette gehen und sich frisch machen können.

Eine weitere Lektion des Lebens, um Wertschätzung für die alltäglichen Dinge zu lernen.

Nach der unfreiwilligen Erkenntnis über den wahren Grund der Trennung ihrer Eltern hatte Romy eine weitere unruhige und nahezu schlaflose Nacht verbracht. Ihre Augenringe reichten mittlerweile bis an die Oberlippe, und sie hatte Mühe, ihren Kopf aufrecht zu halten. Die Neuigkeit hatte sie wie ein Schlag getroffen. Lissy war nicht der Grund für die Trennung ihrer Eltern gewesen. Was für eine Erkenntnis, nach einer sechsundzwanzigjährigen Lüge. Irgendetwas hatte Romys Mutter aus der Bahn geworfen und alles infrage gestellt. Eine Information, die ihre Urgroßmutter Marianne offenbar auf dem Sterbebett preisgegeben hatte. Doch was hatte sie gesagt?

Romy hatte sich zwar von ihrem Vater etwas Klarheit erhofft, aber nicht damit gerechnet, vor derart fundamentale Tatsachen gestellt zu werden. Was bedeutete das alles für Romy? Hatte sie ihren Vater all die Jahre zu Unrecht beschuldigt, ein Arschloch und ein Rabenvater zu sein, der sich der Verantwortung entzogen, ihre Mutter betrogen und Romy im Stich gelassen hatte? Sollte sie sauer auf ihre Mutter sein, weil sie das Missverständnis nie aufgeklärt und stattdessen dafür gesorgt hatte, dass Romy sich gegen ihren Vater verschwor? Diese ganzen Verteufelungen der Männerwelt … was hatte all das mit Romy gemacht? Es hatte ihr eine Unwahrheit in den Kopf gepflanzt, mit der sie ihr Leben lang hatte kämpfen müssen.

Aber was war es bloß, was Neeles Großmutter Marianne ihrer Enkelin offenbart hatte? Was hatte es mit Mallorca zu tun, und wie hing das alles zusammen? Romy rieb sich wieder einmal den Schädel, der sich anfühlte wie ein explodierender Dampfgarer.

Dann fiel ihr Blick auf das Nachttischchen, auf dem drei duftende Sonnenblumen im Wasser standen. Xavi hatte sie gestern Abend vorbeigebracht, zusammen mit etwas Schokolade und dem Originalfoto von Tante Elise mit dem Medaillon. War es Romy nur so vorgekommen, oder hatte Xavi ihr schöne Augen gemacht? Sie war sich nicht sicher gewesen, hatte seine Anwesenheit aber trotz der Umstände genossen. Romy war sich mittlerweile mit überhaupt nichts mehr sicher, aber das war ihr egal. Jedenfalls hatte Xavi keine neuen Erkenntnisse zu Rubén mitgebracht, der sich wohl wieder stumm wie ein Fisch vor sein Lieblingsfoto gesetzt und apathisch gewirkt haben musste.

Und dennoch konnte Romy nicht glauben, dass seine Reaktion schon alles gewesen sein sollte. Sie hatte Xavi das Medaillon mitgegeben und ihn gebeten, es Rubén noch einmal zu zeigen. Vielleicht würde es weitere, fest verwurzelte Erinnerungen in ihm wecken.

Daraufhin hatte Xavi etwas gefragt, was Romy beschäftigte. Er hatte sich erkundigt, ob Romy nicht ein paar Tage bei ihm und Rubén bleiben wolle, um gemeinsam etwas aus ihm herauszubekommen. Romy hatte den Gedanken gar nicht erst weitergedacht. Es kam nicht infrage. Sie musste zurück, um die Sache mit Svenja zu klären, damit sie nicht, zusätzlich zum Boden unter ihren Füßen, auch noch ihren Job verlor.

»So, der Gips muss jetzt noch etwa eine Stunde lang trocknen, und dann sind Sie theoretisch wieder mobil«, bemerkte Doktor Frey und schenkte Romy eines seiner aufmunternden Doktor-Zwinkern.

»Danke, Doktor Frey. Und gracias, Catalina.«

Eine Stunde später war Romys Unterschenkel fest gestützt, und sie hatte sogar schon zwei Krücken bekommen. Nachdem der Pfleger aus der Tür verschwunden war, kletterte sie sofort aus dem Bett, drückte sich mit einer der Krücken in eine aufrechte Position und kämpfte sich hektisch ins Badezimmer, um sich zu erleichtern. Ihre Blase war kurz vorm Platzen.

Als sie fertig war und sich am Waschbecken etwas frisch gemacht hatte, humpelte sie tief durchatmend zurück ins Zimmer. Sie sah furchtbar aus, fühlte sich aber wieder etwas mehr wie eine Frau.

»Oh mein Gott«, stieß sie laut aus und war kurz davor, über ihre Krücke zu stolpern. Sie wankte und ruderte mit den Armen.

Jannick machte einen schnellen Schritt und hielt Romy an der Hüfte fest. Sofort stieg ihr eine feurige Röte ins Gesicht.

»Was … was machst du denn hier?«

Jannick begleitete Romy bis zum Bett und gab sie vorsichtig frei.

»Ich habe mir Sorgen gemacht. Und dann habe ich Kathi getroffen und …«, Jannick machte einen Laut, der einem Seufzen recht nahekam, »… ich habe dich vermisst.«

»Jannick, ich …«

»Du musst gar nichts dazu sagen, Romy. Deswegen bin ich nicht hier. Nach dem, was Kathi mir erzählt hat, hast du wirklich genug um die Ohren und sollst dich nicht auch noch mit mir beschäftigen müssen.« Er setzte sich neben das Bett. »Ich wollte nur sichergehen, dass es dir gut geht. Alles Weitere kann warten.«

Romy zitterte vor Erleichterung und wegen der Tatsache, dass Jannick so selbstlos und auf ihr Wohl bedacht war. Es brachte binnen Sekunden wieder die Schmetterlinge in ihrem Bauch zum Flattern, die in den letzten Tagen pausiert hatten. Jeder andere hätte geschworen, wie groß seine Liebe sei, dass er Romy die Sterne vom Himmel holen würde und weitere kitschige Dinge. Doch für Jannick reichte es aus, zu wissen, dass es Romy gut ging.

»Danke, Jannick«, sagte sie und legte ihre Hand nahe seiner auf das Bett.

Sie sahen sich tief in die Augen, wortlos, eindringlich, vertraut. Ihre Finger näherten sich langsam, bis sie einander fanden und Jannick sanft über Romys Hand strich.

»Ist der für mich?«, fragte Romy, als sie den Strauß Blumen auf dem Nachttisch liegen sah.

»Ach so, die Blumen. Ja, also, nein, ich besuche gleich noch jemand anderen zwei Zimmer weiter.«

Romy lächelte sanft.

»Sie sind sehr schön. Derjenige wird sich sehr darüber freuen, da bin ich mir sicher.«

Jannicks blaue Augen sahen Romy wehmütig an.

»Warte, ich stelle sie in die Vase da drüben.«

Er nahm die Vase von der Fensterbank, befüllte sie im Badezimmer mit etwas Wasser und stellte den Strauß hinein.

»Wohin?«, fragte er und sah nachdenklich auf die Sonnenblumen auf dem Nachttisch.

»Hier zu mir. Kannst du die Sonnenblumen bitte auf die Fensterbank stellen?«

Es schien, als würde er sich eine Frage dazu verkneifen. Er setzte sich wieder zu Romy.

»Musst du nicht in Berlin sein?« Es bildete sich ein Kloß in ihrem Hals, aber irgendwann mussten sie darüber sprechen.

»Ja, also, ich habe gesagt, es ist ein Notfall. Was ja auch stimmt.« Er wand sich spürbar.

»Aber es läuft gut? Ihr habt die Finanzierung bekommen, oder?«

Jannick zögerte und ließ den Kopf hängen. »Nichts ist gut, Romy.«

Er ließ sich Zeit.

»Ich wollte gar nicht nach Berlin.«

Romy sah ihn nachdenklich an. »Nein?«

»Nein. Die Investoren haben es von uns verlangt. Es stand vorher nie zur Debatte. Aber um die Finanzierung zu bekommen, müssen wir ein zwölfmonatiges Programm bei ihnen absolvieren. Was danach passiert, ist ungewiss.«

Romy schluckte schwer.

»Wäre der Termin ein paar Monate vorher gewesen, hätte ich den Deal schmerzlos akzeptiert und dazu gestanden. Aber in der letzten Zeit habe ich gemerkt, oder gehofft, dass du mich genauso gern magst wie ich dich.«

Romy kaute sanft auf ihrer Unterlippe. Ihr Atem ging stoßweise.

»Und die Nacht mit dir war wunderschön. Dir so nahe zu sein, mit dir aufzuwachen. Das habe ich mir all die Monate zuvor erhofft.«

»Jannick …«

Romy verstummte, als sie sich wieder in die Augen sahen. Ihre Lippen fingen an zu zucken. Dann liefen ihr warme Tränen über die Wangen.

»Romy, ich bin verliebt in dich. Verdammt, ja, ich liebe dich.«

Ein verzweifeltes Lächeln huschte über Romys Gesicht.

»Jannick, ich … weiß gar nicht, was ich sagen soll.«

Sie wischte sich einige Tränen aus dem Gesicht. Es war die Wahrheit. Ihr fehlten tatsächlich die Worte. Tief im Inneren wusste sie, dass sie Jannick ebenso liebte, doch sie hatte Angst, es ihm zu sagen. Sie konnte es nicht. All das um sie herum war einfach zu viel. Wie sollte sie ihm das bloß erklären? Sie ließ ihn völlig dumm dastehen, wenn sie gar nichts dazu sagte. Oder würde er dafür Verständnis haben?

In seinen Augen sah sie bedingungslose Liebe und Hoffnung auf eine Antwort, und noch etwas, was Romy als Verzweiflung interpretierte. Welche Gefühle nahm er wohl in ihren Augen wahr? Erkannte er ihre Liebe, auch ohne dass Romy sie ihm versprach?

»Ich …«

Ein Schatten betrat den Raum.

Der Zauber, der in der Luft gelegen hatte, löste sich blitzartig auf.

»Xavi …«

Kapitel 21

Xavi setzte einen Fuß in das Zimmer. Dann blieb er stehen, sah erst Romy an, dann Jannick, dann wieder Romy. Er wirkte unentschlossen.

»Oh, Entschuldigung. Ich wollte nicht stören.«

Romy bemerkte, wie nun Jannick zwischen ihr und Xavi hin- und hersah. Offensichtlich hatte er verstanden, dass Xavi sich nicht verlaufen hatte, sondern im richtigen Zimmer gelandet war und Romy besuchen wollte.

»Nein, bitte. Komm rein«, sagte Jannick, stand auf und gab Xavi die Hand.

»Ich bin Jannick.«

»Xavi, hallo.«

»Bitte, setz dich.« Jannick bot Xavi seinen Stuhl an und stellte sich den zweiten Stuhl auf die andere Seite von Romys Bett.

Das konnte jetzt nicht wahr sein.

Romy beäugte die Szene mit unbehaglichem Bauchgefühl. Das war der wohl denkbar ungünstigste Zeitpunkt für Xavis Besuch. Warum musste er ausgerechnet jetzt vorbeikommen? Und wieso bat Jannick ihn auch noch herein?

»Äh, hallo Xavi«, sagte Romy und wich Jannicks Blicken aus. »Nett, dass du vorbeikommst.«

Xavi versuchte zu lächeln, aber Romy konnte erkennen, dass er die Situation noch einzuordnen versuchte.

»Hier«, sagte er dann und hielt Romy eine Papiertüte hin. »Ich habe dir ein Hörnchen mitgebracht.«

Romy nahm die Tüte schweigend entgegen. Es fühlte sich an, als würde ihr Gehirn anschwellen und jeden Moment aus den Ohren heraustreten. Angestrengt dachte sie nach. Ja, sie musste erst einmal Klarheit hier im Raum schaffen.

»Ach so«, begann sie. »Also Jannick, das ist Xavi. Er ist ein Freund von Rubén. Rubén hatte meiner Großtante damals das Medaillon geschenkt. Und Xavi war so nett, Kathi und mir weiterzuhelfen, was das Medaillon betrifft.«

Und er hatte sie schon im BH gesehen, für sie gekocht und den Helikopter gerufen, der sie hierhergeflogen hatte …

»Ganz unverbindlich«, warf Xavi unschuldig ein und zwinkerte Romy zu, als Jannick nicht hinsah.

Romys Puls entwickelte sich zu einem afrikanischen Buschtrommelkonzert. Sie ging nicht auf Xavis Spitze ein, sondern versuchte, die Peinlichkeit in Worten aufzulösen.

»Und Jannick hat mich gerade aus Köln besucht. Also aus Berlin … Er besucht mich jedenfalls. Er hat ein Start-up für E-Bikes.«

Sie sollte definitiv aufhören zu reden.

Jannick verzog etwas den Mund, als die beiden Männer sich gegenseitig musterten.

»Und … du lebst also hier auf der Insel?«, fragte Jannick beiläufig.

»Ja, genau«, antwortete Xavi ebenso unbeteiligt.

Dann blieb es für einige Sekunden still im Zimmer. Für Romy fühlte es sich an wie mehrere Stunden. Es war eine dermaßen unangenehme Situation, dass sie sich am liebsten unter der Decke verkrochen hätte, bis einer der beiden freiwillig gegangen wäre. Die zweite Option war, dass sie einfach einen

Witz erzählte oder ein Gespräch über das Klima auf Mallorca begann, doch auch dagegen entschied sie sich.

Glücklicherweise war es Xavi, der dem unbeholfenen Aufeinandertreffen ein Ende bereitete, indem er sich auf die Oberschenkel schlug, aufstand und das Schweigen brach.

»Also«, sagte er, »ich muss leider schon wieder los. Ich war nur zufällig in der Gegend. Rubén hat noch einen Termin.« Er blinzelte Romy lächelnd zu. »Ich melde mich morgen noch mal, bevor du abreist.«

»Okay. Und … danke für das Hörnchen. Ich werde es gleich essen.«

Oder mich vorher aus dem Fenster stürzen.

Xavi lachte. Dann reichte er Jannick erneut die Hand.

»Jannick, es hat mich gefreut.«

Jannick nickte. »Mich auch. Mach's gut.«

Xavi grinste, als er verschwand. Vermutlich war auch er froh, die seltsame Situation auflösen zu können. Obwohl es genauso gut sein konnte, dass er Jannicks irritierte Blicke amüsant gefunden hatte.

»Ja«, sagte Jannick lang gezogen. »Interessanter Typ.«

»Er ist Fotograf, genau wie Rubén«, erwiderte Romy und biss sich auf die Lippe.

Wieso erzählte sie ihm das?

Romy bewunderte Jannick für seine Gelassenheit und sein Verständnis. Romy hätte nicht gewusst, wie sie in seiner Situation reagiert hätte.

»Jedenfalls … scheint irgendetwas an der ganzen Geschichte mit meiner Großtante und Rubén faul zu sein«, sagte Romy und war froh, wieder sichere Gesprächsfahrwasser erreicht zu haben.

Sie erzählte Jannick von den Dingen, die sie herausgefunden hatte, davon, dass ihre Mutter ausgeflippt war und mehr zu wissen schien, als sie vorgab, und dass sie gesagt hatte,

Rubén sei Alkoholiker. Langsam, aber sicher näherten sie sich nach der unerwarteten Unterbrechung wieder an. Romy vertraute Jannick schließlich auch an, dass ihr Vater offensichtlich gar nicht dafür verantwortlich gewesen war, dass er und Romys Mutter sich getrennt hatten, was weitere Fragen aufwarf und Romy emotional werden ließ.

Jannick hörte interessiert zu, er war für Romy da, tröstete sie und streichelte ihre Hand. Je später es wurde, desto öfter fiel sein Blick auf die Uhr. Bis er sich schließlich räusperte und auf die Vorderkante seines Stuhls rückte.

»Romy, ich könnte dir noch stundenlang zuhören, Zeit mit dir verbringen … aber ich muss jetzt leider wieder zum Flughafen. Ich muss heute noch nach Berlin zurück.«

Romy nickte. Als sie kurz über die momentane Situation nachdachte, war sie sogar auch irgendwie froh über Xavis Störung. Denn was hätte sie Jannick sagen sollen? Sie wusste es nicht. Sie war verwirrt. Ihr ganzes Leben war gerade zu einem einzigen Fragezeichen geworden.

»Ich bin dir unglaublich dankbar dafür, dass du extra wegen mir hergekommen bist, Jannick. Und das für nur ein paar Stunden. Das ist wirklich … unbeschreiblich schön.«

Und wie ging es jetzt weiter?

»Es hat sich gelohnt«, sagte er und lächelte.

Ein kurzer Schauer irritierter Glücksgefühle durchzuckte Romys Herz. Sollte sie es tun? Ihn fragen, was ihr Abschied nun bedeutete? Wie der weitere Kontakt aussehen würde? Er hatte ihr seine Liebe bekundet, jetzt wäre sie am Zug gewesen. Doch irgendetwas in ihr hielt sie zurück. Eine tief sitzende Unsicherheit, gegen die Romy nichts ausrichten konnte.

»Romy«, begann Jannick erneut, »das, was hier alles gerade um dich herum passiert … das scheint dir doch eine Menge abzuverlangen.« Er atmete schwer. Sein Gesicht schien gefangen zwischen Hoffnung und Schmerz. »Wir haben vielleicht einfach ein Talent für falsche Zeitpunkte, ich weiß es nicht. Jedenfalls habe ich gesagt, was ich dir sagen wollte. Weswegen ich hergekommen bin.«

Romy hätte ihn so gern erlöst, doch sie schaffte es nicht.

»Nimm dir so viel Zeit, wie du eben brauchst, um mit all dem ins Reine zu kommen. Wenn du mich brauchst, bin ich selbstverständlich für dich da.«

Es klang nach einem Aber …

»Aber ich kann das gerade so nicht. Der nächste Schritt muss von dir kommen, sonst …« Er schluckte. »Ich weiß auch nicht.«

»Es tut mir leid, Jannick«, sagte Romy leise. Ihre Augen wurden feucht, doch sie hielt die Tränen zurück.

Jannick stand auf, beugte sich zu Romy herunter und küsste sie auf die Stirn. Es war ein langer Kuss, der die Wehmut des Abschieds in sich trug.

»Werde schnell wieder gesund, okay?«

Dann drehte er sich um, ging zur Tür und verließ das Zimmer.

Erst als Romy wieder allein war, liefen ihr die Tränen über die Wangen. Was war bloß los mit ihr? Warum konnten sich Kopf und Herz nicht ein einziges Mal einig sein?

Kapitel 22

1962

Mein Haar flatterte im Wind, als wir mit Rubéns alten Fahrrädern den steinigen Weg hinuntersausten. Die Sonne prickelte auf meinem Gesicht, ich stand auf den Pedalen und schrie aus voller Kraft. Ich fühlte mich frei und lebendig.

Rubén fuhr neben mir und lachte lauthals. Später würde er mir sagen, er hätte noch nie jemanden wie mich kennengelernt. Wir würden uns daraufhin küssen. Es würde nur einer von vielen Momenten sein, in denen wir uns sicher waren, zusammenzugehören. So wie so oft in den letzten Tagen, als er mich mit dem Motorrad abgeholt und mir, wenn auch nur für einige wenige Stunden, in denen ich vorgab, am Strand spazieren zu gehen, seine Insel gezeigt hatte.

Am Ende des Hügels angekommen, stieg Rubén vom Fahrrad und öffnete ein geschwungenes Tor aus Olivenholz.

»Wir sind da«, sagte er.

Ich konnte ihm ansehen, dass er kein bisschen aufgeregt war. Nicht so wie ich, die sich immer zu viele Gedanken machte. Nein, er wirkte eher, als könnte er es kaum erwarten, mich seinen Eltern vorzustellen. Gemeinsam schoben wir die Fahrräder über die buckelige Auffahrt. Hühner gackerten fröhlich vor sich hin und flatterten davon. Einige Ziegen grasten hinter einem Gatter, und ein dunkelgrüner Traktor parkte in einer Scheune neben dem ausladenden Steinhaus. Alles wirkte etwas chaotisch, und doch hatte es auf eine gewisse Art und Weise eine Ordnung.

Rubén lehnte die Fahrräder an die Hauswand. Er bemerkte meine Aufregung und griff nach meiner Hand. Ich wusste nicht, wie so etwas ablief, hatte nie einen festen Freund gehabt und war nie jemandes Eltern vorgestellt worden. Hinzu kam, dass ich nicht ihre Sprache sprach und sie nicht meine. Denn anders als Rubén, der in jungen Jahren Deutsch gelernt hatte, sprachen seine Eltern lediglich Mallorquinisch und Spanisch. Ich wollte unbedingt, dass sie mich mochten, also hatte mir Rubén einige Sätze beigebracht. Doch in der Aufregung fiel mir kein einziger mehr ein. Rubén lächelte mir aufmunternd zu. Er bedeutete mir damit, dass alles in Ordnung war, dass ich mich nicht um das sorgen müsste, was vor uns lag. Er gab mir die nötige Sicherheit, und schon waren die Sätze wieder in meinem Kopf.

Er führte mich durch die Eingangstür, und wir blieben in einer Küche stehen, die noch aus dem letzten Jahrhundert zu stammen schien. Unter einem gusseisernen Herd knisterte ein Feuer, und es duftete nach gebratenem Knoblauch und einem Hauch von Rosmarin.

Kurz darauf eilte eine mollige Frau mit Schürze in die Küche und schwenkte eine auf dem Herd stehende Pfanne. Dann bemerkte sie uns, trat freudestrahlend auf mich zu, küsste meine Wangen und plapperte wild drauflos, ohne sich um die vorhandene Sprachbarriere zu kümmern. Obwohl ich kein Wort verstand und auch nicht wusste, was ich darauf erwidern sollte, fühlte ich mich in ihrer Nähe nicht unwohl, sondern geborgen und willkommen. Ich genoss die Stärke, die sie ausstrahlte, und die Wärme, die ich von zu Hause nicht kannte.

Kurz darauf betrat Rubéns Vater die Küche. Er trug eine Cordhose, eine grüne Jacke und eine Schiebermütze auf dem Kopf. Sein markantes Gesicht sah dem von Rubén verblüffend ähnlich. Er roch nach Heu und süßlichem Tabak. Zur Begrüßung nahm er seine qualmende Pfeife aus dem Mund und reichte mir etwas förmlich die Hand. Dennoch lächelte er und hieß mich stumm willkommen.

Wenig später saßen wir auf der gemütlichen Veranda, unter den Schatten spendenden Ranken einiger Weinreben. Rubéns Mutter María hatte ein köstliches mallorquinisches Essen, bestehend aus Gemüseauflauf, einem würzigen Fleischgericht und frisch gebackenem Brot, gezaubert. Dazu tranken wir Wasser mit Zitronen aus dem Garten. Rubén übersetzte ihre Fragen und meine Antworten. Das Essen war unaufgeregt, und es kam mir vor, als wäre ich schon viele Male in ihrem Haus ein und aus gegangen. Die drei gaben mir das Gefühl, dazuzugehören, und ich konnte mir nicht erklären, was diese Insel mit mir anstellte. Ich war meiner großen Liebe förmlich in die Arme gefallen, ich log meine Eltern an, um mit Rubén Zeit verbringen zu können und seine Eltern kennenzulernen. Und ich fühlte mich dabei nicht einmal schuldig, sondern zum ersten Mal frei und losgelöst. Ich hatte auf einmal eine klare Vorstellung von meinem Leben, die nichts mehr damit zu tun hatte, dass ich je wieder ein Flugzeug besteigen würde.

Erst einige Tage zuvor hatten wir einander gesucht und waren mitten auf der Straße ineinandergelaufen. Er hatte mich erneut aufgefangen, und ich deutete diese schicksalhafte Begegnung als das, was sie war, der Beginn einer tiefen Verbundenheit. In den nächsten Tagen hatten wir jede Minute miteinander verbracht, die ich mich hatte wegschleichen können. Wir hatten uns geküsst, über unsere Träume und Ziele geredet, die vorbeiziehenden Wolken beobachtet und verfolgt, wie sie sich durch die kraftvolle Sonne in Sekundenschnelle in Luft auflösten.

Rubén erzählte mir so lebhaft von seinem Leben, dass ich glaubte, schon immer ein Teil davon gewesen zu sein, ihn seit jeher zu kennen. Er berichtete mir von dem deutschen Soldaten, der eines Tages wie aus dem Nichts in der Landschaft aufgetaucht war und ihn zu sich herübergewinkt hatte. Rubén war ein Kind gewesen und er ein junger Mann, der es hasste, was sein Land der Welt angetan hatte, und der nie wieder dorthin zurückwollte. Die beiden waren Freunde geworden. Der junge Soldat hatte Rubén seine Sprache gelehrt und ihm gezeigt, wie man Land und Leute mit einem Fotoapparat einfing. Er hatte ihm seine erste Kamera geschenkt und ihm alles beigebracht, was er wusste. Dann, viele Jahre später, war er plötzlich verschwunden gewesen und nie wiederaufgetaucht. Rubén hatte gewusst, dass diese Kamera sein Leben verändern würde. Fortan fotografierte er die Menschen der Insel, die jedoch nicht für seine Dienste bezahlten. Also ging er nach Palma und arbeitete in kleinen Bars und großen Clubs. Es war eine Zeit voller Veränderungen für Land und Leute. Mallorca wurde international bekannt. Liza Minelli, Frank Sinatra und Marlene Dietrich verbrachten ihre Freizeit auf der Insel und feierten in den Lokalen, in denen Rubén erst bediente und schließlich auch fotografierte. Plötzlich hatte er Kontakte bis nach Hollywood, dorthin, wo Träume Realität wurden. Noch assistierte er anderen berühmten Fotografen bei ihrer Arbeit, doch er war sich sicher, bald selbst hinter den ganz großen Kameras dieser Welt zu stehen. Außerdem träumte er davon, ein eigenes Fotostudio zu eröffnen.

Rubéns Zimmer war schlicht, und wir durften nur einen kurzen Blick hineinwerfen, da seine Eltern religiös waren und es sich nicht gehörte, als Unverheiratete allein in einem kleinen Raum zu sein. Die Wände waren gespickt mit wundervollen

Aufnahmen, die es mir nicht schwer machten, zu erahnen, wie viel Talent in Rubén steckte. Er vermochte mit einem einzigen Bild eine ganze Geschichte zu erzählen. Ich konnte den Duft der Berge riechen, sah die Lichter auf dem Wasser tanzen und hörte die Stimmen der Menschen, deren Augen in der Abendsonne leuchteten.

Zwischen all den Bildern fand ich eine Postkarte mit einer kunstvollen Handschrift. Sie war auf Deutsch geschrieben und an Rubén gerichtet. Der Absender berichtete, dass es ihm gut gehe und er hoffe, dass Rubén weiterhin fotografierte. Er sagte, er habe das Feuer in seinen Augen gesehen und würde sich wünschen, dass es niemals erlosch.

»Sie ist von ihm, oder?«, fragte ich gespannt, und Rubén nickte. Es war das Einzige, was er je wieder von dem deutschen Soldaten gehört hatte.

»Darf ich?«

Rubén nickte erneut, und ich nahm die Karte von der Wand. Es war eine Postkarte ohne Fotomotiv, wie man sie früher versendet hatte. Auf der einen Seite stand ausschließlich der Adressat, auf der anderen die Mitteilung. In der Zwischenzeit gab es deutlich modernere Postkarten, bei denen Adresse und Text auf einer und ein farbiger Fotodruck auf der anderen Seite zu finden waren. Wir hatten Oma Ilse immer eine Karte aus dem Schwarzwald geschickt, und sie hatte alle Karten fein säuberlich in einem Album gesammelt.

»Ich habe noch keine Foto-Postkarten von Mallorca gesehen, die wirklich die Schönheit der Insel zeigen. Sie wirken so beliebig …«, sagte ich nachdenklich.

In diesem Moment, als wir uns in die Augen sahen, ahnten wir nicht, was diese vage Idee für eine Bedeutung haben würde. Stattdessen gaben wir uns verstohlene Küsse, lachten und verließen sein Zimmer unter den warmherzigen Blicken seiner

Mutter, die aus der Küche heraus ein Auge auf uns geworfen hatte.

Die Uhr verriet mir, dass ich gehen musste. Ich verabschiedete mich von seinen Eltern, dankte ihnen mit Rubéns Hilfe für den wunderschönen Nachmittag, und wir verließen das Haus. Rubén fuhr mich mit seinem Motorrad wieder zurück zum Hotel, bevor meine Eltern mein Fehlen bemerkten. Unsere Herzen zerrten aneinander, wollten nicht voneinander lassen, genau wie unsere Lippen, unsere Hände, unsere Augen. Wir hatten noch fast eine Woche Zeit, in der wir uns sehen, miteinander die Insel erkunden und Pläne schmieden konnten. Ich gab Rubén einen weiteren Kuss, der, vermischt mit einem Gedanken, ein schmerzvolles Brennen auf meinen Lippen hinterließ.

»Was machen wir nur, wenn die zwei Wochen vorüber sind?«, fragte ich voller Sehnsucht und Sorge in der Stimme.

»Wir werden einen Plan schmieden«, antwortete Rubén hoffnungsvoll. »Einen Plan, wie wir all das in die Unendlichkeit verlängern können.«

Ich sah ihm wehmütig nach, als er mit seinem Motorrad davonfuhr. Erst dann bemerkte ich meine Mutter auf der anderen Straßenseite.

Kapitel 23

Heute

Nach wenigen Metern schmerzten Romys Hände von ihrer eigenen Last auf den harten Griffen der Krücken. Sie wollte nicht blöd im Hotel herumsitzen, sondern hatte sich dazu entschieden, runter zum Jachthafen zu humpeln. Gegen Mittag hatte Doktor Frey sie mit vielen guten Wünschen und einer satten Rechnung entlassen, die hoffentlich ihre Zusatzversicherung übernehmen würde. Für eine Nacht hatte sich Romy ein günstiges Hotel in Palma gebucht und einen Rückflug für den nächsten Tag gefunden. Dann wäre das Kapitel Mallorca für sie abgeschlossen, und sie würde die geheimnisvolle Liebesgeschichte zwischen Tante Elise und Rubén für immer ruhen lassen. All das hatte schon genug angerichtet.

Mit schweren Schritten hinkte Romy über die Straße, folgte dem Weg zum Hafen und setzte sich auf eine Bank in der Nähe der Schiffe, die auf den Wellen sanft schaukelten und deren Mastbäume knarzten. Sie holte eine Flasche Wasser aus ihrem Rucksack, trank einen Schluck und versuchte, einen klaren Gedanken zu fassen. Sie beobachtete, wie eine große Segeljacht ihre Leinen losmachte und das Hafenbecken verließ. Es war ein beeindruckendes Schiff mit einem dunkelblauen Rumpf und einem Deck aus gepflegten Holzplanken. Romy stellte sich vor, wie es wäre, darauf zu sitzen, eine frische Meeresbrise zu spüren und den Wellen zu trotzen. Einfach so weit zu fahren, bis man einen geschützten Platz zum Ankern fand, um den Sonnenuntergang anzuschauen. Wegfahren, egal wohin. Im nächsten Moment war das Schiff hinter noch größeren Segeljachten verschwunden. Romy wollte nicht allein sein, also zog sie ihr Handy aus dem Rucksack und wählte Kathis Nummer.

»Hey, na, bist du in Freiheit?«, meldete sie sich sofort nach dem ersten Klingeln. »Ich sitze hier mit Ellen, also, schöne Grüße.«

»Hallo, ihr beiden. Ich bin wieder ein freier Mensch. Na ja, so weit mich meine Krücken tragen …«

»Wie hat der hübsche Doktor Frey gesagt: Das hätte auch ganz anders ausgehen können. Also sind wir mal froh, dass du überhaupt so schnell wieder fit und mobil bist.«

»Da hast du recht. Es fühlt sich nur so doof an und … es ist alles ein bisschen viel gerade.«

»Ach, Romylein, es wird alles wieder gut, versprochen. Hat Jannick sich denn wenigstens mal gemeldet?«

»Könnte man so sagen«, druckste Romy herum.

»Jetzt sag schon. Wir wollen Beziehungs-Klatsch hören.« Kathi kicherte.

»Er war hier.«

Romy musste das Handy von ihrem Ohr weghalten, so laut schrien die beiden.

»Und er ist schon wieder weg?«

»Ja, er war gestern nur für ein paar Stunden da, ist mittags gekommen und abends wieder nach Berlin geflogen.«

Noch ein lauterer Schrei drang durch den Lautsprecher des Handys.

»Wie süß ist das denn! Und was hat er gesagt?«

Romy wollte gar nicht um den heißen Brei herumreden. Davon hatte sie mittlerweile genug. Sie rückte lieber gleich mit der Wahrheit heraus.

»Er … hat gesagt, dass er mich liebt und …«

Ein weiterer Schrei brachte Romy zum Schmunzeln, bevor ihr klar wurde, dass sie es dennoch völlig vermasselt hatte.

»Und du hast ihm dasselbe gesagt?«, drängte Kathi.

Romy schluckte schwer. »Nein, ich … nein.«

»Uhhh«, machten Kathi und Ellen. Romy konnte sich bildlich vorstellen, wie die beiden die Hände vors Gesicht schlugen und sich auf die Finger bissen.

»Und dann, als ich etwas sagen wollte, kam Xavi ins Zimmer …«

Kathi zog scharf die Luft ein.

»Ach Mensch, da ist ja alles drunter und drüber gegangen. Aber … habt ihr euch … vertragen? Oder, also, ich meine …«

»Ja, schon irgendwie. Aber nicht so richtig«, kürzte Romy die Spekulationen ab. »Ich weiß noch nicht, wie es weitergehen soll. Bevor er gekommen ist, hab ich noch etwas … nicht so Tolles erfahren.«

»Was meinst du? Wegen deiner Tante Elise?«

Romy erzählte die kurze, aber nicht minder schmerzhafte Version des Gesprächs mit ihrem Vater, bevor sie sich einige Tränen aus den Augenwinkeln rieb.

»Und das wird mir gerade alles zu viel. Ich habe das Gefühl, mein Leben entgleitet mir. Es fühlt sich an wie eine riesengroße Lüge, die meine Mama mir da vorgespielt hat.«

»Romy, wirklich, ich weiß auch gar nicht, was ich sagen soll. Ich bin ziemlich sprachlos. Aber, also ich meine … Geschichten haben ja immer zwei Seiten, und deine Mutter muss mit dir darüber sprechen. Sie muss einfach.«

»Ja, das sollte sie. Deswegen kann ich ihr momentan auch noch nicht so böse sein, wie ich es gern wäre. Ich glaube immer noch daran, dass es einen triftigen Grund dafür gab. Nur den sollte sie mir jetzt endlich sagen.«

Romy schniefte.

»Hey. Wir sind für dich da.«

»Danke, ihr beiden. Ich lande morgen Vormittag und …«

Es tutete in der Leitung. Ein zweiter Anruf ging ein.

»Da ruft jemand …«

Svenja.

»Kathi, es ist Svenja. Sie ruft gerade an.«

»Okay, dann geh mal ran und melde dich danach noch mal, okay?«

»Mache ich, danke.«

Romy lockerte ihre Kiefermuskeln, bevor sie mit dem Finger über das Display wischte und den Anruf annahm. Ihre Knie wurden weich, und sie war froh, zu sitzen. Mit dem Anruf hatte sie nicht gerechnet, hatte sie sich doch in Ruhe darauf vorbereiten wollen.

»Svenja?«

»Ja. Hallo, Romy.«

Ein kalter Schauer zog durch das Handy über Romy und fror ihre Gesichtszüge ein. Trotz der warmen Sonne wünschte sie sich umgehend eine Winterjacke. Svenjas Stimme klang unterkühlt und sachlich.

»Wie geht's dir?«

Romy rieb sich über den Arm, um sich aufzuwärmen und um ihre Aufregung abzuschütteln.

»Äh, ganz okay. Ich wurde eben aus dem Krankenhaus entlassen.«

»Aha, gut.«

»Svenja, ich … mein Bein wurde stabilisiert, und ich fliege morgen wieder nach Köln. Ich kann auf Krücken laufen und … Ich bin dann übermorgen wieder im Atelier.«

»Romy …«, unterbrach Svenja sie und ließ es wie den Beginn einer Standpauke klingen. »Ich hoffe, du weißt, wie viele Chancen ich dir schon gegeben habe.«

Verwirrung machte sich in Romy breit. Sie hatte sich noch nie etwas zuschulden kommen lassen.

»Weißt du, ohne mich würdest du heute noch im Kassenhäuschen an der Tankstelle sitzen. Ich hoffe, du bist dir dessen bewusst.«

Romy wollte widersprechen, wollte sagen, dass sie sich selbst für die Ausbildung entschieden und sich ganz regulär beworben hatte. Dass sie deutlich mehr geleistet hatte als das, wofür sie bezahlt worden war, dass sie den Laden über lange Strecken völlig allein geschmissen und sich um alles gekümmert hatte. Doch sie presste die Zähne zusammen und schwieg.

»Wie dem auch sei. Jetzt hast du mir auch noch den Kurztrip nach Valencia mit den Mädels versaut, weil ich für dich einspringen muss. Ich bin echt sauer.«

»Svenja, es tut mir leid, dass ich gelogen habe. Ich mache das ganz sicher wieder gut.«

Ein lautes Lachen schallte durch den Hörer.

»Ja, das kannst du aber glauben«, sagte sie herablassend. »Es wird folgendermaßen laufen: Du arbeitest zu deinem vorherigen Ausbildungsgehalt weiter, bis Ende des Jahres, vier Stunden mehr pro Woche, kein Urlaub, keine Ausreden. Und dann überlege ich mir, was ich mit dir mache.«

Romy verschlug es die Sprache. Ihr Körper rebellierte, versuchte, das eben Gehörte zu verarbeiten, doch es schien ein anwachsendes Geschwür in Romys Kopf zu hinterlassen.

»Svenja, ich …«, stammelte sie.

»Ja? Hast du noch was dazu zu sagen?«

Svenjas Aggressivität und Selbstgefälligkeit ließen beißende Wut in Romy aufsteigen. Sie ballte die Fäuste, wollte sich wehren, doch die Verkrampfung hielt sie im Zaum. Svenja hatte nicht einmal gefragt, warum sie Hals über Kopf nach Mallorca geflogen war, sie hatte lediglich ihre Chance gesehen, Romy eins reinzudrücken. Sie, Romy, war es, die Svenja aus der Patsche geholfen hatte, die auf Gehalt verzichtet hatte, als es im ersten Jahr dem Laden schlecht ging, die Stunde um Stunde das Geschäft wiederaufgebaut hatte. Svenja gab Romys Arbeiten als ihre eigenen aus, behandelte sie wie ein Magengeschwür und interessierte sich einen Scheiß für ihre Situation. Plötzlich sah Romy alles so klar, so deutlich vor sich. Mit jedem Herzschlag wurde ihr stärker bewusst, wie unmöglich und unverschämt es von Svenja war, ihre Lage derart auszunutzen. Ja, sie hatte einen Fehler gemacht. Doch es war das erste und einzige Mal in den vier Jahren gewesen.

Romys Brust hob und senkte sich schnell. Ihre Finger entspannten sich nur widerwillig. Sie schloss die Augen und versuchte, ihrer inneren Stimme zu lauschen. Sie dachte an Rubén, der Xavis Mentor gewesen war. Genauso eine Person hatte sich Romy immer gewünscht. Svenja hingegen saugte jede Kraft und Motivation aus ihr heraus, sie zerstörte Romys Träume, anstatt sie zu fördern.

»Svenja …« Romy richtete sich auf der Bank auf. Sie war kurz davor aufzustehen, um ihrer inneren Stimme mehr Ausdruck zu verleihen, ihr zu helfen, nach außen zu dringen.

»Ich komme nicht wieder.«

Svenjas Schnauben drang durch die Leitung. »Du schwingst deinen eingegipsten Hintern morgen ins Atelier und kannst froh sein, dass ich dich wieder aufnehme. Haben wir uns verstanden?«

Plötzlich wurde Romys Atem vollkommen ruhig.

»Nein, das wird nicht passieren. Svenja, ich kündige. Ich denke, das war längst überfällig. Es läuft folgendermaßen: Ich bin noch zwei Wochen krankgeschrieben, dann feiere ich meinen Resturlaub und die Überstunden ab, und wir sehen uns nie wieder.«

»Romy, hör jetzt …«

Romy legte auf, und Svenjas Stimme verstummte.

Sie ließ ihre Hand auf den Schoß sinken und starrte auf das Display. Das erhoffte Gefühl der Befreiung, der Freude blieb aus. Es war okay, aber mehr war es momentan noch nicht. Sie war eine achtundzwanzigjährige Frau ohne Job und mit gebrochenem Bein, deren Mutter sie ein Leben lang belogen hatte und deren Schwarm mit einer mehr als gut aussehenden Geschäftspartnerin nach Berlin gezogen war.

Das war ihre Situation.

Romy wusste nicht, wie lange sie dasaß, als ihr plötzlich das Handy aus der Hand rutschte und hart auf dem Pflasterstein aufkam. Sie schreckte auf und bückte sich. Ein langer Riss zog sich über das Display. Tränen tropften vor Romy auf den Asphalt. Als sie aufsah, stand ein Mann – dem Aussehen nach ein deutscher Tourist – vor ihr.

»Geht es Ihnen gut?«, fragte er freundlich.

Romy musste unvermittelt lachen.

»Ist das ein Scherz?«

Der Mann hob entschuldigend die Hände und ging weiter.

Romy sah ihm nach und kam sich schlecht vor.

»Es … es tut mir leid!«, rief sie ihm hinterher, doch der Mann drehte sich nicht mehr um. »Es tut mir …«

In der Ferne donnerte es. War das etwa ein Gewitter? Romy sah in den Himmel, doch er zeigte sich strahlend blau. Es war keine einzige Wolke in Sichtweite, nur weit entfernt wirkte der Horizont schwarz. Dann fuhr sie mit dem Finger über den Riss im Display und schüttelte verzweifelt lachend den Kopf.

Da sie jetzt arbeitslos war, musste sie mit ihrem Geld haushalten und konnte sich kein neues Telefon leisten.

Dann leuchtete das Display auf.

Romy, ich habe versucht, dich zu erreichen. Du wirst es nicht glauben! Er hat nach dir gefragt! »Wo ist Romy?«, hat er gesagt. Wortwörtlich. Melde dich, wenn du das liest. Xavi

Kapitel 24

1962

Nachdem Rubén gefahren war, lief meine Mutter sofort mit schnellen Schritten über die Straße. So wütend hatte ich sie noch nie gesehen. Sie packte mich grob am Arm, sodass es schmerzte, zog mich Richtung Hotel und achtete darauf, dass uns niemand sah. Selbst in diesem Zorn war sie noch auf ihr Ansehen bedacht.

»Wenn ich dich noch einmal erwische, wie du dich mit solchen Herumtreibern abgibst, dann war es das, hast du mich verstanden? Dann schleife ich dich höchstpersönlich in ein Mädcheninternat, in dem du nichts außer Schulbücher zu sehen bekommst«, zischte sie und sah mich nicht einmal dabei an.

»Mama, ich …«

»Kein Wort!«, sagte sie scharf. »Du gehst jetzt auf dein Zimmer, und dort bleibst du, bis wir abreisen.«

»Aber …«

Ihr wuterfüllter Blick brachte mich umgehend zum Schweigen. Ihre Kiefermuskeln traten hervor, ihre Lippen färbten sich weiß, und die Augen wurden dunkel wie Pech. Meine Freude, mein Trotz, mein Widerstand schmolzen unter der Hitze ihres Zorns. In diesem Moment machte mir meine Mutter Angst. Sie wirkte unberechenbar.

Drei lange Tage saß ich unter ständiger Bewachung in meinem Zimmer, zermarterte mir den Kopf, dachte an Rubén und daran, wie ich ihn kontaktieren könnte. Die Zeit verstrich so quälend langsam. Irgendwann beobachtete ich die Hotelangestellten durch das Fenster zum Hinterhof, malte mir aus, wie ihr Leben aussehen mochte, welche Träume und Ziele sie hatten. Ob sie bei ihren Familien oder zusammen mit ihren Partnern lebten und ob sie dieselbe Verbundenheit zu dieser Insel spürten wie ich.

Rubén machte sich bestimmt große Sorgen, da ich nicht an dem vereinbarten Treffpunkt erschienen war und auch sonst nichts von mir hatte hören lassen. Ich musste etwas unternehmen, ich musste ihn sehen. Ich konnte nicht zulassen, dass mir meine Eltern das kaputtmachten.

Durch die dünne Wand zum Nebenzimmer bekam ich mit, wie sie über ihre Abendplanung sprachen. Ich hörte, dass sie sich mit den Zimmermanns an der Bar treffen würden, einem geselligen Paar aus Hannover, das meine Eltern auf dem Boot kennengelernt hatten.

Endlich eine Gelegenheit zur Flucht. Ich würde nicht so enden wie sie: in einer Ehe, in der beide nur noch damit beschäftigt waren, in die höhere Gesellschaft aufzusteigen. Ich wollte leben und nach der Liebe greifen, die ich in mir spürte. Ich packte die meisten meiner Sachen in meinen Koffer, legte mich ins Bett und wartete. Als es dunkel wurde, streckte meine Mutter ihren Kopf durch die Tür. Ich regte mich nicht, atmete laut. Dann hörte ich das Schloss zuschnappen.

Ich zwang mich zur Ruhe, wartete eine Minute, zwei Minuten. Dann stürzte ich zur Tür. Sie hatten mich eingeschlossen. Wütend trat und hämmerte ich gegen die Tür, doch alle Gäste waren beim Essen oder auf der Promenade unterwegs.

Hektisch lief ich auf und ab, ich spürte nichts außer einem heftigen Pochen in meinem Kopf. Dann trat ich ans Fenster. Mein Zimmer lag im zweiten Stock. Ich schätzte die Entfernung bis zum Boden auf etwa vier oder fünf Meter. Es war zu hoch, um zu springen. Ein Stück neben dem Fenstersims stand unten ein Container mit Mülltüten. Schnell griff ich nach meinem Koffer, zog einige Sachen heraus, um Gewicht einzusparen, dann hievte ich ihn durch das Fenster und schleuderte ihn mit etwas Schwung in den Müllcontainer. Treffer. Danach stieg ich selbst durch den Rahmen und suchte Halt auf dem Fensterbrett. Ein letztes Mal wog ich meine Chancen ab. Mein Pulsschlag hatte sich verdoppelt. Ich schluckte, presste die Kiefer aufeinander, sprang und landete mitten im Müll.

Mein Plan war nicht ausgereift; das merkte ich, als mich der Busfahrer unter skeptischen Blicken in dem Ort namens Felanitx absetzte und ich nicht mehr weiterwusste. Ich stank nach fauligen Abfällen, und die Aufregung vernebelte meine Gedanken. Immerhin hatte ich es bis hierher geschafft, und weit konnte es nicht mehr sein. Ich lief durch die Dunkelheit, in der Hoffnung, etwas zu finden, was mich an die Fahrten mit Rubén erinnern würde. Erst eine Stunde später erkannte ich die Abfahrt, über die wir schon einige Male in Richtung Hotel gefahren waren. Ich folgte der Straße eine weitere halbe Stunde, bog mehrmals an Stellen mit markanten Steinformationen oder Bäumen ab und stand irgendwann tatsächlich vor dem Hof seiner Familie.

Mit klopfendem Herzen schlich ich zu dem Haus. Ein Hund bellte in der Ferne. Ich hastete zu dem Fenster, hinter dem Rubéns Zimmer liegen musste, und klopfte vorsichtig dagegen. Dann etwas lauter. Wo war der Hund? Das Fenster öffnete sich, und Rubén sah mich erstaunt an. Erst dann spürte ich die Tränen auf meinen Wangen. Rubén stieg durch den Fensterrahmen und drückte mich fest an sich. Es schien ihm egal zu sein, dass ich stank. Er gab mir einen Kuss auf die Stirn und strich mir über das Haar.

»Es wird alles gut«, sagte er sanft.

An einem Wasserbassin nahe einer Scheune konnte ich mich waschen und mir ein frisches Kleid überstreifen. Um nicht die Gunst seiner Mutter zu verspielen, wollte ich unter keinen Umständen bei Rubén schlafen, nicht einmal in einem anderen Zimmer des Hauses. Erst brauchten wir die Zustimmung seiner Eltern für unser Zusammenleben, bevor wir uns überlegen würden, wie genau das aussehen konnte.

Als ich wieder auf den Hof kam, schob Rubén sein Motorrad aus der Scheune und weiter bis auf den Zufahrtsweg. Ich kletterte hinter ihm auf den Sitz, und wir fuhren los.

»Ich kann nicht glauben, dass du endlich da bist«, sagte er, und ich spürte die Wärme seines Lächelns. »Die letzten Tage kamen mir vor wie eine Ewigkeit. Ich habe mir solche Sorgen gemacht.«

»Dabei beginnt die Ewigkeit doch erst jetzt gerade«, erwiderte ich und drückte mich fester an ihn. Wir fuhren durch den Ort, durch die Dunkelheit und immer weiter. Ich wusste nicht, wohin er mich brachte, doch mein Vertrauen in ihn war größer als die Neugier. An einer verlassenen Straße blieb er schließlich stehen und öffnete ein Gatter. Wir fuhren einige Minuten über einen Feldweg, bevor wir uns anschließend zu Fuß durch ein Gebüsch schlugen und sich vor uns das Meer in seiner vollen Schönheit offenbarte. Es war düster, doch trotz der Dunkelheit des Wassers beruhigte es mich. Wir stiegen einige Felsen hinab, bis wir den noch immer warmen Sand erreichten. Das Mondlicht spiegelte sich auf dem Wasser, und ich hörte nichts außer dem seichten Rauschen der Wellen und dem Zirpen der Grillen. Wir würden unsere erste gemeinsame Nacht unter dem Schutz der Sterne verbringen. Konnte es ein schöneres Zeichen dafür geben, welche Freiheit und Schönheit vor uns lag?

Ich griff nach Rubéns Händen und zog ihn dicht an mich. Ich spürte, wie sich Wärme auf meiner Haut ausbreitete.

»Rubén, ich möchte bei dir bleiben. Für immer.«

»Das wirst du«, entgegnete er, und wir küssten uns. »Morgen sprechen wir mit meinen Eltern und lassen uns etwas einfallen. Du wirst bei uns wohnen, bis wir etwas Eigenes finden. Und ich habe über deine Bemerkung zu den Postkarten nachgedacht. Wir werden Postkarten herstellen, die anders sind. Natürlich auch mit Bildern von den Stränden und den Hotels, aber sie sollten Sehnsucht wecken bei denjenigen, die sie erhalten. Sehnsucht, hier auch glückliche Tage verbringen zu wollen und …«

Ich lachte leise und küsste ihn erneut.

»All das machen wir«, sagte ich.

Rubén zog eine Kamera aus seiner Tasche. Ich lächelte ihn an, und es blitzte. Dann lief ich auf das Meer zu. Ich hatte keine Eile. Die Nacht gehörte uns. Ich wandte mich ihm zu. Dann streifte ich meine Sandalen ab. Langsam stieg ich aus meinem Kleid. Rubén sah mir zu, musterte mich, beobachtete jede meiner Bewegungen. Seltsamerweise verspürte ich keine Angst vor dem ersten Mal, das die Nacht bringen würde. Die Schauder, die durch meinen Körper liefen, gefielen mir. Unbekannt, aufregend … und es fühlte sich alles richtig an. Dann ließ ich meine Unterwäsche neben mir in den Sand fallen und lief langsam in das flache Wasser.

»Kommst du mit?«, fragte ich, so leise, dass der Wind meine Worte zu ihm tragen musste.

Als ich mich in das salzige Wasser hineingleiten ließ, stand Rubén noch immer im Sand. Er sah zu mir und lächelte. Es blitzte erneut. Erst dann streifte er sich ebenfalls seine Kleidung vom Körper und trat langsam in die seichten Wellen, bis wir uns gegenüberstanden und die Arme durch das kühle Nass gleiten ließen. In seinen Augen lag die ganze Welt. Und der Mond leuchtete mir den Weg.

Zentimeter für Zentimeter näherten wir uns einander, bis ich seinen Atem auf meiner Haut spürte. Mein Herz schlug mit festen und immer schneller werdenden Schlägen gegen meine Brust. Rubén trat noch einen halben Schritt auf mich zu, sodass sich unsere Nasenspitzen berührten. Dann fühlte ich seine Hände auf meiner Hüfte, behutsam und mit zarter Berührung. Ein Zucken durchlief meinen Unterleib.

»Te quiero«, flüsterte er in mein Ohr. »Ich liebe dich, Elli.«

Dann spürte ich seinen nackten Körper an meinem, und wir liebten uns im Rhythmus unserer Herzen.

* * *

Ich hörte ein Donnern und schreckte auf. War das wirklich passiert?, fragte ich mich. Doch als ich Rubéns Haut auf meiner spürte, realisierte ich, dass ich in seinen Armen eingeschlafen war, und fühlte das Glück mit jeder Faser meines Körpers. Wir waren fest in eine dünne Decke eingewickelt und lagen im Schutz eines Felsens auf dem weichen Sand.

Rubén küsste meine Schulter, als er ebenfalls wach wurde.

»Ein Gewitter zieht auf«, sagte ich und sah in den dunkler werdenden Himmel.

Rubéns Blick folgte den Wolken.

»Ja. Und es kommt schnell. Wir können nicht hierbleiben. Wir müssen nach Hause.«

Kaum hatte er die Worte ausgesprochen, spürten wir die ersten Tropfen auf unserer Haut. Hastig wickelten wir uns aus der Decke und stiegen in unsere Sachen. Als wir das Motorrad erreicht hatten, goss es in Strömen, und Blitze zuckten am düsteren Himmel. Fest drückte ich mich an Rubéns Rücken, als er mit aller Vorsicht das Motorrad über die von Wasser bedeckte Straße lenkte. Wir konnten uns nur in Schrittgeschwindigkeit fortbewegen, da die Reifen wegrutschten und das Fahrzeug zum Schlingern brachten. Der Regen wurde schwächer, doch ich duckte mich unter den Blitzen, die über den Horizont zuckten. Nie zuvor hatte ich eine solche Energie am Himmel gesehen.

Die Straße zum Hof war binnen weniger Minuten zu einer Schlammgrube geworden. Wir stiegen ab, um gemeinsam das Motorrad durch den Dreck zu schieben.

»Rubén«, schrie ich durch den tosenden Wind. »Siehst du das?«

Ich deutete auf ein diffuses, helles Licht hinter dem Hügel.

Rubén ließ das Motorrad los, sodass es mit einem Klatschen im Schlamm landete. Dann rannten wir, so schnell uns unsere Füße trugen. Keuchend erreichten wir das Eingangstor und liefen weiter bis auf die Anhöhe. Der Anblick traf uns wie ein Schlag ins Gesicht. Dichter Qualm stieg hinauf in den Himmel. Meterhohe Flammen schlugen aus dem Dach des Bauernhofs.

Kapitel 25

Die Flammen, die sich durch das Dach fraßen, rauschten in meinen Ohren. Wir rannten auf das Gebäude zu, blieben aber ruckartig stehen, als mit einem Mal die Hitze auf unseren Gesichtern brannte. Rubén schrie nach seinen Eltern. Es waren Schreie der Verzweiflung, die lange in meinen Ohren nachklangen. Dann übermannte ihn die Erleichterung, als sie mit Eimern hinter der Scheune hervorhasteten. Ein Eimer fiel scheppernd zu Boden, als Rubéns Mutter auf ihren Sohn zueilte und sich ihm schluchzend in die Arme warf.

Ich verstand nicht, was sie sich durch das Knistern und Knacken der Flammen zuriefen, doch es schien, als hätten sie vermutet, Rubén könne im brennenden Haus eingeschlossen sein. Die drei umarmten sich fest, und meinen Körper durchlief ein Erschauern von Gefühlen. So schrecklich die Situation auch war, der Zusammenhalt von Rubéns Familie berührte mich zutiefst. Sofort bildeten wir eine Reihe, schöpften Eimer um Eimer aus dem Wasserbassin und schleuderten den Inhalt den Flammen entgegen. Wir wussten im Grunde, dass es zu spät für einen Rettungsversuch war, doch wir schöpften unermüdlich weiter und immer weiter.

Irgendwann ließ Rubén seinen Eimer fallen. Er hatte gesehen, dass einer der Räume noch vom Feuer unversehrt schien. Sein Zimmer.

Ich schrie ihm zu, er solle hierbleiben, doch er rannte auf das Fenster zu, schlug es mit dem Ellbogen ein und stieg hindurch.

»Rubén, Rubén!«, riefen seine Eltern, doch er war in dem brennenden Haus verschwunden. Qualm schoss durch das Fenster. Auf der anderen Seite des Hauses stürzte ein Deckenbalken mit einem lauten Knall nach unten. Die Schreie von Rubéns Mutter wurden von den laut zischenden, züngelnden Flammen fast verschluckt.

Es schien, als wäre Rubén seit Minuten im Haus verschwunden. Meine Tränen verdampften in der Hitze binnen Sekunden auf meiner Haut. Ich sank erschöpft zu Boden, fiel auf meine Knie.

Dann krachte es an einer weiteren Stelle. Das gesamte Dach wurde instabil.

»Rubén, Rubén!«, schrie ich ebenfalls.

Sein Vater wollte durch das Fenster hinterhereilen, als ich erst ein Bein und dann seinen ganzen Körper durch das zerbrochene Glas steigen sah. Rubén taumelte, hustete und rettete sich unter dem Arm seines Vaters einige Meter weiter bis zur Scheune. Er trug mehrere Gegenstände unter dem Arm. Ich rannte zu ihm und half seinem Vater, ihn zu stützen.

»Rubén, bekommst du Luft? Ist alles in Ordnung?«

Er hustete schmerzvoll, nickte schwach und ließ sich auf den Boden sinken. In seinen Armen erkannte ich Teile seiner Fotoausrüstung, eine Holzkiste, etwas Schmuck, den er in ein Halstuch gewickelt hatte, und eine Metalldose. Ich war zu erleichtert, um sauer auf ihn zu sein, weil er für diese Gegenstände sein Leben aufs Spiel gesetzt hatte. Ich wusste nicht, wie lange wir zu viert auf dem matschigen Boden saßen, bevor wir merkten, dass das Feuer seine Flammen nach der Scheune ausstreckte. Mit letzter Kraft bildeten wir erneut eine Kette und schöpften unzählige Eimer voll Wasser, mit denen wir die Wände der Scheune befeuchteten, um sie vor den wild sprühenden Funken zu schützen. Rubén stieg mit seinem wassergetränkten Hemd aufs Dach und löschte von dort aus jeden noch so kleinen Funken, bevor er sich in die Balken fressen konnte.

Irgendwann wurde der Wind zu stark, und wir gaben auch die Scheune kraftlos auf. Als einige Nachbarn und schließlich auch ein Feuerwehrwagen eintrafen, war der Hof zum größten Teil heruntergebrannt. Wir mussten dem Grauen hilflos zusehen, so lange, bis das Feuer keine Nahrung mehr hatte und nur noch dichter Qualm in den aufklarenden Himmel stieg, an dem gerade die Sonne aufging.

Rubén umarmte mich. Wir standen am Rande des Hügels und betrachteten die unwirkliche Szenerie. Ich konnte an seinen Augen ablesen, dass er sich Vorwürfe machte. Wäre er doch hier gewesen, als der Blitz eingeschlagen hatte und das Feuer ausgebrochen war. Doch sein Vater hatte gesagt, es habe nur Sekunden gedauert, bis die Flammen das Haus erobert hatten. Der Mann, den ich vor einigen Tagen als freundlichen und fröhlichen Menschen kennengelernt hatte, schien nun gebrochen und verzweifelt. Es brach mir das Herz, Rubéns Familie so zu sehen.

»Wo sollen wir wohnen? Was sollen wir machen?«, fragte Rubéns Mutter unter verzweifeltem Schluchzen.

Ich drückte ihn etwas fester, um ihm meine Unterstützung bei allem, was auf seine Familie zukam, deutlich zu machen.

Die Sonne kroch bereits am Horizont empor, als wir immer noch am Hang standen und wortlos auf die qualmenden Trümmer blickten. Rubén zog etwas aus seiner Hosentasche, legte es mir in die Hand und sah mich lange an.

»Es gehörte meiner Mutter und davor ihrer Mutter«, sagte er leise. »Es hat unserer Familie immer Glück gebracht. Und das wird es auch weiterhin tun.«

Ich betrachtete das Schmuckstück – eine Art Medaillon mit einer zarten Gravur in Form einer Lilie. Es war wunderschön. Meine Augen wurden feucht, als ich begriff, dass er wegen des Medaillons in die Flammen gestiegen war und dass er mich mit diesem Erbstück in seine Familie aufgenommen hatte. Ich zitterte.

Plötzlich ertönte ein schriller Schrei. Ich hörte meinen eigenen Namen. Alles ging auf einmal ganz schnell.

Meine Eltern rannten auf mich zu. Wie hatten sie mich bloß gefunden? Ehe ich etwas unternehmen konnte, riss mich meine Mutter aus Rubéns Umarmung. Ich schrie, krallte mich an Rubén fest, doch mein Vater trennte uns gewaltsam.

»Was fällt dir ein, du verdammter Mistkerl!«, brüllte er ihm ins Gesicht. Dann bemerkten sie die Überreste des Hofs, rochen den Rauch an meiner verdreckten Kleidung. »Du hast sie entführt und in Lebensgefahr gebracht, du verdammtes Schwein!«, stieß mein Vater aus. Seine Augen sprühten vor Wut, Verzweiflung, Hass. Ich riss mich von meiner Mutter los und rannte auf Rubén zu, doch mein Vater hielt mich zurück. Ich trat um mich. Er packte mich fester und zog mich weg, über den Hügel. Rubéns Eltern kamen herbeigeeilt, wild gestikulierend. Rubén lief auf mich zu, doch seine Eltern hielten ihn zurück.

Alles zog an mir vorbei wie ein hektischer, kräftezehrender Albtraum. Ich hörte nur noch meine eigenen Schreie und Rubéns Stimme, die mir zurief, dass er mich liebte und dass uns nichts und niemand trennen könne. Dann wurde ich auf den Sitz eines Autos gedrückt, das mit Vollgas über den rutschigen Weg schlitterte. Ich wand mich in den Armen meines Vaters, drehte mich um und sah nur noch, wie Rubén auf die Knie fiel und mit jedem Meter, den wir fuhren, immer kleiner wurde, bis er vollständig verschwand.

Kapitel 26

Heute

Der Regen trommelte auf das Dach des Taxis und präsentierte Romy ein anderes, unberechenbares und düsteres Mallorca. Die Bäume und Sträucher, die bei Sonnenschein so schön leuchteten und jeder Straße, jedem Ort etwas Verwunschenes verliehen, bogen sich jetzt im peitschenden Wind und sahen gespenstisch aus. Einige Bäume schienen sogar in der Nacht unter der Kraft des böigen Windes umgeknickt zu sein.

Immer wieder krachte es am Himmel, Blitze zuckten aus den Wolken, und das Wasser rann in Strömen über die Windschutzscheibe. Romy war froh über ihre Entscheidung, den heutigen Flug auf morgen umgebucht zu haben. Zwar hatte sie das nicht des Wetters wegen getan, doch wenn heute überhaupt Flugzeuge abhoben, wollte sie definitiv nicht darinsitzen.

Das Taxi rollte auf das geschwungene Tor von Rubéns Anwesen zu. Sofort öffnete es sich, als hätte Xavi vor dem Toröffner gewartet. Der Weg war matschig, und das Auto hinterließ tiefe Spuren im Kies. Der Taxifahrer ließ den Wagen bis vor das Gebäude rollen, nahm dankbar Fahrpreis und Trinkgeld in Empfang und bot mit einigen umständlichen Gesten seine Hilfe beim Aussteigen an. Romy lehnte freundlich ab und öffnete die Tür. Sofort schlug ihr der Regen ins Gesicht. Dann spürte sie eine Hand, die ihr aus dem Wagen half. Xavi zog sie an sich, hielt ihr einen breiten Schirm über den Kopf und fischte ihre Krücken vom Rücksitz. Gemeinsam humpelten sie auf das Haus zu, die Treppen hinauf und unter das schützende Vordach.

»Ich glaube, den Schirm hätten wir uns sparen können.«

Romy presste die Lippen aufeinander und grinste. Dann prusteten sie beide los. Sie waren von Kopf bis Fuß durchnässt und betraten tropfend das Haus. Xavi eilte davon und kam wenig später mit Handtüchern und einem Bademantel wieder.

»Hier, bitte. Trockne dich erst einmal ab und zieh dir etwas über, sonst erkältest du dich noch.« Er deutete den Flur entlang zum Badezimmer. »Ich gehe dann auch kurz nach oben, um mich umzuziehen.«

Na prima, dachte Romy, betrat das Bad, schlüpfte aus ihrem Kleid und legte es über eine warme Handtuchheizung. Kaum war sie angekommen, musste sie sich ausziehen und den Rest des Tages im Bademantel herumlaufen. Immerhin roch er frisch gewaschen, nach Lavendel. Ihre etwas feuchte Unterwäsche behielt Romy besser an. Es war ihr sehr unangenehm, und einen Moment lang überlegte sie, wieder zurück ins Hotel zu fahren, doch sie war nur aus einem Grund hier, wegen Rubén.

Außerdem wollte sie Kathi beweisen, dass diese Unrecht hatte. Denn ihrer Einschätzung nach war Rubéns Ruf nach Romy nur ein Vorwand von Xavi, um sie noch einmal sehen zu können. Dass er Romy schon nach zwei Minuten dazu gebracht hatte, sich auszuziehen, würde sie Kathi lieber nicht erzählen. Und Jannick schon gar nicht. Umgehend stellte sich ihr schlechtes Gewissen ein. Doch sie versuchte, sich zusammenzureißen und sich auf das Wesentliche zu konzentrieren.

Mit einem nackten Fuß trat Romy aus dem Badezimmer und stolperte fast über die plüschigen Schlappen, die Xavi ihr vor die Tür gestellt hatte. Sie stieg grinsend in einen hinein.

Er war ja ausgerüstet wie ein Hotel. Oder wie jemand, der öfter Damenbesuch bekam …

»Ich bin hier.«

Romy folgte seinem Ruf und betrat die Küche. Xavi hatte Wasser aufgesetzt und Teebeutel in zwei Tassen gehängt. Er trug eine locker sitzende Stoffhose und ein Shirt. Über seiner Schulter hing ein Handtuch, mit dem er offenbar seine wuscheligen Haare getrocknet hatte.

»Ein bisschen groß, aber er wärmt«, stellte er lächelnd fest, als Romy den Gürtel ihres Bademantels enger zog. »Und hallo erst mal. Schön, dass du deinen Flieger umbuchen konntest.«

Es entging Romy nicht, wie eindringlich er sie musterte, und sie wünschte sich sehr, dass Kathi dennoch im Unrecht war.

»Na klar«, sagte sie bemüht locker. »Ich hoffe nur, dass Rubén das auch so sieht.« Sie sah sich um. »Wo ist er eigentlich?«

»Er macht noch eine kleine Siesta. Ich hole ihn gleich nach unten.«

Xavi goss Wasser in die Tassen und schwenkte die Teebeutel darin.

»Hat er denn noch etwas gesagt?«

»Leider nicht. Aber es ist wirklich bemerkenswert. Auch, dass er sich an deinen Namen erinnert hat. Die Ärzte hatten wenig bis gar keine Hoffnung, dass er überhaupt noch einmal sprechen würde. Und wenn, sagten sie, dann wären es Erinnerungsfetzen aus der fernen Vergangenheit. Aber diese Geschichte, diese Elli und du, das Medaillon, irgendetwas scheint es bei ihm ausgelöst zu haben.«

Xavi ließ die Teebeutel noch einige Male in den Tassen hüpfen, dann zog er sie heraus und warf sie in den Abfalleimer.

»Danke«, sagte Romy und griff nach der wärmenden Tasse.

»Irgendwie habe ich auch das Gefühl, dass Rubén noch länger auf dieses Foto starrt als sonst.«

Romy nickte nachdenklich. »Fotografierst du eigentlich selbst noch viel? Es muss doch ziemlich aufwendig sein, Rubén zu betreuen, oder?«

Xavi machte einen etwas wehmütigen Gesichtsausdruck.

»Das ist es tatsächlich, aber ich mache es gern. Rubén hat mir vieles ermöglicht. Er war wie ein Vater zu mir.« Er sah in seine Tasse und ließ den Tee darin kreisen. »Zu deiner Frage: Ich fotografiere weniger, als ich es gern würde. Aber ich habe immer noch gute Kontakte, die mich mit Projekten versorgen. Allerdings weg von der Kunst, hin zur kommerziellen Fotografie. Nebenbei arbeite ich seit einem Jahr an einem Bildband mit Gesichtern der Insel. Klassische, markante Porträts. Gesichter, die Geschichten erzählen. Wenn du Mallorquinerin wärst, würde ich dich zum Beispiel auch dafür fotografieren.«

Romy errötete. Dafür war sie nun wirklich nicht gemacht.

»Wollen wir noch mal ins Archiv schauen, bevor ich Rubén aufwecke?«

»Ja, sehr gern.«

»Einen Raum habe ich dir nämlich noch gar nicht gezeigt. Er ist eigentlich das Herzstück des Hauses.«

Wollte sie diesen Raum wirklich sehen?

Humpelnd folgte sie ihm durch die Gänge in das große Archiv. Sie konnte sich gar nicht auf die vielen Regale konzentrieren, sondern dachte lediglich daran, was für ein seltsames Bild sie selbst abgab, wie sie so im Bademantel mit einem Gips am Bein durch das Fotoarchiv humpelte und inständig hoffte, der vergessene Raum habe nichts mit körperlicher Nähe zu tun. Am Ende des Archivs lag eine weitere Tür. Xavi öffnete sie, und sofort stieg Romy ein vertrauter Geruch in die Nase. Pappkarton. Staunend betrat sie das Zimmer, das etwas kleiner war als das eigentliche Archiv.

»Das hier ist das Postkartenarchiv«, erklärte er. »Hier lagern mehrere Tausend Mallorca-Postkarten von 1963 bis ungefähr 2009 inklusive der Originalnegative und der Fotoretuschen. Das ist Rubéns ganzer Stolz. Er hat sie gehütet wie einen Schatz.« Xavi bedeutete Romy mit einer einladenden Geste, sich ruhig alles genauer anzusehen. »Berühmt ist er durch die ganzen Stars und Sternchen aus Hollywood geworden, die auf Mallorca Urlaub gemacht haben. Aber reich geworden ist er mit diesen Karten. Er hat viele Millionen Stück davon verkauft.«

»Wow«, flüsterte Romy aufrichtig beeindruckt. Es waren deutlich mehr Karten, als sie in der Ausstellung bereits gesehen hatte. Alles war nummeriert und geordnet.

»Rubén kannte jedes einzelne Bild, das er jemals geschossen hat. Jedes. Und das waren zigtausende. Er wusste auch genau, wo er jedes Bild abgelegt hatte.«

Romy ließ den Blick über die Postkarten schweifen. »Und jetzt weiß er manchmal nicht einmal mehr meinen Namen«, stellte Xavi ernüchtert fest. »Zumindest sagt er ihn schon lange nicht mehr. Aber vielleicht hat er auch schon alles gesagt, was er in seinem Leben hat sagen wollen.« Er warf einen Blick auf die Uhr. »Ich wecke ihn mal eben auf, dann trinken wir zusammen einen Tee.«

Einige Minuten später kam Xavi mit Rubén an seiner Seite ins Wohnzimmer. Rubén steuerte sofort auf seinen Sessel zu und ließ sich behäbig hineinsinken. Weder registrierte er Romy, noch zeigte er irgendwelche anderen Anzeichen einer Reaktion.

»Geben wir ihm ein paar Minuten«, meinte Xavi und setzte sich zu Romy auf die Couch. »Erzähl mir von deiner Arbeit. Du bist also Goldschmiedin?«

Schlechtes Thema, dachte Romy und schluckte schwer.

»Das stimmt. Ich fertige jede Art von Schmuck, den die Kunden sich wünschen, repariere einzelne Stücke, arbeite sie auf …«

»Und es macht dir Spaß? Ich meine, bist du glücklich?«

Er kam direkt auf den Punkt, das musste sie ihm lassen. Komischerweise hatte Romy dennoch keine Scheu, genauso ehrlich zu antworten, wie er fragte.

»Spaß macht es, ja. Aber glücklich bin ich nicht.«

Romy bemerkte, wie sie anfing, nervös an ihren Fingernägeln herumzuspielen.

»Ehrlich gesagt habe ich gestern gekündigt.«

Xavis Augenbrauen zuckten in die Höhe. »Oh«, sagte er überrascht.

»Ich wollte das eigentlich nicht … Irgendwie kam eins zum anderen, und ich war ziemlich vor den Kopf gestoßen, aber … vielleicht war es einfach an der Zeit. Ach, ich weiß es nicht.«

»Ich finde, man sollte generell mehr von dem tun, was einen glücklich macht. Und wenn es dich in der bisherigen Form nicht glücklich gemacht hat, dann war es an der Zeit, etwas daran zu ändern.«

Romy ließ seine Worte auf sich wirken und musste zugeben, dass sie einleuchtend klangen.

»Sehr lange hatte ich keine Ahnung, was ich machen sollte. Ich habe viel ausprobiert und nichts wirklich durchgezogen. Aber die Goldschmiedekunst … ich wusste sofort, dass es mich glücklich machen würde. Ich habe so viele Ideen für Schmuckstücke, Colliers, Armbänder, Ketten …«

»Medaillons?«, fragte Xavi mit einem Augenzwinkern, und sie mussten beide lachen. »Nein, ehrlich, das klingt toll, und ich hoffe für dich, dass es kein Traum bleibt.«

»Danke, das ist wirklich nett.«

Hoffentlich würde er nicht nach der Begegnung im Krankenzimmer fragen. Romy schickte ein Stoßgebet in den Himmel.

Er trank einen Schluck, wandte aber seine Augen nicht von ihr ab.

»Wie sieht es aus, möchtest du versuchen, mit Rubén zu reden?«

»Ja, auf jeden Fall. Gern.«

Puh.

Romy stand auf und stützte sich auf die Krücken. Dann gingen sie langsam auf Rubén zu und setzten sich auf zwei der Hocker, die neben seinem Sessel standen.

Romy zog ein Foto aus ihrer Bademanteltasche. Es war das Bild von Tante Elise mit dem Medaillon.

»Rubén, ich habe Romy mitgebracht. Du wolltest sie sprechen, hast nach ihr gefragt. Erinnerst du dich?«, fragte Xavi sanft und deutete auf Romy, die sich hier in Bademantel und Gips noch blöder vorkam als vorhin im Archiv.

»Hallo«, sagte Romy leise. Sie hatte keinerlei Erfahrung im Umgang mit Demenzpatienten und wollte Rubén nicht erschrecken. Allerdings tat er alles andere als das. Er beachtete sie überhaupt nicht. Romy sah zu Xavi, der ihr zunickte und offenbar damit sagen wollte, sie solle einfach loslegen.

»Dieses Bild …«, begann Romy und hielt Rubén das Foto hin, »… das haben Sie gemacht, richtig?«

Sie beobachtete Rubéns Gesichtszüge genau, doch es rührte sich nichts.

»Das ist meine Tante Elise … Elli.«

Keine Regung.

»Sie wollten mit mir über Elli sprechen, richtig?«

Romy hielt einen Moment inne und hatte eine Idee.

»Hier, in dieser Bucht«, sagte sie und deutete auf das Foto an der Wand, »da waren Sie mit Elli. Das sind ihre Fußabdrücke, richtig? Xavi und ich waren auch dort. Ich habe mich vor einer Schlange erschreckt und bin einen Felsen hinuntergefallen.« Sie klopfte mit den Fingern auf ihren Gehgips und lächelte Rubén an. Sie meinte, ein leichtes Zucken in seinem Mundwinkel gesehen zu haben. War das der Anflug eines Lächelns?

»Elli … sie ist vor zwei Wochen gestorben.«

Wieder ein Zucken, diesmal an Rubéns Auge. Romy bildete sich das nicht ein. Er reagierte auf das, was sie sagte. Als sie ihn weiter ansah, meinte sie sogar, ein leichtes Kopfschütteln zu erkennen.

»Sie hat mir das Medaillon hinterlassen. Deswegen bin ich hier auf Mallorca.«

Rubéns Atem wurde etwas lauter, ging stoßweise durch die Nase.

»Ich glaube, sie wollte, dass ich hierherkomme. Ich glaube, sie wollte, dass ich Sie treffe.«

Sein Atem wurde schneller, seine Wangen färbten sich rötlich und seine Fingerknöchel traten weiß hervor, so sehr schien er sich an dem Sessel festzuhalten.

»Rubén, es ist alles gut. Beruhige dich.« Xavi sah Romy entschuldigend an. »Ich glaube, wir lassen ihm etwas Ruhe. Er darf sich nicht aufregen. Wenn es noch einmal zu einem Schlaganfall kommen würde … das wäre furchtbar.«

Romy nickte einsichtig.

Sie standen auf und gingen zurück in die Küche. Vor den großen Fenstern tobte weiterhin der Wind. Regen prasselte gegen die Scheibe, und der Donner dröhnte über die Felder.

»Meinst du, er hat mich verstanden?«

»Ich weiß es wirklich nicht, Romy. Wie ich schon sagte, es war absolut bemerkenswert, dass er überhaupt reagiert und sogar nach dir gefragt hat. Das war etwas ganz Besonderes.«

»Hm«, machte Romy resigniert. Am liebsten hätte sie Rubén weitere Fragen gestellt, hätte versucht, ihm lange verborgene Erinnerungen zu entlocken, dem Geheimnis des Medaillons auf den Grund zu gehen – jetzt, wo sie der Auflösung der Geschichte so nahe war. Doch sie durfte Rubén nicht in Gefahr bringen, seine Aufmerksamkeit nicht weiter strapazieren. Nach dem, was Xavi ihr erzählt hatte, war Rubéns Demenz durch mehrere kleine Hirninfarkte entstanden, die mit einer dauerhaften Durchblutungsstörung einhergingen. Das Risiko eines erneuten Infarktes war offensichtlich vorhanden, und es war besser, ihm die nötige Ruhe zu lassen. Das war zwar eine Enttäuschung, doch es ging nicht anders.

»Ich glaube, meine Sachen könnten wieder trocken sein. Ich werde mich kurz umziehen. Und dann …«, sie sah auf die Uhr, dann zu Rubén, der immer noch hektisch atmete und sich krampfhaft an der Armlehne des Sessels festhielt, »… dann fahre ich besser wieder zum Hotel. Ich muss morgen früh raus.«

»Okay, verstehe.« Xavi sah sie betroffen an, er hatte sich offenbar ein längeres Treffen erhofft.

»Wärst du bitte so lieb, mir ein Taxi zu rufen?«, fragte Romy im Aufstehen.

»Bitte, ich kann dich auch fahren.« Seine rehbraunen Augen sahen sie eindringlich an, doch Romy wollte keine Umstände machen, besonders nicht bei diesem Wetter.

»Danke, aber ich fahre lieber mit dem Taxi.«

»Okay, kein Problem.« Langsam nahm er sein Handy aus der Hosentasche und wählte eine Nummer. Romy zog sich in der Zwischenzeit wieder ihr halbwegs trockenes Kleid über und stieg in den nassen Schuh. Im Hotel würde sie erst einmal heiß duschen gehen, sofern das mit dem Bein überhaupt möglich war.

Xavi sagte, ein Taxi sei in der Nähe und müsse jeden Moment da sein. Daher verabschiedete sich Romy möglichst unaufgeregt von Rubén, um ihn nicht erneut in Aufregung zu versetzen, wohl wissend, dass sie sich wahrscheinlich nie wiedersehen würden, und trat etwas bedrückt in den Flur. Wehmütig warf sie ihm einen letzten Blick zu. Das war es dann also.

Xavi begleitete sie bis zur Haustür. Sie konnte sich nicht erklären, warum, aber er machte sie nervös. War es die Anspannung, die zwischen ihnen lag? Seine Blicke? War es die Angst davor, falsche Erwartungen in ihm geweckt zu haben?

»Xavi, ich danke dir für alles«, sagte sie, um das Schweigen zu brechen. »Du hast mich so nah zu Rubén gebracht, wie ich es mir nicht hätte vorstellen können.« Sie räusperte sich und befeuchtete angespannt ihre Lippen. »Vielleicht finde ich ja durch meine Mutter …«

Plötzlich beugte sich Xavi nach vorn, und Romy spürte seine Lippen auf ihren. Mit aufgerissenen Augen blieb sie wie angewurzelt stehen, und für einen kurzen Moment erwiderte sie den Kuss. Dann humpelte sie schnell einen Schritt zurück.

Xavi schien nicht zu wissen, wie ihm geschah.

»Xavi, ich …«

Ein Klingeln drang aus seiner Hosentasche.

»Nein, ich …«, begann er und fummelte das Handy aus der Tasche. »Es tut mir leid, ich …« Er nahm den Anruf entgegen. »Sí«, sagte er abwesend. Dann hörte er zu, legte die Hand an den Hinterkopf und atmete laut aus. Anschließend sprach er einige Sätze und beendete dann das Gespräch.

Romy stand immer noch da wie vom Donner gerührt. Vermutlich sah sie aus, als hätte sie einen Außerirdischen im Supermarkt getroffen.

»Romy, das Taxi … Es kommt nicht. Das Unwetter … Die Straßen sind überschwemmt.«

Kapitel 27

»Das ist ein Scherz, oder?«

Xavi schüttelte langsam den Kopf. »Leider nein. Mehrere Torrents sind über die Ufer getreten. Es ist wirklich gefährlich.«

»Aber, das geht nicht. Ich muss ins Hotel und … morgen früh zum Flughafen.«

»Es tut mir wirklich leid. Aber das Unwetter kann sich genauso schnell auflösen, wie es gekommen ist.«

So wie der Kuss, den Romy bei diesen schlechten Nachrichten schon beinahe vergessen hätte.

»Wegen gerade eben …«

»Nein, warte. Ich meine … was mache ich denn jetzt?«, unterbrach ihn Romy.

»Ich mache dir eines der Gästezimmer fertig. Das ist überhaupt kein Problem. Und sobald das Wetter aufklart, fahre ich dich zum Hotel.«

Romy ließ resigniert die Schultern hängen. Nach dem unerwarteten Kuss hatte sie erst recht keine Lust darauf, die Nacht hier zu verbringen. Doch offenbar ging es nicht anders. Einen Moment lang kam ihr der Gedanke, ob Xavi sie belog, was das Taxi anging, aber das Unwetter war enorm, und seine Erklärung und der Anruf klangen plausibel.

Na, das lief ja alles super.

»Danke«, sagte Romy kleinlaut. »Dann machen wir das so.« Sie traute sich gar nicht mehr, ihn anzuschauen, so tief saß die Verwirrung über den plötzlichen Kuss. Und jetzt stand sie zu allem Überfluss auch noch in seiner Schuld.

»Romy, der Kuss. Es tut mir leid. Ich dachte … es wäre in Ordnung für dich …«

Bitte nicht. Aufhören.

Sie war nicht sauer auf Xavi, sondern auf sich selbst. Warum hatte sie das nicht kommen sehen? Und warum hatte sie ihn im ersten Moment zurückgeküsst? Sie war mindestens genauso verwirrt wie er. Aber warum musste er auch noch darüber reden, jetzt, wo sie mit dem Rücken zur Wand stand?

»Xavi, nein. Mir tut es leid. Aber … können wir es vielleicht einfach so stehen lassen und nicht darüber reden? Ich habe das Gefühl, mir platzt der Schädel.«

Erleichterung überkam sie, als er verständnisvoll nickte.

»Danke, Xavi. Die letzten Tage hatten es wirklich in sich …«

»Kein Problem. Komm mit, ich zeige dir dein Zimmer. Soll ich uns noch Pfannkuchen machen? Mit Nutella?«

Plötzlich fing Romy laut an zu lachen.

Bei all dieser Anspannung und Peinlichkeit schlug er vor, Pfannkuchen mit Nutella zu machen?

»Xavi«, begann sie, nach Luft ringend. »Das ist die beste Idee seit Langem.«

* * *

Bevor die ersten Sonnenstrahlen über die Hügel krochen, stand Romy fertig angezogen und bereit zur Abfahrt in ihrem Zimmer. Sie hatte, so gut es mit dem Gips und den Krücken ging, nur eine schnelle Katzenwäsche mit dem Duschgel und der Zahnpasta gemacht, die Xavi ihr gegeben hatte. Viel mehr lohnte sich nicht, da sie nicht einmal etwas Frisches zum Anziehen bei sich hatte. Das Gewitter war kurz vor dem Morgengrauen endlich weitergezogen, der Himmel hatte völlig aufgeklart, und die kühle Luft, die durch das Fenster drang, war frisch und wohltuend.

Dennoch war die Nacht eine der seltsamsten gewesen, an die sich Romy erinnern konnte. Xavis Zimmer lag direkt nebenan, und nur eine dünne Wand hatte ihre beiden Köpfe voneinander getrennt. Nachdem sie beide gestern noch leckere Pfannkuchen gegessen und sich bei einem Glas Wein ungezwungen unterhalten hatten, war die Situation zwar gelockert, aber nicht entspannt gewesen. Er hatte den Kuss kein einziges Mal mehr zur Sprache gebracht, und es schien für ihn völlig in Ordnung zu sein, sich einfach so mit Romy über Gott und die Welt zu unterhalten. Sogar nach Jannick hatte er gefragt, was sie besonders bemerkenswert fand. Trotzdem fragte sich Romy, wie es zu diesem plötzlichen Kuss gekommen war. Wieso hatte Xavi sie dermaßen missverstanden? Welche Signale hatte sie ausgesendet, dass er gedacht hatte, es wäre für sie in Ordnung? Zugegeben, irgendwie war es auch aufregend gewesen, dass er nebenan lag und die Türen keine Schlösser hatten. Bei genauerer Überlegung hatte sich das Gefühl aber eher in ein Unwohlsein oder sogar in Beunruhigung gewandelt und ihr keine ruhige Minute gelassen. Zudem hatte Romy ein unglaublich schlechtes Gewissen gegenüber Jannick, dabei hatte sie gar nichts falsch gemacht. Oder etwa doch? Diese eine Sekunde, wahrscheinlich deutlich weniger, in der sie Xavis Kuss erwidert hatte. Aber hatte sie das überhaupt? Konnte man so schnell eine Entscheidung treffen und von einer Erwiderung sprechen? Bei all dem Chaos, das momentan in ihrem Kopf herrschte, war der Kuss das Allerletzte gewesen, was sie zusätzlich gebrauchen konnte.

Als sie nun vor dem Spiegel stand und mit ihren Haaren kämpfte, fielen ihr Fragmente eines Traums ein, den sie in der Nacht gehabt hatte. Mehrere Menschen standen in einem großen Kreis. Es wurde wild durcheinandergeschrien und gewettet. In der Mitte kämpften zwei drahtige, wunderschön gemusterte Frösche, deren Haut in der Sonne schimmerte. Doch einer der beiden trug eine dicke Augenbinde. An mehr konnte sie sich nicht erinnern. Außer daran, dass sie den Kampf wahnsinnig ungerecht gefunden und eine Menge Geld auf den Frosch mit der Augenbinde gesetzt hatte.

Was für ein dämlicher Traum.

Romy sah aus dem Fenster, und das Sonnenlicht gab die ersten Spuren der Verwüstung auf den Feldern preis. Sie entdeckte tiefe Furchen in der Erde, Müll, der überall umhergeweht worden war, und sogar zwei umgeknickte Bäume. Die Zerstörung erschien ihr absurd und irgendwie ungerecht, doch andererseits wirkte sie auch irgendwie beruhigend, denn so schlimm das Chaos draußen war, es gab ihr das Gefühl, dass die erzwungene Entscheidung, die Nacht hier zu verbringen, die richtige gewesen war.

Als Romy nach draußen in den Flur trat, hörte sie durch das Treppenhaus das Klappern von Porzellan. Sie humpelte die Stufen hinunter in das untere Stockwerk und betrat die Küche. Es duftete nach frischem Kaffee und Gebackenem.

»Guten Morgen«, sagte Xavi gut gelaunt und schnitt dicke Scheiben von einem dampfenden Brot.

»Guten Morgen?«, fragte Romy mehr, als dass sie es ihm wünschte.

»Ich hoffe, die Pfannkuchen liegen dir nicht zu schwer im Magen.«

»Hast du das etwa selbst gebacken?« Der Brotlaib duftete köstlich.

»Du wirst lachen, aber selbst das habe ich von Rubén gelernt.«

»Er muss ja ein Mann mit vielen Talenten gewesen sein«, meinte Romy und sah sich nach Rubén um. Er saß nicht in seinem Sessel, sondern auf einem Stuhl nahe der Veranda.

»Ist alles in Ordnung bei ihm? Er wirkt etwas … verstört?«

»Nein … ja. Er hasst Gewitter und wird dabei immer sehr unruhig. Ich glaube, es hat mit seiner Familie zu tun. Darüber hat er nie gesprochen. Ich vermute, der Hof seiner Eltern ist einem Brand durch Blitzschlag zum Opfer gefallen.«

»Hm, verstehe.«

Xavi schenkte Kaffee ein, und sie aßen etwas Brot mit Marmelade an der Küchentheke.

»Hast du denn gut geschlafen? Ich mag es, wenn der Regen gegen die Scheibe trommelt. Es beruhigt mich.«

»Na ja«, begann Romy. »Ich habe irgendwie schlecht geträumt … von einem Froschkampf.«

Warum erzählte sie ihm das?

Xavi schmunzelte.

»Frag nicht.«

Das Brot schmeckte genauso köstlich, wie es roch, und Romy verschlang ihre beiden Scheiben im Nu.

»Xavi, ich möchte wirklich keine weiteren Umstände machen, aber ich müsste dann langsam los«, sagte sie und machte eine entschuldigende Geste. Sie musste im Hotel ihre Sachen holen, sich wenigstens etwas frisch machen und dann schleunigst zum Flughafen fahren. Ihr Flieger ging in wenigen Stunden.

Xavi stand kauend auf und griff nach dem Telefon. »Kein Problem. Moment.«

Sie hatten sich gestern darauf geeinigt, dass Xavi sie nicht zum Hotel fahren würde. Romy war es deutlich lieber, ein Taxi zu nehmen.

Er rief bei dem Taxiunternehmen an, das bestätigte, in wenigen Minuten sei ein Wagen da, und schenkte Romy Kaffee nach. Romy humpelte währenddessen auf Rubén zu und blieb neben ihm stehen. Er sah deutlich erholter aus. Offenbar hatte sich die Aufregung des gestrigen Tages über Nacht gelegt. Dennoch, nun war es an der Zeit, sich endgültig zu verabschieden. Er sah kurz zu ihr auf. Dann widmete er sich wieder der weitläufigen Natur.

»Es war mir eine Freude, Sie kennenzulernen und so viel über Sie zu erfahren, Rubén«, sagte Romy leise. »Ich kann nur hoffen, dass Sie eine schöne Zeit mit meiner Großtante hatten und sie in guter Erinnerung behalten.« Romy biss sich auf die Lippe, als sie merkte, dass sie einem Mann mit einer Demenzerkrankung riet, jemanden in Erinnerung zu behalten. Doch er reagierte nicht. »Alles Gute, Rubén.«

Dann gingen Romy und Xavi zur Haustür, um an genau derselben Stelle stehen zu bleiben, an der sie auch gestern gestanden hatten.

Xavi grinste spitzbübisch.

»Noch einmal danke für deine Hilfe, Xavi. Mallorca war definitiv ein bleibendes Erlebnis.«

»Ein positives, hoffe ich«, sagte er augenzwinkernd.

»Ich bin mir noch nicht sicher«, erwiderte Romy, legte den Kopf schief und lachte.

Es klingelte an der Tür.

»Das ist dann wohl mein Zeichen.«

Xavi schien Romys Unsicherheit zu spüren und streckte förmlich seine Hand aus.

Romy blickte kurz auf ihre Hände, die die Griffe der Krücken umfassten, und sie mussten beide lachen. Dann reckte Romy sich nach vorn und küsste ihn auf die Wange.

»Romy Fink, ich wünsche dir eine gute Heimreise. Und sollte ich je nach Köln kommen, werde ich mich melden.«

»Das würde mich tatsächlich freuen.«

Xavi öffnete galant die Tür, und sie traten nach draußen in die warme Morgensonne. Romy warf einen letzten Blick hinter sich und nickte zum Abschied.

Das war doch …

Rubén erschien hinter Xavi. Er ging langsam an ihm vorbei und blieb auf der obersten Treppenstufe stehen. Seine Augen wirkten verändert. Sie glänzten deutlich klarer als an den Tagen zuvor. Und da war noch etwas anderes. Romy erkannte, dass ein zartes Lächeln seine Lippen umspielte.

Rubén hob seine Hände und streckte etwas nach vorn. Romys Augen öffneten sich weit vor Erstaunen. Sie nahm beide Krücken in eine Hand, verlagerte das Gewicht auf ihr gesundes Bein und tippte fragend mit dem Zeigefinger auf ihre Brust.

Rubén nickte sanft. »Ja«, sagte er mit brüchiger Stimme, in der Liebe und Sehnsucht lagen. »Für dich.«

Kapitel 28

Romy starrte fassungslos auf die Schatulle auf ihrem Schoß. Sie war aus dunklem Holz gefertigt mit einigen feinen Intarsien aus Messing. Obwohl sie kein großes Gewicht hatte, spürte Romy, dass etwas Bedeutungsvolles darin verborgen war. Etwas, was schwerer wog als das Holz auf ihren Beinen.

Das Taxi setzte sich ruckartig in Bewegung. Romy drehte sich um und sah durch die Heckscheibe, wie Xavi seine Hand in die Luft reckte. Rubén stand neben ihm, traurig und regungslos. Dann bog das Taxi ab, und die beiden verschwanden hinter einer lang gezogenen Steinmauer.

Rubén hatte ihr die Schatulle in die Hand gedrückt und nichts weiter dazu gesagt außer »Für dich«. Xavi meinte, er habe das Kästchen noch nie zuvor gesehen und habe weder eine Ahnung, was sich darin befand, noch warum Rubén wollte, dass Romy es bekam. Erneut ratterten die Gedanken in ihrem Kopf. Was war in der Schatulle? Warum hatte Rubén sie ihr gegeben? Erinnerte sich Rubén an irgendetwas?

Romy hatte dem Drang widerstanden, sofort in die Schatulle hineinzusehen. Irgendetwas in ihrem Inneren riet ihr, sich Zeit dafür zu nehmen und nicht im Taxi auf der Fahrt zum Hotel ihre Neugier zu befriedigen.

Als sie den Blick aus dem Fenster schweifen ließ, um einen klaren Kopf zu bekommen, bemerkte sie weitere Spuren, die der Sturm hinterlassen hatte. Die Straße war an einigen Stellen vollständig mit Schlamm überzogen, vereinzelte Steine waren aus den Mauern am Wegrand herausgebrochen, und ganze Zäune waren umgerissen. Ähnlich sah es auch in Romys Gedanken aus. Es war das reinste Chaos.

Erneut hob sie die Schatulle an, sie platzte vor Neugier. Dann warf sie jede Zurückhaltung über Bord, schob den kleinen Haken aus der Öse, die den Deckel mit dem unteren Teil verband, und klappte den Deckel auf.

»Briefe«, sagte sie erstaunt.

»Como?«, fragte der Taxifahrer und sah in den Rückspiegel.

»No, äh, nada. Sorry.«

Er zuckte mit den Schultern und widmete sich wieder der Straße.

Romy fuhr mit den Fingern über die Briefe. Es mussten an die hundert sein. Alle waren ungeöffnet und fein säuberlich hintereinandergereiht. Beim Durchblättern fiel ihr auf, dass auf den ersten Umschlägen eine Briefmarke klebte, die jeweils abgestempelt und das Kuvert mit einem roten Vermerk versehen war: Empfänger unbekannt verzogen.

Alle weiteren Briefe trugen weder eine Marke noch einen Stempel. Romy sah sich die Empfängeradressen an. *Elli Fink,* mit einer Adresse in Bonn. Romy biss sich vor Aufregung auf die Lippe. Hielt sie hier die Antwort auf ihre bisher vergebliche Suche nach der Wahrheit in den Händen? Würden die Briefe erklären, was zwischen Tante Elise und Rubén vorgefallen war? Wie das Ganze mit Romys Mutter zusammenhing? Romy wusste, dass Urgroßmutter Marianne eine Zeit lang mit ihrem Mann Richard und ihrer Tochter Elise in Bonn gelebt hatte, bevor sie nach Köln gezogen waren. Offenbar hatte Rubén nichts von dem Umzug gewusst, und seine Briefe hatten Elise nie erreicht.

Oh mein Gott, wie tragisch.

Ein kalter Schauer überlief Romy. Sie griff nach dem vordersten Brief, wog ihn in der Hand und starrte ihn lange an. Die Versuchung war riesig, ihn hier und jetzt zu öffnen, aber sie konnte es nicht. Sie atmete laut aus, sodass der Taxifahrer sich erneut nach ihrem Befinden erkundigte, und klappte die Schatulle mit zittrigen Fingern zu. Wenige Minuten später hatte sie das Hotel erreicht, packte ihre Sachen in die Reisetasche, checkte aus und ließ sich direkt von dem gleichen Fahrer weiter zum Flughafen bringen. Mühsam bewegte sie sich mit ihren Krücken und der Reisetasche über der Schulter fort, ihre Handtasche baumelte um den Hals. Sie ließ die Sicherheitskontrolle über sich ergehen und humpelte weiter zum Gate. Dabei kreisten ihre Gedanken unaufhörlich um die Briefe und darum, ob sie deren Inhalt überhaupt wissen wollte.

Vielleicht gab es tatsächlich einen guten Grund, warum sie die Vergangenheit ruhen lassen sollte.

Das Boarding ging pünktlich los, und Romy bekam aufgrund ihres Gipsbeins einen der geräumigen Notsitze zugewiesen. Ihre Handtasche behielt sie bei sich, und eine Flugbegleiterin verstaute die Reisetasche in einem der Gepäckfächer und klappte es lächelnd zu.

Eine schlanke Blondine betrat den Flieger und zog jede Menge Blicke auf sich. Ihre Anwesenheit löste in Romy Unbehagen aus. Erst konnte sie sich nicht erklären, wieso, doch dann kam sie darauf. Ihr selbstgefälliger Auftritt erinnerte sie an Vanessa. Romy zog ihr Handy aus der Tasche und öffnete den Nachrichtenverlauf zwischen Jannick und ihr. Er hatte nach seiner Abreise noch einmal gefragt, wie es ihr gehe und wann sie nach Hause käme. Romy dachte an Xavi, an den unerwarteten

Kuss und die nachdenkliche Nacht. Sie dachte an den Traum, und plötzlich kam es ihr vor, als hätte ihr Herz die unterschwellige Nachricht entschlüsselt: Romy hatte sich für den Frosch mit der Augenbinde entschieden. Es war derjenige, der weit weg von ihr war, sozusagen blind um sie kämpfen musste, derjenige, der sie liebte und den sie ebenso liebte. Romy starrte auf ihr Handy, so lange, bis es in den Ruhezustand schaltete.

Sie musste ihn sehen. Unbedingt.

Am Anfang der Startbahn machte das Flugzeug einen kurzen Halt, dann setzte der Vorwärtsschub ein. Kurz darauf hob der Flieger ab, dem wolkenlosen blauen Himmel entgegen, der sich nach dem heftigen Unwetter hoffnungsvoll und einladend präsentierte.

Bei dem beruhigenden Anblick des Himmels ordneten sich einige Gedanken in Romys Kopf. Auf einmal waren sie ebenso klar wie die Luft, durch die das Flugzeug auf dem Weg nach Hause glitt.

Romys Sitznachbar sah sie an wie eine Irre, als sie unvermittelt kicherte und ein Lächeln auf ihren Lippen zurückblieb. Sie öffnete ihre Handtasche und fischte nach dem ersten von Rubéns Briefen. Sie hatte ihn aus einer Intuition heraus hineingesteckt. Vorsichtig öffnete sie das Kuvert und zog einen dünnen, gefalteten Papierbogen hervor. Es war dieselbe Handschrift wie in dem Brief aus Tante Elises Medaillon. Dieser Brief war allerdings auf Deutsch verfasst. Romy streckte die Beine aus, ließ sich in ihren Sitz hineinsinken und begann zu lesen.

Meine Elli,
unsere Insel fühlt sich anders an ohne dich, beinahe bedeutungslos. Gestern war ich in unserer Bucht, habe den Sonnenuntergang angeschaut und mich dir ganz nah gefühlt. Es tröstet mich, zu wissen, dass du in Deutschland

dieselbe Sonne am Horizont siehst, mit denselben wunderschönen Augen, in denen ich mich erst verloren und dann wiedergefunden habe.

Es wird immer unsere Bucht sein, unser Ort der Zweisamkeit, der Liebe. Und dennoch bedrückt es mich zutiefst, nicht zu wissen, wie es dir geht, wann wir uns wiedersehen und welchen Plan das Schicksal mit uns verfolgt.

Bei mir und meinen Eltern stehen einige große Veränderungen an, denn leider hat der Brand einen dunklen Schatten über uns gelegt. Es wird nicht möglich sein, den Hof wiederaufzubauen. Einfach alles ist zerstört, und der Aufbau wäre zu kostspielig. Er war unser Heim, der Stolz meiner Eltern und ihre Existenz. Wir sind vorübergehend zu meinem Onkel im Norden gezogen und müssen noch einmal neu anfangen. Ich versuche, meine Eltern zu unterstützen, wo es mir nur möglich ist, arbeite weiter in den Bars und Clubs und assistiere einigen Fotografen. Ich habe lange über jene Nacht nachgedacht, und trotz der schrecklichen Umstände werde ich es niemals bereuen, sie mit dir verbracht zu haben. Weder ich noch du oder irgendjemand sonst trägt eine Schuld an dem Brand. Es war ein Unfall, eine Laune der Natur, die wir beide nicht hätten aufhalten können.

Das Medaillon meiner Großmutter soll dir Glück bringen, so lange, bis wir uns wieder in den Armen halten können, und weit darüber hinaus. Darin ist etwas für dich versteckt, was du noch nicht jetzt, aber sicher irgendwann verstehen wirst.

Ich werde dir weiterhin schreiben, meine Elli, so lange, bis wir gemeinsam einen Weg finden, um zusammen zu sein, so wie es unsere Herzen beschlossen haben.

In Liebe, dein Rubén

Kapitel 29

1962

»Was hat er dir angetan?«

»Du siehst schrecklich aus.«

»Hat er dich angefasst?«

»Was war das für ein Feuer?«

»Hat er dich da hingeschleppt?«

»Wer waren all diese Leute?«

»Wo sind deine Sachen?«

Fragen über Fragen prasselten auf mich ein wie Maschinengewehrkugeln, während mein Vater mich auf den Rücksitz drückte, um zu verhindern, dass ich aus dem Auto entkam. Ich verstand nicht einmal, was gerade passierte, woher meine Eltern wussten, wo ich gewesen war. Ich konnte nur noch daran denken, dass Rubéns Familie alles verloren hatte. Ihren Hof, ihren ganzen Besitz, ihr Zuhause. Sie standen vor dem Nichts. Ich wollte sofort wieder zurück, um ihnen beizustehen, beim Wiederaufbau zu helfen. In diesem Moment war mir mein eigenes Schicksal noch gar nicht bewusst. Ich dachte, ich könnte am frühen Morgen erneut aus dem Hotel flüchten und zu ihnen fahren.

Ich hielt meine Hand fest zusammengepresst, spürte die Konturen des Medaillons, für das Rubén buchstäblich durchs Feuer gegangen war. Er hatte sein Leben riskiert, um dieses Familienerbstück aus den Flammen zu retten, nur um es mir anschließend zu schenken. Heiße Tränen rannen über mein Gesicht, ich drückte mich gegen die Heckscheibe und sah den dunklen Rauch am Himmel in immer weitere Ferne rücken. Ich fühlte mich nicht nur zwischen zwei Welten, sondern in der falschen Welt. So wie bisher wollte ich nicht mehr weiterleben. Wieso verstanden meine Eltern nicht, dass es mir ernst mit Rubén war? Es war der furchtbarste Tag meines Lebens.

An die folgenden Stunden kann ich mich nur bruchstückhaft erinnern. Ich wurde zurück ins Hotel geschleift, meine Mutter blieb bei mir im Zimmer, während mein Vater uns beide einschloss und verschwand. Einige Stunden redete sie auf mich ein, ich solle machen, was mein Vater verlangte, ansonsten bekäme ich große Schwierigkeiten.

Dann wurden wir irgendwann zum Flughafen gefahren. Ich schrie, als ich begriff, was passierte, schlug um mich. Doch mein Vater drückte mich gegen eine Wand. Er spuckte die Wörter förmlich aus, wie Eisklumpen.

»Wenn du auch nur noch einen einzigen Ton von dir gibst, und wenn es nur ein Husten ist, dann bringe ich diesen Bauernjungen für lange Zeit hinter Gitter. Hast du mich verstanden? Entführung einer Minderjährigen, sexuelle Misshandlung, soll ich weitermachen?«

Zitternd schüttelte ich den Kopf.

»Entweder du reißt dich zusammen, oder er und seine Familie bekommen große Schwierigkeiten. Der abgefackelte Hof wird dann ihr kleinstes Problem sein, ist das klar?«

Ich nickte. Nicht weil ich verstanden hatte, was er sagte. Ich nickte aus Angst. Noch nie hatte ich solche Angst verspürt wie in dieser Situation, vor meinem eigenen Vater. So aggressiv, so eiskalt und widerwärtig hatte ich ihn nie erlebt.

Meine Tochter macht so etwas nicht.

Meine Tochter wird uns nicht bloßstellen.

Meine Tochter macht etwas aus sich und ihrem Leben und lässt sich das nicht von so einem Bauernjungen kaputtmachen.

Ich kauerte mich verängstigt gegen die Wand und vergoss viele weitere Tränen, stille Tränen. Ich hatte Angst um Rubén und seine Familie. Das Schicksal hatte sie hart getroffen, und ich … ich fühlte mich genauso schuldig an der Katastrophe, wie Rubén sich gefühlt hatte. Wenn ich nicht gewesen wäre, dann wäre Rubén zu Hause gewesen, hätte möglicherweise das Feuer löschen können, bevor es sich durch den gesamten Hof und damit durch ihr Leben gefressen hätte. Ich hasste mich dafür – und meine Eltern für alles andere.

An den Flug kann ich mich nicht mehr erinnern, nur an die Ankunft zu Hause in Bonn. Ein Taxi brachte uns in die Stadt, in unsere ruhige und gepflegte Straße, vor unsere ausladende Villa, die wir nach der Beförderung meines Vaters bezogen hatten. Die Straßenlaternen beleuchteten den geschwungenen Weg bis vor die Haustür. Ich stieg aus dem Auto, ging ein paar Schritte und brach vor Erschöpfung zusammen. Wieder hallte lautes Geschrei durch meinen Kopf und meine Gedanken, ich fühlte mich schwerelos, als könnte ich zurück zu meinem Rubén fliegen. Es fühlte sich an, als wäre all das ein furchtbarer Traum gewesen, als hätte mir meine Vorstellungskraft einen Streich gespielt und ich würde bald wieder auf Mallorca aufwachen. In unserer Bucht, mit Rubén an meiner Seite.

Doch ich wachte in meinem Zimmer auf. Neben dem Bett saß meine Mutter, die mir eröffnete, dass ich den gesamten Sommer Hausarrest hätte, so lange, bis ich mir die Flausen aus dem Kopf geschlagen hätte. Sie fragte kühl, ob mir die

Konsequenzen bewusst seien, sollte ich auf die Idee kommen, Kontakt zu Rubén aufzunehmen.

In den folgenden Wochen war ich eine Gefangene. Der Liebe wegen festgehalten und meinen zermürbenden Gedanken überlassen. Meine Schwester fing nach ihrem verlängerten Urlaub zum Herbstsemester an, Germanistik und Kunstgeschichte zu studieren. Ich hingegen schlief, aß, trank und schlief wieder. Ich starrte aus dem Fenster, hatte vielfältige Fluchtgedanken. Ich überlegte hin und her, Rubén einen Brief zu schreiben, und machte mir Gedanken über die Konsequenzen, sollte meine Mutter mich erwischen. Ich verfiel in eine alles beherrschende Lethargie. Mehrere Wochen verstrichen. Und an einem regnerischen Tag spürte ich etwas. Es war, als würde ein einzelner Sonnenstrahl durch einen Schleier aus Regen zu mir dringen. Ich spürte, wie nah mir Rubén plötzlich war. Doch ich konnte mir nicht erklären, wo dieses Gefühl herkam. Erst Tage später realisierte ich, dass meine Regel ausgeblieben war. Und auf einmal änderte sich alles. Ich war schwanger. Ich trug ein Kind in mir, unser gemeinsames Kind. Es wuchs in mir heran und würde uns eines Tages wieder vereinen. Ich war glücklich und gleichzeitig zutiefst verängstigt. Ich wollte mein Glück in die Welt hinausschreien, doch es durfte niemand wissen. Je weiter die Schwangerschaft fortschritt, desto mehr Anstrengungen unternahm ich, um sie geheim zu halten. Ich wusste, meine Eltern würden mich zu einer Abtreibung zwingen, sollten sie es erfahren. Also verbrachte ich mehr Zeit allein, übergab mich, wenn mir morgens übel war, zu lauten Duschgeräuschen oder Musik. Bis zu dem Tag im Herbst, an dem meine Mutter auf mich zutrat. All das hatte auch sie verändert. Sie sah mir in die Augen und sagte nur diesen einen Satz, in einer Kälte, die selbst den eisigen Winter hätte erschaudern lassen.

»Wir werden es morgen wegmachen lassen.«

Ich zuckte unter ihren Worten zusammen, bekam Atemnot, wurde panisch. Das konnte sie nicht machen. Sie durfte mein

Kind nicht töten. Ich sah nur eine Chance, ich musste es öffentlich machen. Wie eine Besessene rannte ich an meiner Mutter vorbei, die Treppe hinunter, trat aus der Haustür und schrie. Ich schrie durch die gesamte Straße, ich sei schwanger und meine Eltern wollten mich zu einer Abtreibung zwingen. Sie würden mein Kind töten, obwohl ich es behalten wolle. Ich schrie um Hilfe, so laut ich konnte.

Drei Tage später kam der Umzugswagen und lud unseren gesamten Haushalt ein. Meine Eltern schrien mich nicht an und redeten nicht auf mich ein. Ohne den Anflug einer Gefühlsregung schlugen sie mir eine Abmachung vor, die vor allem darauf ausgerichtet war, ihren Ruf und die Stellung meines Vaters als Staatsanwalt zu schützen. Ich dürfe das Kind bekommen und es großziehen, mit der Geschichte, dass mein Ehemann, den ich mit Erlaubnis meiner Eltern hatte heiraten dürfen, im Ausland umgekommen sei, und unter der Bedingung, dass ich nie wieder Kontakt zu Rubén aufnehmen würde. Dass ich niemals ein Wort über ihn verlieren würde. Wenn ich nicht zustimmte, würden sie mir nach der Geburt das Sorgerecht entziehen und das Kind anonym zur Adoption freigeben. Ich würde es nie wiedersehen. Einen nicht enden wollenden Tag lang hockte ich zitternd in der Ecke meines Zimmers und konnte an nichts anderes denken als an mein Kind in den Händen einer Fremden. Ich war minderjährig, mein Vater war Anwalt mit weitreichenden Kontakten. Ich wusste, sie würden ihre Drohung wahr machen. Es war aussichtslos. Am nächsten Tag willigte ich ein. Ich bekam eine wundervolle Tochter und nannte sie Neele. Ich hoffte, dass sie mir irgendwann verzeihen würde.

»Ich musste lügen, um dich zur Welt zu bringen, meine Neele«, waren meine ersten Worte an sie. »Wir werden deinen Papa schon bald wiedersehen, das verspreche ich dir. Spätestens, wenn Mama einundzwanzig ist.«

Kapitel 30

Heute

Durch einige leichte Schläge mit dem Modellierhammer bekam das Metall die richtige Wölbung. Romy griff nach einer Feile. Die freigelegten, filigranen Streben, die sich zu einer Lilie mit umliegenden Ornamenten verbanden, waren fast fertig. Es fehlte im wahrsten Sinne des Wortes nur noch der Feinschliff. Konzentriert arbeitete Romy die Strukturen nach, korrigierte kleine Kanten in den geschwungenen Streben und legte das Schmuckstück dann zufrieden vor sich.

Der etwa fünf Zentimeter breite Kettenanhänger würde einmal das Dekolleté einer wundervollen jungen Frau zieren. Vorerst war es ein Modell aus Silber, das vergoldet würde, doch Romy hätte das Schmuckstück ebenso aus purem Gold schmieden können.

Sie trank einen Schluck Kaffee und verglich ihr Werk mit der Zeichnung, die sie zuvor angefertigt hatte. Zu einigen bewussten Abweichungen hatte sie sich während des Schmiedeprozesses entschieden, doch ansonsten war das Resultat genau nach Plan entstanden. Es klopfte an der Tür, und Kathi kam herein.

»Hey! Na, wie kommst du voran?«

»Ganz gut, denke ich.« Romy reichte Kathi den Lilien-Anhänger.

»Oh, wow.« Kathi begutachtete das Schmuckstück von allen Seiten. »Das ist echt gut geworden. Gefällt mir noch besser als die anderen.«

Romy nahm die Lilie wieder an sich und legte sie in das Regal zu den vier weiteren Anhängern, die sie in den letzten Tagen entworfen und ausgearbeitet hatte.

»Aber kommt deine Mutter nicht heute Nachmittag?«

»Ja, um fünf. Wieso?«

»Wieso? Hier sieht es aus wie … na ja, in einer Werkstatt.« Kathi lachte und machte mit dem Arm eine ausladende Geste durch das Zimmer. »Deine Mum wird die Krise kriegen.«

»Aber mein Bein …«, sagte Romy mit betontem Schmollmund und freute sich diebisch.

»Jaja, ist klar. Romy Fink, du räumst jetzt dein Zimmer auf. Sofort.«

Sie lachten und Romy begann, ihre Zeichnungen und weitere lose Blätter einzusammeln, die überall verstreut lagen. Sie drehte das Radio lauter, und Kathi tanzte zu den Beatles, während Romy Ordnung machte.

Seit einer Woche war sie wieder in Köln, und bereits nach den ersten zwei Tagen war ihr die Decke auf den Kopf gefallen. Allerdings war sie mit ihrem Gipsbein weder mobil noch in der Laune, vor die Tür zu gehen. Kathi und Ellen mussten arbeiten, und nicht einmal ein Serienmarathon mit Popcorn und löffelweise Nutella halfen gegen ihre innere Aufgewühltheit.

Sie hatte Kathi gebeten, ihr aus dem Atelier ihre eigenen Werkzeuge nach Hause zu holen, damit sie wenigstens etwas Produktives tun konnte. Tag und Nacht arbeitete sie an ihren Stücken und setzte Ideen um, die sie jahrelang mit sich herumgetragen hatte, ohne dass Svenja etwas davon hatte wissen wollen. Was daraus entstehen würde, wusste sie zwar nicht, aber sie würde noch sechs Wochen Gehalt bekommen, bevor ihre Krankschreibung vorüber und der Resturlaub abgefeiert waren. Diese Zeit wollte sie neben den Bewerbungen für ihre eigenen Ideen nutzen.

Svenja hatte sich bei Kathis Überraschungsbesuch nicht sonderlich entgegenkommend gezeigt und mit ihr über jedes einzelne Werkzeug gestritten. Aber am Ende hatte Kathi sich durchsetzen und alles mitbringen können, was Romy gehörte.

Romy war gar nicht bewusst gewesen, wie viel eigenes Werkzeug, das eigentlich Svenja als Chefin hätte stellen müssen, sie tagtäglich für ihren Job benutzt hatte. Doch sie schluckte ihren Unmut tapfer hinunter, um sich gar nicht mit solchen Gedanken zu belasten. Schließlich lagen immer noch einige Problemfelder vor ihr, die ihre Aufmerksamkeit und Energie benötigten. Eines davon war der Kontakt zu ihrer Mutter, die sie seit ihrer Wiederkehr aus Mallorca weder gesehen noch gesprochen hatte. Neele hatte einsilbig auf Romys Nachrichten geantwortet. Vielleicht weil Romy ihr Angebot, sie vom Flughafen abzuholen, nicht wahrgenommen hatte? Egal. Für heute hatte sie ihre Mutter zum Kaffeetrinken eingeladen, damit sie sich langsam wieder einander annähern konnten. Erst danach würde sie irgendwann die zwei heiklen Punkte ansprechen: ihre Erkenntnisse über Rubén und die Wahrheit über die Trennung von Romys Vater. Romy konnte sich immer noch keinen Reim auf all das machen und musste die Fragen erst einmal ruhen lassen.

Sie fotografierte ihr heutiges Tagwerk und schickte Jannick das Bild mit einem kurzen Text. Er arbeitete momentan achtzehn Stunden am Tag und war immer so kaputt, dass er beinahe im Stehen einschlief. Andererseits kam er so schnell voran, wie er es sich nie erträumt hätte. Zwar kristallisierte sich allmählich heraus, dass es Vanessa war, die in ihrer Rolle als toughe

Geschäftsführerin aufging, und dass er eher der kreative Tüftler mit der Vision war. Aber für ihn war das okay.

Romy und Jannick hatten sich jeden Abend vor dem Einschlafen noch einige Nachrichten geschickt und waren sich trotz der Entfernung näher gekommen als vor seinem Umzug. Romy sehnte sich regelrecht nach ihm, nach seiner Nähe, seinem Geruch, seinem Witz, den beiläufigen Berührungen und seinen Lippen. Hatte sie tatsächlich etwas Abstand gebraucht, um zu erkennen, wie viel er ihr bedeutete? Oder lag es an dem flüchtigen Kuss von Xavi, der ihr klargemacht hatte, dass Jannick der Richtige war? Hatte es vielleicht sogar etwas mit den romantischen und dramatischen Briefen von Rubén zu tun? Egal was es war, es hatte Romys verletztem Herzen neues Leben eingehaucht. Sie schickte Jannick noch ein Selfie, auf dem sie den Lilien-Anhänger an einer dünnen Silberkette trug, und tippte ein Kuss-Emoji hinterher. Wenn sie bloß wüsste, wie es mit ihnen beiden weitergehen sollte.

* * *

Es klingelte und Romy humpelte in den Flur. Dann klopfte es an der Tür und Romy öffnete.

»Ich hatte völlig verdrängt, wie anstrengend das damals in meiner ersten Wohnung war«, sagte Neele und fächelte sich etwas Luft zu. »Vier Stockwerke ohne Aufzug …«

»Hallo, Mama«, sagte Romy und lächelte bei dem Gedanken an ihre Mutter als hübsche junge Frau.

»Wie geht's dir, Schatz? Was macht dein Bein?«

»Komm erst mal rein. Und wieso trägst du denn eine Jacke?«

»Na ja, ich dachte … es wird vielleicht spät werden …«

Romy wurde warm ums Herz. Neele wollte tatsächlich länger bleiben als nur für einen schnellen Kaffee. Erleichtert nahm sie ihre Mutter in den Arm, und Neele erwiderte die Umarmung herzlich.

»Lass dich erst mal angucken. Hast du noch Schmerzen?«

»Na ja, ein bisschen. Manchmal juckt es auch ganz furchtbar, und ich komme nicht an die Stellen ran.«

»Oh ja, das kann ich mir vorstellen. Ich hatte mal eine Freundin, die hatte sich beim Fahrradfahren beide Arme gebrochen. Du kannst dir vorstellen, dass unsere Freundschaft plötzlich eine ganz andere Ebene erreichte.«

Sie lachten herzhaft.

»Komm, ich habe Kaffee gemacht. Nimmst du die Tassen?«

Romy trug die Kaffeekanne und humpelte mit einer Krücke voraus in ihr Zimmer. So herzlich und gelöst hatte sie ihre Mutter lange nicht mehr erlebt. Es war ein guter Anfang, und es fühlte sich an wie das Treffen mit einer Freundin und nicht mit der Mutter, mit der es so viele unausgesprochene Themen gab.

»Schön habt ihr es hier«, lobte Neele die moderne Einrichtung der Wohnung. »Es sieht alles ganz anders aus. War ich so lange nicht hier?«

»Es ist … fast zwei Jahre her«, sagte Romy leise.

»Ach.« Neele fuhr sich durch die dünnen, von hellgrauen Strähnen durchzogenen Haare. »Dann war es ja an der Zeit.«

Als sie Romys Zimmer betraten, sah sich Neele in Ruhe um, bevor sie die Tassen auf den kleinen Tisch neben dem gelben Sessel stellte.

»Du hast ja eine richtige Werkstatt hier.«

»Erst seit ein paar Tagen, seit ich nicht mehr …« Romy biss sich auf die Lippe, wollte sie doch die gute Stimmung nicht gleich nach der Begrüßung schon gefährden. »… für Svenja arbeite«, sagte sie etwas leiser.

»Wie? Sie hat dir gekündigt? Das kann doch wohl …«

»Nein, ich … habe gekündigt.« Romy schluckte, ließ sich in den Sessel fallen und legte ihr geschientes Bein auf den zum Sessel passenden Hocker.

Neele hob die Augenbrauen und blinzelte.

»Es war an der Zeit. Und es hat sich alles irgendwie ergeben. Ich möchte etwas anderes machen, etwas … eigenes.« Romy wollte ihre Mutter weder enttäuschen noch ihr etwas vorspielen. Sie wusste, dass Neele sich nun Gedanken um Romys Zukunft machen würde, verbunden mit Existenzängsten, eventuell sogar mit Vorwürfen und allem, was dazugehörte. Romy hatte ihre Entscheidung zwar spontan, aber bei Weitem nicht unüberlegt gefällt. Der Gedanke war lange in ihr gereift. Letztendlich erschien ihr die Kündigung wie eine Konsequenz aus den letzten beiden Jahren, und das nötige Quäntchen Entschlusskraft hatte sich nur durch die Mallorcareise relativ plötzlich entladen.

»Ich kann dich vollkommen verstehen«, sagte Neele.

Was hatte sie da gerade gesagt?

Romy verzog ungläubig die Stirn. Sie hatte mit Widerstand, Diskussionen und gut gemeinten Ratschlägen gerechnet. Aber …

»Nach all dem, was du erzählt hast, ist Svenja kein guter Mensch. Sie war es vielleicht einmal. Aber wenn man die Wahl hat, sollte man sich mit guten Menschen umgeben, mit Menschen, die einen inspirieren und weiterbringen.«

Romy fiel buchstäblich die Kinnlade herunter. Sie beobachtete, wie ihre Mutter seelenruhig durchs Zimmer ging, sich Romys Werkzeuge und schließlich die Schmuckstücke im Regal ansah. Sie lächelte und strich mit dem Finger darüber.

»Hast du die gemacht?«

Romy nickte stumm.

»Die sind wirklich sehr hübsch. Ich wünschte, ich hätte dein Talent gehabt. Aber … ich wünschte, ich hätte so vieles gehabt oder getan.« Neele goss Kaffee in beide Tassen, nahm ihre und ging noch einmal zu Romys Arbeitstisch, um sich die vielen gestapelten Zeichnungen anzusehen.

»Weißt du, früher habe ich fotografiert. Ich habe es geliebt und hatte auch ein Händchen dafür. Aber meine Großmutter Marianne hat es mir ausgeredet – man könnte sagen, sie hat es mir verboten. Sie sagte, ich solle etwas Anständiges machen. Und das habe ich dann auch versucht.«

»Das wusste ich gar nicht.«

Neele sah Romy an. Ihr Blick verriet eine verborgene Stärke, die sie selten offen zeigte.

»Wir wissen so vieles nicht voneinander.« Sie stellte ihre Tasse auf dem Tisch ab und griff nach der Zeichnung eines Siegelrings mit einem kleinen Elefanten darauf. Sie schmunzelte. »Was hast du denn jetzt vor? Ich meine, wegen Svenja und dem Job.«

Romy rutschte in ihrem Sessel hin und her.

»So ganz weiß ich es noch nicht«, gab sie zu. »Ich habe schon ein paar Bewerbungen verschickt, aber vielleicht bekomme ich bei der Arbeit noch weitere Ideen und …«

Neele drehte sich um und stieß gegen einen Stapel Unterlagen. »Oh, das tut mir leid.«

Romy hob ihr Bein von dem Hocker.

»Nein, bleib sitzen. Ich mache das schon.« Sie kniete sich auf den Boden und begann, die losen Blätter einzusammeln. Darunter waren Skizzen, Quittungen, Versandscheine …

Plötzlich hielt Neele inne und griff langsam unter den Schreibtisch. Dann setzte sie sich auf den Boden. Ihre Gesichtszüge wurden weich. Was Romy in ihren Augen und auf ihren Lippen erkannte, überraschte sie erneut. Es war nicht Wut, Ärger oder Unverständnis. Es war Sehnsucht.

»Das ist ja …«

In den Händen hielt sie das Bild von Tante Elise, auf dem sie das Medaillon trug. Sofort entstand ein Kloß in Romys

Hals, der ihr die Sprache raubte. Sie stand auf, setzte sich auf den Hocker und legte ihrer Mutter eine Hand auf die Schulter. Gemeinsam betrachteten sie das Foto.

»Tante Elise war sehr schön, findest du nicht auch?«, sagte Romy leise.

Neele drehte sich langsam, nahezu bedächtig um.

Romy sah, dass ihrer Mutter Tränen in den Augen standen.

»Das … das ist nicht Tante Elise«, sagte sie und rang um ihre nächsten Worte. »Das ist meine Mutter.«

Kapitel 31

1966

Mit schweren Schritten ging ich über die schwankende Plattform und verließ das Schiff, meine Tochter fest an mich gedrückt. Ich hatte es geschafft, ich war endlich angekommen. Ich war auf Mallorca.

Die lange Reise hatte mich eine Menge Kraft gekostet, und ich taumelte, als der feste Boden unter meinen Füßen zu schwanken schien. Am Hafen herrschte ein wildes Gewusel aus Menschen, Tieren, Autos und Transportfahrzeugen. Es roch nach Öl, Rauch und Tabak. Unter den mitleidigen Blicken einiger anderer Passagiere suchte ich mir einen Weg raus aus dem Hafen. Ich musste auf sie wie eine mittellose Streunerin gewirkt haben, die ich in diesem Moment auch war. Eine Heimatlose, Rastlose, auf der Flucht und auf der Suche nach ihrem Platz in der Welt.

Einzig die Sehnsucht nach meinem Rubén trieb mich weiter an, verlieh mir Kraft und ließ mich meine erschöpfte Neele immer weitertragen. In Gedanken konnte ich Rubéns Nähe spüren, seine Küsse, seine liebevollen Blicke, und ich sah vor mir, wie er seiner Tochter über das weiche Haar strich.

Über drei Jahre waren vergangen, seit uns meine Eltern getrennt hatten, damals, in der Nacht, als der Hof seiner Familie niedergebrannt war. Drei lange Jahre, und Rubén wusste immer noch nichts von unserer kleinen Neele. Es war die schlimmste Zeit meines Lebens gewesen und gleichzeitig die schönste. Ich selbst wurde erwachsen, und gleichzeitig wurde ich Mutter einer wunderhübschen und aufgeweckten Tochter. Es war, als wäre das Leben in einem Moment eine Strafe und im nächsten ein Geschenk.

Auf einer Toilette in der Ankunftshalle wusch ich uns und sah lange in den Spiegel. Ich war abgemagert, zermürbt, müde. Meine Eltern hatten mir mit ihren ständigen Drohungen jede Lebensfreude und jeden Funken Selbstvertrauen genommen. Ich hatte einen Pakt mit dem Teufel geschlossen und trug die Konsequenzen an jedem Tag dieser drei Jahre.

Nachdem meine Mutter herausgefunden hatte, dass ich schwanger war, und wir Bonn daraufhin verlassen hatten und nach Köln gezogen waren, fing ein Leben voller Trostlosigkeit und Lügen an. Den Nachbarn und Kollegen erzählten meine Eltern, mein Mann sei Pilot bei der Bundeswehr gewesen und bei einem Übungsmanöver umgekommen. So kam es dazu, dass Neeles Geburt sich für sie nicht zu einem Desaster, sondern zu einem gesellschaftlichen Vorteil entwickelte. Denn wo sie nun hinkamen, prahlten sie mit der Geschichte, um bloß alle möglichen Missverständnisse aus dem Weg zu räumen, und ernteten anerkennende Blicke für den Tod dieses Schwiegersohnes im Dienst für das Vaterland. Mein eigenes Verhalten, meine Zurückgezogenheit erklärten sie mit der Last, die ich durch meine frühe Witwenschaft zu tragen hatte. Alles zusammen ergab ein stimmiges Bild. Meine Mutter gab sich allergrößte Mühe, sich als stolze Großmutter zu präsentieren, doch in Wirklichkeit konnte sie Neele nicht ausstehen. Ich belauschte

Gespräche zwischen meinen Eltern, in denen meine Mutter über mein Töchterchen als »Zigeunerkind« und »Bastard« redete und nicht müde wurde, zu betonen, dass sie nicht damit zurechtkam, das Kind eines dahergelaufenen Fremden aufzuziehen. Meine Schwester hatte die kurzfristige Zusage für ein Studium in Schweden bekommen und war noch vor Neeles Geburt ausgezogen. Sie war mir nie eine Hilfe gewesen und würde es auch in Zukunft nicht sein. Zu sehr war sie mit sich selbst und der Verwirklichung ihres Freiheitsdrangs beschäftigt. Sie wusste über Rubén Bescheid, doch es interessierte sie nicht weiter. Anfangs hasste ich sie dafür, dass sie mich im Stich ließ. Doch später versuchte ich mich für sie zu freuen. Darüber, dass wenigstens eine von uns es geschafft hatte, ihre Träume zu verwirklichen.

Zusätzlich zu meiner ständigen Angst, Neele zu verlieren – denn ich war noch keine einundzwanzig Jahre alt und somit noch nicht volljährig –, wuchs der Hass gegenüber meinen Eltern mit jedem Jahr. All das ließ mich an mir selbst zweifeln. Die Situation brachte mich so weit, dass ich selbst schließlich glaubte, im Unrecht zu sein und diese Strafe verdient zu haben. Doch der Anblick meiner hübschen Neele, wenn sie mich anlachte und mir ihr kleines Herz schenkte, ließ meine Wunden heilen und verlieh mir ungeahnte Kräfte. Ich wusste, dass Rubén versucht haben musste, mit mir Kontakt aufzunehmen. Aber ich wusste auch, dass meine Eltern alles unternommen hatten, um zu verhindern, dass er plötzlich vor der Tür stand oder mich eine Nachricht von ihm erreichte. All das konnte ich nur ertragen, weil ich fest davon überzeugt war, dass unser Tag kommen würde. Ich gab Neele bei ihrer Geburt das Versprechen, dass sie ihren Vater kennenlernen würde. Und dieses Versprechen musste ich halten.

Im letzten Jahr vor meinem einundzwanzigsten Geburtstag tat ich alles dafür, meine Eltern in Sicherheit zu wiegen, ihnen das Gefühl zu geben, ich hätte mich mit der Situation abgefunden und würde ihnen keine Probleme mehr bereiten, auch nicht nach der Volljährigkeit im Zusammenhang mit dem damit einhergehenden Sorgerecht. Lange blieben sie misstrauisch und auf der Hut, doch nach und nach erschlich ich mir ihr Vertrauen. Sie wurden unachtsam, ließen Neele und mich allein. All diese kleinen Gelegenheiten nutzte ich, um meine Reise vorzubereiten, die Route in Erfahrung zu bringen, ein paar Worte Spanisch zu lernen und kleine Geldbeträge aus der Haushaltskasse zu entwenden. Ich war in Köln ohne Freunde, ohne Bekannte, ohne Hilfe, doch fest entschlossen, zu Rubén zurückzukehren.

Eines Abends war es dann so weit – zwei Wochen nach meiner heuchlerischen Geburtstagsfeier. Meine Eltern waren auf einer Gala des Vereins zur Förderung der Rechtswissenschaft eingeladen. Sie machten sich schick, tranken zu Hause einige Gläser Sekt und ließen sich mit dem Taxi zur Rechtswissenschaftlichen Fakultät bringen. Ich beobachtete sie durch das Fenster, mein Atem ging schnell und heftig, mein Herz hämmerte. Als das Taxi um die Ecke bog, riss ich meine handliche Reisetasche aus dem Schrank, füllte sie mit den vorbereiteten Beuteln, in denen Pässe, Geld, einige Kleidungsstücke, etwas zu essen und alles Wichtige für Neele verstaut waren. Eigentlich hätte ich in aller Ruhe aus dem Haus marschieren können, denn ich war erwachsen und mit meiner eigenen Tochter unterwegs. Doch die Jahre der Unterdrückung hatten Schlimmes mit mir angerichtet.

Ich trug meine Tasche nach unten, nahm den Rest des Haushaltsgeldes aus der Küchenschublade und weckte Neele auf. Wir mussten uns beeilen, denn der Nachtzug nach Lyon würde nicht auf uns warten. Wir standen auf der Fußmatte unseres Hauses, ich trug meine Tasche über der Schulter und hielt Neele an der Hand. Ich wusste nicht, wie viele Sekunden oder Minuten verstrichen, doch meine Füße waren wie Blei.

Hatte ich mir das alles gut überlegt? Hatte Rubén wirklich auf mich gewartet? Hatte ich irgendetwas übersehen, was es meinen Eltern ermöglichen würde, mir Neele zu entreißen?

»Wo gehen wir hin, Mami?«, hatte die Kleine gefragt und sich die müden Augen gerieben.

Ich dachte an die Nacht in der Bucht, die Nacht, in der Rubén und ich uns im Wasser geliebt hatten, im Schein des Mondes und der unzähligen Sterne. Neele trug dieses Funkeln der Sterne in ihren Augen. Für einen Moment hörte ich die Wellen gegen das Ufer schwappen, hörte die Grillen zirpen und Rubéns Herz für mich schlagen. Ich sah seine treuen, dunklen Augen direkt vor mir und schmeckte das Salz auf seinen Lippen.

»Wir gehen nach Hause«, sagte ich und machte einen Schritt nach dem anderen, bis wir am Bahnhof waren. Von dort ging es im Zug nach Lyon und, dort angekommen, durch abgelegene, dunkle Straßen zu einem Busbahnhof. Und von dort weiter bis nach Montpellier, dann nach Barcelona, bis wir im Rumpf eines riesigen Schiffes verschwanden und erst auf Mallorca wieder Land erblickten.

Wir verließen die Toilette am Hafen, und ich erkundigte mich nach dem Bus Richtung Felanitx. Eine nette alte Frau machte sich mit Händen und Füßen verständlich, und wir folgten ihrer Beschreibung. Neele war müde, sie hatte auf dem Schiff unter dem ständigen Schwanken keine Ruhe gefunden, und ich trug sie bis zum Bus.

Die blühende Landschaft zog an uns vorbei, und ich lächelte, als ich hinter uns das glitzernde Meer sehen konnte. Erst jetzt nahm ich den wundervollen Duft wahr, den die Insel zu mir trug. Ich erinnerte mich an den Tag im August 1962, an dem wir auf Mallorca gelandet waren und ich mich in genau diesen Anblick verliebt hatte. Plötzlich war auch Neele wieder hellwach und bewunderte das scheinbar Funken sprühende blaue Meer, das sich bis zum Horizont erstreckte.

»Hier hat sich Mama verliebt«, sagte ich. »In diese Insel und in einen Mann.«

Deinen Papa.

Nach der Ankunft in Felanitx gingen wir zu Fuß Richtung Norden, wo sich der Bauernhof von Rubéns Eltern befand. Ich erkannte die Straße sofort wieder. Meine Aufregung ließ sich nicht mehr unterdrücken, meine Hände wurden feucht und der Mund trocken. Mit jedem Schritt des Weges kehrte ein Stück meines alten Ichs zurück. Ich fühlte mich wieder lebendig, voller Hoffnung. Wir gingen durch das Tor, rannten beinahe, Neele kicherte vor Vergnügen. Dann liefen wir den Hügel hinauf. Plötzlich spürte ich wieder die Hitze des Feuers, den beißenden Rauch in meinen Lungen. Tränen tropften von meinem Kinn.

»Hier war ein Feuer, Mama«, sagte Neele, als sie die verkohlten Ruinen entdeckte.

Ich schluchzte. »Ja, Schatz, ein großes Feuer.«

Der Hof war nicht wiederaufgebaut worden. Kleine Bäume wuchsen mittlerweile aus den Trümmern, die von Ruß gefärbt waren. Aber wo war Rubén? Was war mit seiner Familie passiert? Was sollte ich machen? Wie sollte ich ihn finden? Meine Kräfte verließen mich, und ich sackte zu Boden. War das alles ein Fehler gewesen?

»Mami?« Ich spürte Neeles kleine Hand auf meinem Gesicht. »Es wird alles gut, Mami«, sagte sie und wischte mir einige Tränen von der Wange. »Da kommt ein Mann und hilft uns.«

Ich drehte mich um, und tatsächlich, ein älterer Herr kam von der Straße auf uns zugelaufen. Er trug schmutzige Arbeitskleidung, und sein gebräuntes Gesicht war von tiefen Furchen durchzogen. Er sagte etwas, wollte mir aufhelfen, doch ich konnte nicht.

»Rubén«, sagte ich. »Rubén Ferrer. Wo? Dónde?«

Der Mann kräuselte nachdenklich die Lippen, dann nickte er. Er half mir auf und bedeutete mir mit einem Winken, ihm zur Straße zu folgen.

Das Einzige, was ich verstand, war »Palma«. Der Mann führte uns zu einem Auto mit offener Ladefläche. Er klopfte mit der Hand darauf.

»Palma«, sagte er erneut und machte eine Geste, die ich als *fahren* oder *hinfahren* interpretierte. Meine Kräfte verließen mich, die Sonne brannte und ich fühlte mich wie ausgetrocknet, da ich unsere Wasservorräte für Neele aufgespart hatte. Wir stiegen auf die Ladefläche, kauerten uns gegen die Fahrerkabine und der Wagen rollte los.

Etwa eine Stunde später – wir waren den Weg zurück nach Palma gefahren und dann in die Innenstadt abgebogen – blieben wir stehen. Wo brachte uns der Mann nur hin? Er stieg aus dem Auto, grinste und deutete auf ein Geschäft auf der gegenüberliegenden Seite. Es dauerte einige Sekunden, bis ich begriff, was er meinte. *Ferrer Fotografía* stand auf einem Schild über dem Laden.

»Rubén Ferrer«, sagte der Mann und half uns von der Ladefläche. Ich wusste nicht, wie mir geschah, war überwältigt von der Freundlichkeit, die er uns entgegenbrachte. Ich umarmte den Mann, küsste ihn auf die Wange und strahlte.

»Gracias, señor. Muchas gracias.«

Ich musste schmunzeln, als er leicht errötete. Dann nickte er uns noch einmal zu, strich Neele über den Kopf und fuhr davon.

Zu meinem Durst, der Übermüdung und der Hitze gesellte sich eine unerträgliche Aufregung. Ich nahm Neele an der Hand, und wir gingen über die Straße. Mit schnellen Schritten.

Im Takt unserer Herzen.

Im Schaufenster des Geschäfts lagen Fotoapparate verschiedener Modelle aus, daneben standen bunte Bilder, Filmrollen und … Postkarten.

»Rubén«, flüsterte ich.

»Was?«, fragte Neele und rieb sich die Augen. »Mami, wo sind wir?«

Ich sah sie an und wusste, dass alles gut werden würde.

»Wir sind da, Schatz. Wir sind da.«

Ein helles Glöckchen erklang, als wir das Geschäft betraten. Fein säuberlich eingeräumte Regale mit Foto- und Filmausrüstung säumten die Wände. Auf der rechten Seite befand sich eine gläserne Theke, unter der weitere Kameras und Objektive lagen. Mein Blick sprang von einer Seite zur anderen, doch es war niemand zu sehen.

»Momentito«, rief eine Stimme aus einem Hinterzimmer und ließ mich erstarren. Ich verstand nicht, was Neele sagte, ich hörte nur noch meinen eigenen Atem und das Blut, das voller Energie durch meine Adern strömte.

Und plötzlich stand er da und sah mir direkt in die Augen. Er war gereift, zeigte einige Sorgen- und einige Lachfalten im Gesicht. Ein Objektiv entglitt seiner Hand und fiel scheppernd zu Boden. Er kümmerte sich nicht darum, sondern trat mit großen Schritten auf mich zu, nahm mein Gesicht in beide Hände und sah mich mit feucht glänzenden Augen an. Wir küssten uns. Dann fiel ich ihm schluchzend in die Arme.

»Du bist da«, sagte er mit zitternder Stimme. »Du bist endlich da.«

»Und ich werde nicht mehr gehen. Nie wieder.«

Dann wanderte sein Blick nach unten.

»Und wer bist du, junge Frau?«, fragte er sanft und ging in die Hocke.

Neele kicherte schüchtern und versteckte sich hinter meinen Beinen.

»Das ist Neele«, sagte ich.

»Hola Neele.«

»Sie ist … unsere Tochter.«

Rubén sah mit großen Augen zu mir auf, dann zu Neele und wieder zu mir. Er richtete sich langsam auf, Tränen stiegen in seine funkelnden Augen. Seine Lippen bebten.

»Sie … ist wunderschön.«

Kapitel 32

Heute

Romy schlug die Hand vor den Mund und hielt die Luft an. Was redete ihre Mutter da? Das konnte doch nicht sein. In den Briefen war immer von Elli die Rede gewesen. Und das Medaillon …? Wie kam ihre Mutter darauf, dass die junge Frau auf dem Foto Oma Therese gewesen sein sollte, Neeles Mutter?

»Mama, was redest du da? Wieso nicht Elli? Wieso nicht deine Tante? Das kann doch nicht …?«

Neele wischte sich Tränen aus den Augenwinkeln. Dann setzten sie sich nebeneinander.

»Ja, Schatz, das ist deine Großmutter. Ich habe so lange kein Bild mehr von ihr gesehen. Sie war wirklich wunderschön. Du hast ihre Augen, sieh doch.«

»Mama, aber die Briefe … ich habe Briefe von Rubén. Jede Menge Briefe. Und sie alle sind an Elli, also an Großtante Elise gerichtet.«

»Was für Briefe? Wo hast du sie her?«

»Ich habe sie von Rubén …« Romy zog eine Schublade auf, griff nach der Schatulle und reichte sie ihrer Mutter.

Neele öffnete die kleine Kiste so zaghaft, als könnte etwas Bösartiges herausspringen. Dann fuhr sie mit den Fingern über die vielen Umschläge, genau wie Romy es getan hatte.

»Darf ich?«

»Natürlich, Mama.«

Neele zog einen Brief heraus und begann zu lesen. Erst vergoss sie einige stille Tränen, dann schluchzte sie und steckte den Brief wieder in die Schatulle.

»Hier«, sagte sie mit zitternden Lippen und reichte Romy die Schatulle.

»Therese Elsa Fink«, sagte Neele leise.

Romy sah sie fragend an. Erst dann begriff sie.

»Elsa … Elli.«

Neele nickte. »Genau. Elises Spitzname war *Lise* und der meiner Mutter war *Elli.*«

Plötzlich ergab alles einen Sinn. Das Medaillon hatte gar nicht Elise gehört, sondern deren jüngerer Schwester Therese Elsa, »Elli« Fink. Nicht Großtante Elise war Rubéns große Liebe gewesen, sondern Neeles Mutter. Doch was bedeutete das? Romys Kopf arbeitete auf Hochtouren. Eine Vermutung formte sich in ihren Gedanken. Er war doch nicht etwa …

»Ist … Rubén mein …« Romy traute sich gar nicht, es auszusprechen.

Neele nickte langsam. »Dein Großvater.«

Romys Augen begannen zu brennen, ihre Sicht verschwamm und sie rang nach Atem.

Sie hatte einen Opa. Und sie hatte in seinem Haus geschlafen. Er hatte ihr die Schatulle geschenkt. Und er war all die Jahre da gewesen, ohne dass sie von ihm gewusst hatte.

»Mama, wieso …? Wieso hast du …?«

Die Worte gingen nicht über ihre Lippen. Ihre Finger zitterten. Sie fühlte sich belogen und betrogen.

Neele rückte ein Stück näher und nahm Romys Hand. Durch einen Schleier aus Tränen sahen sie sich in die Augen.

»Meine Mutter war achtzehn, als sie mit meinen Großeltern, Opa Richard und Oma Marianne, nach Mallorca flog. Es war 1962, im August. Meine Mutter hat sich dort in einen mallorquinischen jungen Mann verliebt.«

»Rubén«, sagte Romy leise.

»Ja. Und sie wurde schwanger. Mit mir.«

Neele räusperte sich, schien etwas Mut für ihre Geschichte zu sammeln.

»Ich kann mich nicht erinnern, wie alles abgelaufen ist. Ich war zu jung oder habe es verdrängt … ich kann es dir nicht sagen. Meine Großmutter Marianne hat mir das alles erzählt. Als ich drei Jahre alt war, ist meine Mutter mit mir nach Mallorca gereist. Warum sie so lange damit gewartet hatte, weiß ich nicht. Dann, auf Mallorca, gab es einen schrecklichen Unfall, einen Autounfall.«

»Oh nein«, flüsterte Romy durch ihre Hände.

»Ich überlebte und wurde nach Köln zu meinen Großeltern gebracht. Wenige Tage nach der Beerdigung meiner Mutter ist auch mein Großvater gestorben, an einem Herzinfarkt. Ich bin dann bei meiner Großmutter, Oma Marianne, aufgewachsen. Sie erzählte mir später, meine Eltern seien bei dem Unfall ums Leben gekommen. Ich bin in dem Glauben aufgewachsen, sie seien beide tot, auch Rubén, und es gab nie einen Grund, das zu hinterfragen.«

Romy drückte die Hand ihrer Mutter. Sie tat ihr unendlich leid, und sie spürte, wie schmerzhaft es für sie war, diese Geschichte zu erzählen.

»Oma Marianne … Meine Kindheit war … nicht einfach. Ich habe sehr unter ihrer Verbitterung gelitten. Und dennoch, ich wurde erwachsen, machte eine Ausbildung, ich versuchte mein Bestes. Als ich eine junge Frau war, lernte ich deinen Vater kennen. Er holte mich aus dem Sumpf der Verzweiflung heraus. Ich war ihm unglaublich dankbar, wir … hatten eine wunderschöne Zeit. Ich liebte ihn. Sechs Jahre später, du warst gerade zur Welt gekommen und ich war überglücklich, als … Oma Marianne im Sterben lag. Auf dem Sterbebett offenbarte sie mir ein bitteres Geheimnis. Etwas, was mir den Boden unter den Füßen wegzog, mein ganzes Leben infrage stellte. Sie sagte, mein Vater sei damals gar nicht gestorben. Sie sagte, er lebe. Aber nicht nur das, Romy. Sie sagte, er sei es gewesen, der den Wagen gefahren und der den Unfall verursacht habe. Sie sagte, er habe getrunken, sei Alkoholiker. Sie sagte, er sei der Mörder meiner Mutter. Und nur wegen des Todes meiner Mutter sei auch mein Großvater gestorben.«

Neeles Oberkörper sackte zusammen, und Romy nahm sie in den Arm.

»Mama, das tut mir so leid …«

Halt dich fern von diesem Alkoholiker.

Neeles Worte drängten sich in Romys Gedanken. Sie drückte ihre Stirn gegen die ihrer Mutter und wischte ihr sanft über die Wangen.

Dann schnäuzte sich Neele und atmete tief durch.

»Marianne starb in dieser Nacht. Und ich … hatte plötzlich einen Vater. Einen Vater, der meine Mutter und meinen Großvater auf dem Gewissen hatte. Ich hasste die ganze Welt, hasste meine Großmutter dafür, dass sie mir nichts davon gesagt hatte, und ich hasste diesen Mann. Dein Vater hat all das ertragen müssen. Ich war verzweifelt, begann selbst zu trinken. Ich dachte, ich hätte all das Schlechte meines Vaters in mir vereint. Du warst es, die mich davor bewahrt hat, völlig abzustürzen. Dein Anblick, dein Lachen, deine kleinen Füßchen, die ich so gern gekitzelt habe. Deinen Vater habe ich in dieser Zeit verloren. Ich habe ihn damals zutiefst verletzt, ihn für vieles verantwortlich gemacht, wofür er nichts konnte. Und ich habe nie mit ihm über all das gesprochen.«

So viele Gedanken rasten Romy durch den Kopf. So viele Momente, Verhaltensweisen und Gespräche ergaben auf einmal einen Sinn. Diese Geschichte musste unglaublich hart für Neele gewesen sein, und sie hatte ihr Leben lang allein damit klarkommen müssen.

»Nach dem Tod meiner Großmutter Marianne …«, begann sie erneut, »es war ungefähr ein Jahr danach – da stand jemand vor meiner Tür.«

Romy drückte sich in ihren Sessel, krallte sich an den Armlehnen fest und hörte gespannt zu.

»Er sagte, er heiße Rubén und … er sei mein Vater.« Neele sah aus dem Fenster in den dunklen Abendhimmel, so als würden sich die Bilder noch einmal vor ihren Augen abspielen.

»Ich wusste nicht, wie mir geschah, geschweige denn woher dieser Mann meine Adresse hatte. All die angesammelte Wut und der Hass stiegen in mir auf. Ich trat auf ihn zu, ganz dicht, und sah ihm direkt in die Augen. Ich sagte ihm, er sei ein ekelhafter Mensch, ein Mörder. Er solle sofort wieder aus meinem Leben verschwinden und es bloß nicht wagen, noch einmal hier aufzutauchen. Und das tat er auch nicht. Ich habe nie wieder mit ihm gesprochen. Ich hatte ihn aus meinem Leben verbannt. Für mich war er von diesem Moment an gestorben. Er hat mir kurz danach noch einen Brief geschrieben, doch ich habe die Annahme verweigert. Viele Male habe ich mir den Kopf darüber zerbrochen, was wohl daringestanden hat. Aber letztendlich war es nicht wichtig. Es hätte nichts geändert.«

»Mama …«, begann Romy und zögerte.

Wie konnte das bloß sein?

Nach all dem, was sie von Xavi wusste, nachdem sie diese romantischen Briefe voller Sehnsucht und Hoffnung gelesen hatte … Wie passte das mit dem Bild zusammen, das Neele von ihrem Vater hatte? Hatte er sich seitdem geändert? Hatte er all das bereut? Oder gab es noch eine andere Wahrheit, die der Geschichte ihrer Mutter widersprach?

»… du solltest die Briefe lesen«, sagte Romy. »Alle.«

Kapitel 33

Vom Roncalliplatz warf Romy einen Blick zurück auf den imposanten Kölner Dom. Sie fühlte sich an Mallorca erinnert, an die Kathedrale in Palma, wie sie im Abendlicht leuchtete und erhaben über dem Meer thronte, so einladend und freundlich. Im Gegensatz dazu sah der Dom zwar düster und beinahe spießig aus, dennoch mochte ihn Romy. Nicht das Gebäude an sich, sondern weil er sie immer daran erinnerte, dass sie zu Hause war.

»Romy? Bist du noch da?«, fragte eine Stimme in ihrem Headset, während sie mit ihren Krücken weiter Richtung Laurenzgittergäßchen humpelte.

»Ja, ich bin noch da.«

Jannick war auf dem Weg zu einem Termin bei einem Hersteller für Fahrradzubehör und hatte Romy angerufen, um ihr zu sagen, dass er an sie dachte.

Wie schön …

Außerdem sprühte er mal wieder vor positiver Energie und wünschte ihr Glück und Erfolg für das anstehende Vorstellungsgespräch. Romy hatte ihm in einer Nachricht davon erzählt.

»So, ich muss jetzt rein«, sagte er, und Romy hörte, wie sein dickes Fahrradschloss klickte. »Dein Gespräch wird sicher super. Warum hätten sie dich sonst einladen sollen?«

»Ja, stimmt schon. Aber der Laden ist eine ganz schön große Nummer.«

»Das macht nichts. Du bist eine Nummer größer.«

Romy schmunzelte.

»Zu plump?«

»Definitiv.«

Sie lachten.

»Sei einfach du selbst – und noch viel wichtiger: Hör auf dein Herz, okay?«

Seine Worte waren Balsam für Romys Seele. Überhaupt tat es unvorstellbar gut, seine Stimme zu hören. Seit seinem Besuch im Krankenhaus hatten sie nicht mehr miteinander gesprochen, dafür unzählige Nachrichten geschrieben. Romy lächelte und würde mit einem guten Gefühl in das Vorstellungsgespräch gehen.

»Okay«, sagte sie. »Ich …«, Romy zögerte und biss sich auf die Lippe, »… wünsche dir auch viel Erfolg bei deinem Termin.« Sie kniff die Augen zusammen und konnte förmlich hören, wie er grinste. »Dann bis später, okay?«

»Ja, sag mir Bescheid, wie es gelaufen ist.«

»Mach ich.«

Sie legte auf und verstaute die Kopfhörer in ihrer Umhängetasche. Am Alten Markt Ecke Bechergasse blieb sie stehen. Der Juwelier Silberstein gehörte zu den großen und geschichtsträchtigen Juwelieren in Köln und im ganzen Rheinland. Die Lage, der Schriftzug an der Hausfassade, das Schaufenster, die Auslage. Alles stand für Reichtum und Luxus. Romy hatte sich sofort nach Erscheinen auf die Stellenausschreibung beworben und sich wenig bis keine Chancen ausgerechnet. Zu etabliert war der Laden, zu luxuriös und zu viele Klassen über ihrer Arbeitserfahrung. Doch die Einladung kam schon am nächsten Tag, und jetzt stand sie hier, möglicherweise auf der Schwelle zu einem neuen Kapitel ihres Arbeitslebens. Vor der großen Fensterfront richtete Romy ihre Haare und sah auf die Uhr. Zehn Minuten zu früh, genau wie geplant. Sie nickte sich selbst bestätigend zu, lächelte noch einmal bei dem Gedanken an Jannicks Worte und betrat trotz der Krücken selbstsicher das Geschäft.

Der Laden war traditionell und teuer ausgestattet. Überall funkelte es, ob von der Decke, aus den Vitrinen oder den Auslagen, auf die Romy ihren Blick als Erstes richtete. Teure Colliers, Uhren, Ringe mit Steinen so groß wie Oliven. Hier gab es wenige Stücke unter drei- oder viertausend Euro, von der Obergrenze ganz zu schweigen.

Ehe Romy sichs versah, eilte eine steife Verkäuferin auf sie zu. Mitte vierzig, spießiges Kostüm und perfekt geschminktes Gesicht. Ihr Blick trug den Untertitel: »Dieses Geschäft ist ganz sicher nichts für dich, Schätzchen.«

»Darf ich Ihnen behilflich sein?«, fragte sie stattdessen, und Romy hörte den herablassenden Unterton in ihren Worten.

»Ich habe einen Termin mit der Geschäftsführerin, Frau Rummel.«

Die Verkäuferin hob eine Augenbraue, was nichts an ihrer ablehnenden Haltung änderte, im Gegenteil.

»Und Sie sind?«

»Romy Fink.«

»Aha.« Die zweite Augenbraue wanderte auf die Stirn der Dame. »Folgen Sie mir.« Ihr Blick fiel auf Romys Bein. »Sofern das … möglich ist.« Dann ging sie durch den Laden zu einem der hinteren Büroräume.

Na, das konnte ja was werden.

Romy folgte ihr.

»Frau Rummel, eine Frau Fink für Sie.«

»Ah, ja. Kommen Sie rein.«

Romy hinkte an der Verkäuferin vorbei, die nach teurem Parfüm roch, und betrat das Büro, das eher einem piekfeinen Hotelzimmer glich. Edle Tapeten, ein antiker Schreibtisch aus Ebenholz, ausladende Ledersofas, daneben ein Sektkühler. Es verfehlte nicht die gewünschte Wirkung. Frau Rummel trat auf Romy zu und streckte ihre Hand zur Begrüßung aus. Die etwa fünfzigjährige Geschäftsführerin wirkte deutlich netter als ihre Mitarbeiterin. Sie trug einen kurzen, modernen Bob, Stiftrock, Bluse und zeigte ein ehrliches Lächeln.

»Guten Tag, Frau … oh«, sagte sie, als sie die Krücken bemerkte. »Fink, richtig?«

Romy lehnte eine der Gehhilfen an ihre Hüfte und erwiderte den Handschlag. »Genau, Romy Fink.«

»Bitte, setzen Sie sich«, bat Frau Rummel, ohne sich selbst weiter vorzustellen. Sie deutete auf eines der Sofas.

Romy nahm Platz und schob ihr Bein unter den Glastisch.

»Danke, Agatha.«

Die Verkäuferin verzog süffisant ihren Mund und schloss die Tür.

»So, Frau Fink. Schön, dass Sie da sind. Also, Ihre Unterlagen und Arbeitsproben haben uns gut gefallen. Sie sind ja noch relativ frisch mit der Ausbildung fertig, aber Sie konnten, wenn ich das richtig sehe, schon eine Menge praktischer Erfahrung sammeln.«

»Ja, das stimmt. Ich habe eigentlich von Anfang an voll mitgearbeitet und in den letzten beiden Jahren die Leitung des Ateliers *Svenja Kolowski* übernommen«, erklärte Romy bemüht förmlich.

»Das klingt sehr gut. Und abwechslungsreich. Und was reizt Sie an unserem Haus?«

»Die Extravaganz Ihrer Entwürfe, die gehobene Qualität der Fertigung …« Romy hatte sich jede Menge Floskeln zurechtgelegt.

»Der Luxus?« Frau Rummel lachte.

»Der auch.«

»Sagen Sie, was ist denn mit Ihrem Bein passiert? Das sieht ja schmerzhaft aus.«

Romy war etwas irritiert von der eigentlich nicht ungewöhnlichen Frage. »Ich, äh…« Sie sagte lieber nichts von der Schlange. »Ich bin gestürzt.«

»Das tut mir leid. Aber es beeinträchtigt Sie nicht?«

»Nein, bestimmt nicht.«

»Na gut. Kommen Sie mal mit, ich zeige Ihnen die Werkstatt.«

Romy folgte Frau Rummel einige Türen weiter in einen großen Raum, in dem acht ordentliche Werktische hintereinanderlagen. Sieben Goldschmiede arbeiteten mit weißen Handschuhen an kostbaren Schmuckstücken, sahen durch riesige Lupen und verzogen keine Miene. Es lief weder Musik, noch schien es Unterhaltungen zu geben. Nicht einmal eine Kaffeetasse war auf den Arbeitstischen zu sehen.

»Dieser Platz wäre Ihrer. Sie wären unsere jüngste Kollegin, zumindest in Arbeitsjahren gesprochen.« Sie lachte kurz auf und ging weiter. »Sie haben jedes erdenkliche Werkzeug und Material zur Verfügung und haben die Pflicht und Herausforderung, den besten Schmuck herzustellen, den Sie in sich tragen. Tag für Tag, ohne Ausnahme.«

»Ja. Also … ja, natürlich.«

»Okay. Ich bin überzeugt davon, dass Sie das schaffen. Allerdings müssten wir einen Probearbeitstag vereinbaren, damit unser Designchef Albert etwas Zeit mit Ihnen verbringen kann. Das ist reine Formsache. Ich kann Sie sozusagen schon *beinahe* beglückwünschen.«

»Das klingt ja … super.«

»Toll. Ach so, ab wann könnten Sie denn anfangen? Sie haben ja sicher noch eine Kündigungsfrist einzuhalten.«

»Also, eigentlich könnte ich sofort anfangen.«

»Oh«, bemerkte Frau Rummel interessiert. »Darf ich fragen, wie sich das ergeben hat?«

»Ich wollte eine Veränderung. Daher habe ich bereits gekündigt.«

»Aha, Sie meinen es also ernst. Sehr gut. Ich schätze das.« Frau Rummel ging voraus, zurück in den Verkaufsraum und zur Eingangstür.

»Wie sieht es am kommenden Montag bei Ihnen aus? Ginge das zum Probearbeiten? Sie gefallen mir gut, Frau Fink, und ich denke, auch anhand Ihrer Arbeiten passen Sie sehr gut in unser Team.« Sie strahlte Romy an. Dann wanderte ihr Blick zu Romys Kette und blieb daran haften. »Sagen Sie, diese Kette, wo haben Sie die her?«

Romy trug den filigranen Lilienanhänger, den sie geschliffen und aufpoliert hatte, sodass er glänzte.

»Das ist eine meiner Arbeiten«, sagte sie stolz.

»Bemerkenswert. Und gleichzeitig beklagenswert. Bei uns wären Sie ausschließlich für den Bereich Verlobungs- und Trauringe zuständig. Für solche extravaganten Stücke müssten Sie weit mehr Erfahrung mitbringen.«

Frau Rummels Bemerkung fuhr wie ein Stich in ihre Gedanken. Sie stellte sich vor, jeden Tag hierherzukommen, mit den besten Goldschmieden Kölns zu arbeiten, an dem hinten gelegenen Arbeitsplatz. Romys Hand tastete nach der Lilie, die direkt über ihrem Herzen lag.

Hör auf dein Herz.

Als sie in Gedanken diese Worte aussprach, passierte etwas in ihr. Eine winzig kleine Erkenntnis, die eine Menge Wirbel machte und sich dann in Form eines zufriedenen Lächelns auf Romys Lippen legte.

Sie würde es tun.

»Also«, meinte Frau Rummel. »Dann geht es am Montag los?«

»Frau Rummel, wissen Sie was …«

Die Geschäftsführerin sah Romy aufmerksam an.

»Ich danke Ihnen sehr. Aber ich glaube, ich weiß jetzt, was ich tun werde. Ich werde auf mein Herz hören.«

Kapitel 34

Der Rheingarten glich einem öffentlichen Freibad. Radler, Jogger, Mamis mit Kinderwagen und Touristen drängten sich über die Wege entlang des Rheins unter der Hohenzollern- und der Deutzer Brücke. Die Rasenflächen waren belegt mit Badetüchern, auf denen sich überwiegend junge Menschen in der Sonne rekelten und sich amüsierten. Typisch für einen Samstag mit blauem Himmel und wärmenden Sonnenstrahlen. Dennoch hatten Romy und Kathi eine der begehrten Sitzbänke mit Blick auf den Fluss ergattern können, nachdem ein streitendes Paar das Weite gesucht hatte.

Sie hatten jede zwei Kugeln köstliches Joghurteis verspeist, als Romy erneut nach ihrem Block griff. Sie zeichnete aber keine neuen Schmuckstücke, sondern hatte eine lange Liste mit Geschäftszahlen vor sich. Raummiete, Versicherung, Einrichtung, Marketing, Telefon, Werkzeug, Material … Es kam eine stolze Summe zusammen.

»Ich find's echt gut, dass du nicht bei diesem Luxus-Juwelier anheuerst«, sagte Kathi und leckte sich Eisreste von den Fingern. »Diese Schickimicki-Leute … Das würde einfach nicht zu dir passen. Allein die Vorstellung, den ganzen Tag da zu sitzen, mit stummen Kollegen um dich herum, ohne Musik, ohne … Spaß? Da war es ja sogar bei Svenja noch besser.« Sie wischte sich die Hand an der kurzen Hose ab. »Nee, mach mal lieber dein eigenes Ding.«

»Es wäre gutes Geld gewesen. Von dem Renommee ganz zu schweigen.«

»Vergiss das Renommee. Und das Geld auch. Jannicks Tipp hat es auf den Punkt gebracht. Hör auf dein Herz.«

»So wie Rubén und Elli?« Romy sah den kleinen Booten zu, wie sie sich durch die Bugwellen der mächtigeren Lastkähne kämpften.

»Sie haben es offensichtlich versucht. Selbst wenn es schiefgegangen ist. Sie haben eine Tochter bekommen, und die hat wiederum eine Tochter bekommen. Und diese beiden haben sich ausgesprochen und sind auf dem besten Weg, endlich eine schöne Mutter-Tochter-Beziehung aufzubauen. Also ja, so wie Rubén und Elli.« Kathi nickte sich selbst bestätigend zu. »Ich finde es erstens total schön, dass ihr euch aufeinander zubewegt, du und deine Mum. Und zweitens ist es unglaublich, dass sie dir mit dem Laden hilft.«

Romy nickte nachdenklich. Ja, sie war auch froh und erleichtert darüber, dass sie und Neele sich ausgesprochen hatten, dass sie offen und ehrlich miteinander gewesen waren. Dass sie gemeinsam Tränen vergossen und sich gegenseitig getröstet hatten. Und dass Neele ihr versprochen hatte, ihr dabei zu helfen, ihren Traum vom eigenen Atelier wahr werden zu lassen.

»Romy, wie wäre es denn eigentlich, wenn du erst mal weiter bei uns zu Hause arbeitest?«, dachte Kathi laut. »Keine Fixkosten außer der normalen Miete, wir trennen in deinem Zimmer einen Bereich ab, in dem du rumsauen kannst. Groß genug ist es ja. Und Termine machst du bei den Kunden zu Hause.«

»Kathi, du bist die Beste.« Romy lächelte dankbar und spann den Gedanken etwas weiter. »Referenzen und Kontakte zu Kunden habe ich genug, und Material kaufe ich je nach Bedarf ein. Ich fange mit Verlobungs- und Eheringen an und arbeite mich Stück für Stück zu einer eigenen Schmuckkollektion vor.« Unbewusst begann sie, einen Armreif auf dem Block zu skizzieren. »Ja, die Idee gefällt mir.«

»Und das wäre nur Plan B. Plan A steht ja noch, oder? Wann ist der Banktermin?«

»Am Dienstag.«

»Na also. Das wird schon.«

»Na ja, das muss es auch irgendwie. Ich habe zwar ein paar Euro gespart, aber in vier Wochen bekomme ich mein letztes Gehalt.«

Allein der Gedanke daran ließ Romy einen Schritt zurücktreten und sich fragen, ob sie nicht besser den Job bei Silberstein angenommen und von da aus weitergesehen hätte. Aber sie hatte mal in einem schlauen Buch gelesen, der Mensch sei wie eine Pflanze. Um zu wachsen, brauche er genügend Freiraum.

»Sag mal, was ist eigentlich aus deinem Techtelmechtel mit diesem ...«

»Robert.«

»... Robert geworden?«, fragte Romy, als sie einen gut aussehenden Mann vorbeilaufen sah, der Kathis Beschreibung ihrer kleinen Affäre sehr nahekam.

»Er ist süchtig nach mir«, sagte Kathi kichernd.

Romy, die gerade einen Schluck Wasser getrunken hatte, verschluckte sich vor Lachen und hustete um ihr Leben.

»Bitte, bitte geh nicht weiter darauf ein, okay?«

»Na gut. Aber morgen sehen wir uns wieder. Kino. Autokino. Das heißt, wir bezahlen vierundzwanzig Euro für zwei Stunden Knutschen über dem Schaltknüppel. Und ein paar kurze Popcornpausen.«

Romy hielt sich die Hände vor die Augen und lachte erneut.

»Und das Beste: Er ist Bäcker.«

»Wo hast du ihn noch mal kennengelernt?«

»Ich mache doch öfter mal Probekäufe in anderen Bäckereien. Meine Jungs kriegen diese Plundertaschen mit Pudding einfach nicht so fluffig hin. Und diese in dem Laden bei der Stadtbibliothek, die waren echt gut. Und, na ja, der Bäcker …«

»Ach komm, das glaubt dir doch kein Mensch. Wie war es wirklich?«

»Tinder«, sagte Kathi, und sie lachten beide so laut, dass ein Baby im vorbeifahrenden Kinderwagen sich erschreckte und anfing zu weinen.

»Aber er ist wirklich süß. Ich glaube, das könnte was werden.«

»Und was ist mit Doktor Frey aus Palma?«

»Na ja, das wäre dann *mein* Plan B.«

Sie grinsten sich an.

Romy freute sich aufrichtig für Kathi. Sie hatte schon viele Dates gehabt, war damit mehrfach auf die Nase gefallen, aber hatte nicht aufgehört, ihr Glück selbst in die Hand zu nehmen. Und nun war es vielleicht endlich so weit, und ihr Durchhaltevermögen zahlte sich aus.

»Nach dir und Jannick frage ich erst gar nicht mehr, oder?«

»Ach …«, begann Romy und sah Kathi grinsend an. »Ich glaube … ich werde ihn besuchen …«

»Romy Fink. Du, ich, Flasche Wein. Morgen Abend nach dem Kino.«

Romy zog eine betont pikierte Grimasse, nickte aber dann.

»So, ich muss erst mal wieder in die Bäckerei.« Kathi stand auf und gab Romy einen Kuss auf die Wange. »Bin stolz auf dich. Es wird gut.«

»Danke. Bis später dann.«

Romy blieb noch eine Weile auf der Bank sitzen und dachte über Kathi, über Jannick und ihr eigenes Atelier nach. So viele Kleinigkeiten hatten dazu geführt, dass sie jetzt hier in diesem Moment am Rhein saß und ihre Selbstständigkeit plante. Jannick als großes Vorbild, was die Umsetzung seiner Wünsche und Träume anging, ihre Mutter als neu gewonnene Unterstützerin und Elli und Rubén … ja, wofür standen die beiden eigentlich? Was war ihre Geschichte? Durch ihre Mutter und durch die Briefe wusste Romy eine Menge über die Vergangenheit der beiden, aber irgendetwas sagte ihr, dass Rubén kein so schlechter Mensch gewesen sein konnte, wie Neeles Großmutter Marianne es behauptet hatte. Als die Sonne etwas schwächer wurde, stand Romy auf und gab die Bank für das Pärchen frei, das seit einigen Minuten darauf lauerte. Sie ging zur Haltestelle am Heumarkt und stieg in den Bus, der sie nach Hause brachte. In ihrer Straße angekommen, humpelte sie bis vor ihre Haustür. Sie betrat den großen, kühlen Flur und warf einen flüchtigen Blick durch die Briefkastenklappe ihres Faches. Romy entdeckte etwas darin, schloss die Klappe auf und zog ein braunes Kuvert heraus. Es war an sie adressiert. Romy sah auf den Poststempel. Spanien. Mallorca!

Mit kribbeligen Fingern riss sie den Umschlag auf und zog den Inhalt heraus. Ein Brief in einem verschlossenen Kuvert. Darauf klebte eine gelbe Notiz. Eine Krücke fiel krachend auf den Boden, doch Romy zuckte nicht einmal zusammen. Stattdessen las sie aufgeregt, was auf dem Zettelchen stand.

> *Rubén hat mir heute diesen Brief in die Hand gedrückt. Ich dachte, du solltest ihn bekommen. Ich hoffe, du bist deinen Träumen bereits einen Schritt näher gekommen. Beso, Xavi*

Romy riss den Zettel von dem Briefumschlag. Ein Vermerk der Post ließ darauf schließen, dass die Empfängerin die Annahme des Briefes verweigert hatte und der Brief an den Absender auf Mallorca zurückgesandt worden war. Der Brief war an Neele Fink adressiert.

Kapitel 35

Romy hatte sich gar nicht erst die Mühe gemacht, die vier Stockwerke bis zu ihrer Wohnung hinaufzusteigen, was sich mit Krücken jedes Mal wie ein Marathon mit Klettereinlage anfühlte. Sie steckte den Brief ein und machte sich direkt auf den Weg zu ihrer Mutter, die wahrscheinlich noch in der Arbeit feststeckte.

> Mama, ich erreiche dich nicht und komme jetzt zu dir. Ich muss dir unbedingt etwas zeigen. Wenn du für heute Abend etwas vorhattest, sag es ab. Es geht um …

Rubén? Opa? Deinen Vater? Romy löschte die letzten drei Worte und schickte die Nachricht ab. Es war seltsam, plötzlich einen Großvater zu haben, wo es doch vorher immer nur Romy und ihre Mutter gegeben hatte. Bei genauerer Überlegung kam es ihr heute wie eine vertane Chance vor, dass sie niemals Kontakt zu Tante Elise gesucht hatte. Nach all dem, was Romys Mutter über sie erzählt hatte, war sie zwar nie auf ein regelmäßiges Beisammensein bedacht gewesen. Neele hatte sie als egoistische, wenig einfühlsame Person beschrieben, doch sie war es gewesen, die all das hier angestoßen hatte. Aus irgendeinem Grund hatte sie Romy das Medaillon zukommen lassen.

Wieder stellte sich die Frage, ob Tante Elise es gewollt, ja forciert hatte, dass Romy Erkundungen über die Vergangenheit anstellte und die Wahrheit herausfand. Hatte sie ihr schlechtes Gewissen über die Verschleierung dazu getrieben? Oder war es purer Zufall gewesen, und sie hatte Romy das Medaillon tatsächlich nur vermacht, damit sie es als Goldschmiedin nach jahrelanger Vernachlässigung reparierte? Diese Fragen würden sich höchstwahrscheinlich niemals klären lassen. Und dennoch hatte all das dazu geführt, dass Romy nun einen Brief in den Händen hielt, den Rubén vor Jahren an seine Tochter Neele, Romys Mutter, geschrieben hatte.

Romy nahm den Bus Richtung Hauptbahnhof, stieg dann in die Straßenbahn nach Norden und an der Station am Butzweilerhof aus. Sie war selten hier in der Gegend um Köln Ossendorf, wo sie aufgewachsen war und die meiste Zeit damit verbracht hatte, mit ihren Freundinnen die Hinterhöfe und Spielplätze zu erkunden. Damals waren Wörter wie *abenteuerlustig* oder *unerschrocken* noch Begriffe gewesen, mit denen sie sich selbst beschrieben hätte. Als Teenager hatte das Ganze schon anders ausgesehen. Geprägt von Mamas missmutigen Launen gegen alles und jeden hatte auch sie sich einen Schutzschild aus Ablehnung und Skepsis aufgebaut. Sie war dem Leben hinterhergelaufen und hatte ihm nicht ihren Takt vorgegeben.

Genau wie ihre Mutter.

Jetzt, da sich die Vergangenheit entgegen allen physikalischen Gesetzen veränderte, hatte Romy mehr Verständnis für ihre Mutter und sah auch ihre eigene Jugend in einem anderen Licht. Wieder stellte sie sich Fragen, die mit *Was wäre gewesen, wenn …* begannen.

Doch was geschehen war, war geschehen. Das Einzige, was sie tun konnte, war, ihrem eigenen Leben eine größere Bedeutung beizumessen. Sie wollte sich nicht länger vor ihren

Gefühlen, ihrer Leidenschaft und ihren Ängsten verstecken. Sie wollte Chancen nutzen, Wagnisse eingehen, lieben.

Als Romy mit ihren Krücken durch die schmale Straße ging, an deren Ende sich das winzige Häuschen befand, in dem sie damals noch zu zweit gewohnt hatten, schossen ihr Bilder und Situationen von früher durch den Kopf. Dort wo heute eine moderne Stadtvilla stand, war früher ein Spielplatz gewesen, auf dem sie mit den Nachbarskindern Fangen gespielt hatte. Auf der anderen Seite hatte einer dieser roten Kaugummiautomaten gehangen, aus denen Romy glitzernde Plastikringe und kleine Spielzeuge gezogen hatte.

Und weiter vorn hatte ein Mann mit einem Dackel gewohnt, den sie heimlich mit Würstchen aus dem Glas gefüttert hatte.

Romy musste fast schmunzeln, als sie das Ende der Straße erreichte und vor dem Haus ihrer Mutter stehen blieb. Es war in die Jahre gekommen. Die Farbe blätterte von den Holzfenstern, der schmale Garten war ein ausgewachsener Dschungel, und der Zaun hing windschief Richtung Gehsteig. Sobald ihr Bein wieder in Ordnung war, würde Romy zum Renovieren vorbeikommen und alles in Schuss bringen. Ihrer Mutter machte es nichts aus, das wusste sie, aber auch sie würde sich wohler fühlen, wenn das Haus gepflegt war.

Neeles Škoda stand noch nicht an der Straße, also ging Romy durch das Eingangstörchen, setzte sich auf den obersten Treppenabsatz vor die Haustür und wartete. Sie wählte erneut Neeles Nummer, doch ihre Mutter nahm nicht ab. Romy dachte darüber nach, dass es während der gesamten Kindheit eigentlich nie um die Eltern, sondern immer nur um die Kinder ging – um ihre Probleme, Wünsche, Ängste, Träume, Ziele. Romy wusste so wenig über ihre Mutter, dass es sie erschreckte. Sie wusste nicht, wie ihre Jugend gewesen war, zu welcher Musik sie getanzt hatte, wann sie ihren ersten Rausch gehabt und wo sie ihren ersten Kuss bekommen hatte oder welche Erinnerungen sie mit ihrer Großmutter verband.

In diesem Moment spürte Romy, dass es jetzt an der Zeit war, auch für ihre Mutter da zu sein.

Romys Handy summte.

Ich bin in zwei Wochen in Köln. Wie stehen die Chancen, dass wir uns sehen? Jannick

Ein warmes Kribbeln durchzog ihren Bauch.

Ich weiß nicht, ob ich so lange warten kann, wollte sie antworten und grinste. Stattdessen schrieb sie:

Gehen wir zum Mexikaner? :-)

Ihre Sehnsucht nach Jannick wuchs mit jedem Tag. Sie musste sich dringend etwas einfallen lassen, wie sie ihm erklären konnte, was alles in ihrem Kopf vorging. Sie musste ihm bald alles genau darlegen, das stand für sie fest.

In diesem Moment fuhr ein grauer Kleinwagen heran und hielt vor dem Gartentor. Ihre Mutter stieg aus und erschrak, als sie bemerkte, dass jemand auf ihrer Treppe saß.

»Schatz, was machst du denn hier?«, rief sie besorgt und legte eine Hand auf die Brust.

»Hast du meine Nachricht nicht bekommen?« Romy rappelte sich mühsam hoch und begrüßte ihre Mutter.

»Ich hab das blöde Handy zu Hause liegen lassen. Aber sag, was machst du hier? Ist etwas passiert?«

»Na ja, irgendwie schon.«

Neele schloss die schwere Haustür auf und trat in den Flur. »Ja, sag schon. Was ist es?«

Romy folgte ihr und hängte ihre Tasche an die Garderobe. »Vielleicht setzen wir uns lieber.«

»Jetzt spann mich bitte nicht auf die Folter. Der Tag heute war wirklich mies. Es gibt Probleme mit den Rechten bei einem der Bestseller aus den USA. Du glaubst nicht, was da los war. Die drehen alle durch. Dann sollen sie doch mal neue Autoren entdecken, anstatt immer nur die gleichen zu verlegen. Also, sprich«, forderte sie Romy auf und legte klimpernd ihre Schlüssel auf das dafür vorgesehene Schränkchen an der Tür zur Küche.

Der alte Holzboden knarzte unter Romys Gipsfuß. Schon damals war es unmöglich gewesen, das Haus zu verlassen, ohne dass Neele es bemerkt hätte.

»Hast du einen Weißwein da?«, fragte Romy und folgte ihrer Mutter in die Küche.

»Ja, bestimmt.«

Romy öffnete den Kühlschrank und durchstöberte dessen Inhalt. Sie entschied sich für die Flasche mit dem schöneren Etikett und klemmte sie sich unter den Arm. Dann nahm sie zwei passende Gläser aus dem Oberschrank und humpelte durch den kleinen Rundbogen ins Wohnzimmer.

Als ihre Mutter von der Toilette wiederkam, hatte Romy es sich auf der Couch gemütlich gemacht und zwei Gläser Wein eingeschenkt, die auf dem Tischchen mit der Spitzendecke standen.

»So, du sagst mir jetzt sofort, was los ist. Du machst mich ganz verrückt. Hat die Bank den Termin abgesagt? Ist irgendwas mit Jannick?«

Romy zog den Briefumschlag hervor und streckte ihn Neele hin. »Der hier war heute in der Post.«

Neele betrachtete die Aufschrift auf dem Kuvert und wurde plötzlich still.

»Der ist …?« Sie ließ sich auf das Sofa neben Romy fallen.

Romy nickte bedächtig.

Neeles Kopf sank bleischwer auf ihr Brustbein. »Schatz, ich weiß nicht, ob ich das kann«, sagte sie leise. »Ich hatte mit dem Thema abgeschlossen und mein Leben so eingerichtet, dass es okay war. Nicht besonders gut, aber okay.« Tränen sammelten sich in ihren Augenwinkeln.

Romy legte ihre Hand auf das schmale Knie ihrer Mutter. »Ich weiß, Mama. Wenn du den Brief nicht lesen willst, ist das auch okay. Es ist nur … ich habe das Gefühl, dass irgendetwas an der Sache nicht richtig ist. Das, was dir deine Großmutter Marianne anvertraut hat, bevor sie starb. Die Sache mit dem Unfall. Ich kann es einfach nicht glauben. Und vielleicht hat der Brief etwas damit zu tun … Aber egal was drinsteht oder was passiert, ich will, dass du weißt: Ich bin immer für dich da. Mir ist in der letzten Zeit vieles klar geworden. Wir sind alle nur ein Produkt von dem, was wir erlebt haben, und manche Erlebnisse können wir nicht beeinflussen. Andere aber wiederum schon. Und … ich glaube, wir haben viel nachzuholen.«

Neele sah Romy mit weichem Blick an. Sie presste ihre Lippen aufeinander und rang um Fassung.

»Danke, mein Schatz. Weißt du, du bist so viel wunderbarer geworden, als ich es mir jemals hätte erträumen können. Und es ist so viel Wahres an dem, was du sagst. Aber diese Geschichte hat mich die meiste Zeit meines Lebens gekostet, mich fast in den Wahnsinn getrieben. Ich habe Jahre gebraucht, um meinen Unmut, ja meinen Hass auf meinen Vater unter Kontrolle zu bekommen. Ich weiß nicht, ob ich das noch einmal schaffe.«

Etwa eine halbe Minute lang gelang es Neele, gegen ihre Neugier anzukämpfen. Sie erkannte, dass es sie genauso verrückt machen würde, *nicht* zu wissen, was in dem Brief stand. Dann hob sie den Kopf und nickte. »Wir machen es so: Du liest ihn erst mal, und wenn du der Meinung bist, ich kann damit umgehen, dann liest du ihn mir vor.«

Romy fuhr sich durchs Haar und nippte an ihrem Wein. Sie wusste nicht, ob sie ihn als erfrischend oder als beängstigend kühl empfinden sollte, als er ihre Kehle hinunterrann.

»Okay«, sagte sie schließlich und öffnete das Kuvert. Zwei gefaltete Seiten waren darin, und Zeile um Zeile sog sie den Inhalt in sich auf. Sie konnte sich gar nicht vorstellen, wie es für ihre Mutter sein musste, ihr dabei zuzusehen, wie sie dem vielleicht größten Geheimnis ihres Lebens auf den Grund ging. Aus dem Augenwinkel bemerkte sie, dass Neele sich immer tiefer in das Sofa drückte und dabei auf der Unterlippe kaute, wie Romy es manchmal tat, wenn sie nicht weiterwusste.

Ihr Atem ging schneller und ihr Herz galoppierte, bis sie es nicht mehr aushielt und ihrer Mutter den Brief in die Hand drückte.

»Mama, du musst das lesen«, schoss es aus ihr heraus. »Bitte.«

»Also ist es etwas Gutes?«

»Ich … ja. Ich denke schon. Ich habe es erst nicht ganz verstanden, aber du wirst es nicht glauben. Ich glaube, es ist der Brief, dessen Annahme du damals verweigert hast, kurz nachdem Rubén … dich zu Hause besucht hat.«

Ihre Mutter knabberte an ihrer Unterlippe und starrte abwesend in die Küche. Das Kuvert rutschte von Romys Knie und fiel auf den Boden. Es fiel etwas heraus, was Romy wohl übersehen hatte. Ein Foto. Sie hob es auf. Es zeigte ein Mädchen auf einer Schaukel, die von einem Baum herabhing.

»Das bin ich«, sagte ihre Mutter entgeistert.

Romy verschlug es die Sprache. Woher hatte er dieses Bild?

»Okay, lies mir den Brief bitte vor, Schatz«, hauchte sie und legte die zittrigen Hände aufeinander.

Romy legte das Foto neben sich auf das Sofa, nahm den Brief wieder entgegen und begann zu lesen.

Liebe Neele, meine Tochter,
während ich mich mit dem Gedanken tröste, dass uns deine Mutter vom Himmel aus zusieht und für uns da ist, wann immer wir sie brauchen, fühle ich mich von dir so unerträglich weit entfernt, als würden uns Welten trennen.

Ich erinnere mich noch genau an den Tag, an dem deine Mama mit dir in meinem Laden stand. Das war im Oktober 1966. Du hast dich hinter ihrem Bein versteckt und schüchtern gekichert. Von einer Sekunde auf die andere war ich der glücklichste Mann auf der Insel.

Mittlerweile sind viele Jahre verstrichen, du bist längst erwachsen geworden, und ich möchte, dass du weißt, wie glücklich ich war, als deine Mutter plötzlich mit dir an ihrer Seite vor mir gestanden hat. Drei Jahre lang hatte ich auf sie gewartet, ihr viele Briefe geschrieben und nicht gewusst, ob wir uns jemals wiedersehen würden. Während dieser drei langen Jahre wusste ich nicht einmal, dass ich Vater war. Es waren schwierige Zeiten für uns alle. Doch ich muss noch etwas weiter zurückblicken, wenn ich dir von der Liebe zwischen deiner Mutter und mir erzählen möchte.

Als wir uns kennenlernten, war Elli gerade achtzehn und ich zweiundzwanzig. Sie war mit ihren Eltern im Urlaub auf Mallorca. Ich hingegen habe mein ganzes Leben lang hier gelebt. Jedenfalls war ich gerade unterwegs, um Fotos für eines dieser neuen Hotels im Süden zu schießen, als ich einen Esel durch die Felder traben sah. Er rannte genau auf die Steinmauer zu, vor der ich fotografierte. Doch der Esel war nicht allein. Auf ihm saß deine Mutter und schrie aus Leibeskräften. Wäre es nicht so gefährlich gewesen, hätte man fast über den Anblick schmunzeln können. Kurz vor der Mauer ging der Esel auf die Hinterbeine. Ich rannte auf ihn zu, und im nächsten Moment landete deine Mama in meinen Armen. Innerhalb eines Wimpernschlages war es um mich geschehen. Und um sie genauso, wie sich später herausstellte. Wie deine Mama immer sagte: Unsere Herzen begannen, im selben Takt zu schlagen. Ihre Eltern und einige andere Leute kamen daraufhin angeritten, es gab einen großen Aufruhr, mehr darum, dass Elli in meinen Armen lag, als deswegen, weil sie beinahe auf die Steinmauer gestürzt wäre. Sehnsüchtig sahen wir einander nach, als die Eselkarawane sich wieder entfernte. Mein Herz sagte mir, ich brauchte mich nicht zu sorgen. Wir würden uns wiedersehen. Und tatsächlich fanden wir einander. Es war die schönste Zeit meines Lebens. Wir verbrachten wunderbare Tage, teilten unsere Sehnsüchte, Träume und Ziele. Bis in jener Nacht ein Feuer auf dem Hof meiner Eltern ausbrach. Elli war bei mir, und wir löschten die ganze Nacht, vergebens. Am frühen Morgen, der Hof war vollständig abgebrannt, kamen Ellis Eltern, aufgebracht und voller Hass auf mich und ihre Tochter. Sie nahmen Elli gewaltsam mit, brachten sie nach Deutschland, und ich habe drei lange Jahre vergebens auf sie gewartet. Ich habe ihr Briefe geschrieben, versucht, sie ausfindig zu machen, und auf ein Lebenszeichen gewartet, bis sie eines sonnigen Tages endlich mit dir in meinem Laden stand. Meine Briefe waren niemals bei ihr angekommen, Elli sagte mir später, ihr wurden schlimme Dinge angedroht, sollte sie jemals versuchen, Kontakt zu mir aufzunehmen. Deine Großeltern hatten gedroht, dich, Neele, zur Adoption freizugeben, sollte Elli mich kontaktieren. Deine Mama war damals noch minderjährig, und ihre Eltern hätten ihr problemlos das Sorgerecht entziehen können. In meinen schlimmsten Träumen hätte ich mir nicht ausmalen können, dass so etwas Schreckliches passiert.

Als ihr beide schließlich bei mir wart, im Oktober 1966, hatten wir gerade einmal zwei gemeinsame Tage, bevor der Unfall passierte. Wir waren zu dritt unterwegs, auf dem Weg zu unserer Bucht, der Bucht, in der du entstanden bist, Neele. Kein Kind möchte das hören, und dennoch sage ich es dir, weil deine Mama diesen Ort geliebt hat. Es war etwa auf halber Strecke. Ich hatte die Hand auf deinem Schoß, damit du nicht von den Schlaglöchern durchgeschüttelt wurdest. Ich erinnere mich genau, deine Mutter lächelte mich an und sagte mir, dass sie mich liebt. Dann kam der Wagen aus einer Seitenstraße geschossen und krachte in die Beifahrerseite unseres Fiats. Es war ein Wunder, dass wir beide überlebt haben, Neele. Auch wenn ich mich dafür hasste, meine einzige Genugtuung war, dass der Fahrer des Wagens bei dem Unfall gestorben ist. Es stellte sich heraus, dass er getrunken hatte und nicht zum ersten

Mal alkoholisiert Auto gefahren war. Ich hätte niemals mehr zu mir selbst gefunden, wäre der Mörder deiner Mutter immer noch unter uns.

Neele, ich wäre so gern für dich da gewesen. Wir haben uns neben deiner Mama in den Armen gelegen und haben um deine Mutter geweint, doch für die Polizei war ich nicht dein Vater, sondern ein Fremder. Offiziell, so hatte es dein Großvater in Deutschland bei deiner Geburt angegeben, war dein Vater tot. Die Polizisten haben dich mitgenommen und deine Großeltern verständigt. Es war das letzte Mal, dass ich dich gesehen habe. Viele Jahre lang habe ich vor Gericht um dich gekämpft, doch es war zwecklos. Dein Großvater Richard hatte schon in den Jahren davor alles dafür getan, um mich von dir fernzuhalten. Er erwirkte sogar ein Kontaktverbot, damit hatte ich alles verloren, deine Mutter, dich und jede Hoffnung. Er verstarb wenige Tage nach dem Unfall an einem Herzinfarkt. Deine Großmutter gab mir auch daran die Schuld. Es war vorbei, Neele. Ich konnte nicht einmal um deine Mutter trauern und weiß bis heute nicht, was mit ihrem Leichnam geschehen ist, denn er wurde kurz nach dem Unfall nach Deutschland überführt.

Ich weiß nicht, was dir deine Großmutter erzählt hat oder was du über mich denkst. Doch ich möchte es gern herausfinden, ich möchte dich kennenlernen, erfahren, was du aus deinem Leben gemacht hast, welchen Träumen du nachgehst. Wir werden die Zeit nicht zurückdrehen können, doch ich möchte gern versuchen, mir deine Freundschaft zu verdienen.

Wahrscheinlich fragst du dich, warum ich nicht für dich da gewesen bin, wenigstens als du erwachsen wurdest und deine Großmutter keine Handhabe mehr gegen mich hatte. Weißt du, ich habe dich einmal heimlich besucht, als du acht Jahre alt warst. Ein ehemaliger Nachbar, den ich über eine umständliche Suche ausfindig gemacht hatte, gab mir eure Adresse. Ich habe vor eurem Haus gestanden und in den Garten gesehen. Du hast auf einer Schaukel gesessen, die an einem Apfelbaum hing. Du hast gesungen und geschaukelt. Du warst fröhlich, es ging dir gut. Ich stand also an der Straße und habe gedacht, wie es wohl für dich wäre, wenn ich auf dich zukommen und dir erklären würde, ich sei dein Vater. Hättest du Angst gehabt oder dich gewundert? Oder dich womöglich gefreut? Wir hatten damals schließlich nur knapp zwei Tage miteinander verbracht. Und was wäre danach passiert? Ich kann nur Vermutungen anstellen, doch es wäre möglicherweise so gewesen: Deine Großmutter hätte die Polizei gerufen, die mich mitgenommen hätte, da ich gegen das erwirkte Kontaktverbot verstieß. Du hättest nicht verstanden, was das alles bedeutete, und die ganze Aktion hätte nichts außer Verwirrung und Unmut hinterlassen. Du kannst dir nicht vorstellen, wie viel Schmerz es mir bereitet hat, dort in deiner Nähe zu stehen und die Entscheidung zu treffen, nicht zu dir hinüberzugehen. Nicht mit dir zu sprechen. Nicht Teil deines Lebens zu werden. Ich bin beinahe daran zerbrochen, aber ich wusste, dass es das Richtige war. Alles, was ich in diesem

Moment gemacht habe, war ein Foto. Ein Foto, das mich viele Jahre begleitete und mir Kraft gab, wenn ich kurz davor war, aufzugeben. Es ist nicht fair, dass du es warst, die unter all dem leiden musste. In einer anderen Welt wären wir drei bis ans Ende unserer Tage vereint gewesen. Du, deine Mutter und ich. Wir wären unter dem Sternenhimmel im Meer geschwommen, hätten Zitronen aus dem Garten gepflückt und auf der Veranda Spiele gespielt. Unser Leben wäre ein glückliches gewesen, meine Neele. Ich wäre dir der Vater gewesen, den du verdient hast. Doch in dieser Welt kann ich nur der Vater für dich sein, der du mir zu sein ermöglichst. Daher gebe ich dir diesen Brief, jetzt, da du achtundzwanzig Jahre alt bist und deine Großmutter nicht mehr unter uns weilt, in der Hoffnung, dass wir einander wiederfinden und ich für dich da sein darf. Sei es auch nur in Gedanken aus der Ferne. Es tut mir unendlich leid, was das Leben mit uns angestellt hat, und ich wünsche dir, solltest du einmal Kinder haben, dass du imstande bist, ihnen die Liebe zu geben, die ihnen zusteht.

Wenn du mir eines glücklichen Tages vergeben kannst, habe ich mehr erreicht, als ich zu hoffen wagte.

Dein Vater Rubén

Kapitel 36

Eine Woche später

Warme Luft wehte Romy entgegen, als sie mit nur einer der beiden Gehhilfen durch die große Drehtür nach draußen trat. Für einen kurzen Augenblick schloss sie die Augen, genoss das Stimmengewirr der Fußgängerzone, das Knattern einer alten Vespa, den Geruch des Sommers in der Stadt. Ihre Mutter folgte ihr, schob sie sanft einen Schritt zur Seite, um nicht die Drehtür zu blockieren, und stellte den Trolley neben sich ab.

»Komm, lass dich drücken, Schatz«, sagte sie, und Romy schmiegte sich lächelnd an ihre Mutter.

»Herzlichen Glückwunsch. Ich bin sehr stolz auf dich. Du hast das alles ganz toll präsentiert.«

»Danke, Mama. Und danke für deine Hilfe.«

»Ach, ich war völlig überflüssig, du hast das ganz allein geschafft. Sie vertrauen dir und deinen Fähigkeiten. Genau wie ich«, sagte Neele stolz und injizierte Romy damit eine große Portion Glück mitten ins Herz.

»Wir sind eben zwei toughe junge Frauen«, erwiderte Romy, und sie lachten aus voller Kehle.

Es war geschafft. Romy hatte eine prall gefüllte Mappe mit Unterlagen, Arbeitsproben, Entwürfen und einer detaillierten

Geschäftsplanung vorgelegt und die beiden Herren in der Bank über den geplanten Geschäftsverlauf informiert. Neele hatte ihr bei den Zahlen und der Aufbereitung geholfen, und sie hatten mehr als harmonisch zusammengearbeitet. *Vielleicht steige ich ja noch bei dir ein,* hatte Neele gescherzt. Sie war aufrichtig überzeugt von Romys Idee, sich mit einem eigenen Atelier selbstständig zu machen, und sagte, es sei ein mutiger und logischer nächster Schritt.

Romy war so gut vorbereitet gewesen, dass die Bank gar nicht anders konnte, als das Darlehen zu bewilligen. Sie strich über ihren Lilien-Anhänger, der ihr heute Glück gebracht hatte und den sie für ein Logo verwenden wollte.

Wie schnell alles ging, wenn man es einfach nur in die Tat umsetzte.

Romy hielt den unterschriebenen Vertrag in den Händen und konnte es gar nicht richtig glauben.

»Jetzt brauchst du nur noch ein kleines Atelier«, sagte Neele und strich Romy behutsam übers Haar.

»Ja. Es wartet eine Menge Arbeit. Aber die beiden Läden, die ich nächste Woche besichtige, sehen vielversprechend aus.«

»Wollen wir dort kurz vorbeischauen?«

»Würde ich liebend gern, Mama. Aber ich muss doch gleich weiter.«

»Du hast recht«, sagte sie und klopfte gegen den Griff des Trolleys. »Gleich zwei Vorhaben an einem Tag, die dein Leben bereichern werden.« Sie lächelte stolz.

»Weißt du was, Mama? Ich habe nicht die geringste Ahnung, ob das alles funktioniert oder nicht. Vielleicht falle ich damit auch auf die Nase. Aber es fühlt sich verdammt gut an, und selbst wenn es schiefgeht, habe ich es wenigstens versucht.« Romys Wangen glühten vor lauter Vorfreude auf alles, was in den nächsten Tagen, Wochen und Monaten geschehen würde.

Neele schmunzelte. »Sprichst du jetzt von deinem Atelier oder von Jannick?«

»Ich denke, von beidem.« Romy grinste.

»Ich bin sehr stolz auf dich, Schatz. Und jetzt beeil dich. Die Schmetterlinge in deinem Bauch sind sicher schon ganz ungeduldig.«

Romy drückte ihre Mutter fest und küsste sie auf die Wange. Dann wandte sich Neele in Richtung Straßenbahn. Romy sah ihr einen Moment lang hinterher, winkte ihr noch einmal zu, als sie sich umdrehte, und ging dann über die Straße zur Bushaltestelle. Der Bus brachte sie zum Hauptbahnhof, und von dort aus nahm sie die Regionalbahn zum Flughafen Köln/Bonn. Unterwegs klingelte sie kurz bei Kathi durch, um von dem erfolgreichen Termin zu berichten. Romy diagnostizierte bei sich selbst einen bleibenden Gehörschaden, nachdem Kathi mit voller Lautstärke in den Hörer gejubelt hatte. Ihre Bäcker und Verkäuferinnen dachten wahrscheinlich, Kathi habe den Lotto-Jackpot geknackt.

Als Romy eine Viertelstunde später am Gate ankam, war ihr Flug bereits aufgerufen worden, und nur noch einige wenige Passagiere standen an der Ticketkontrolle. Gerade als Romy sich in die Warteschlange einreihte, vibrierte ihr Handy. Eine Nachricht von Kathi. Ein Foto. Von einem Brief. Romy zoomte auf den Adressaufkleber.

Notare Völkers & Partner

Romy spürte, wie ihr Herzschlag schneller wurde. Sie sah, dass Kathi etwas tippte.

Hast du von denen nicht das Medaillon bekommen? Soll ich den Umschlag aufmachen?! Fühlt sich leicht an!

Das sind Tante Elises Nachlassverwalter. Ja, machst du ihn bitte auf und schickst mir ein Foto?

Einige lange Sekunden verstrichen. Romy wurde warm, und sie wedelte sich etwas Luft unter ihr Shirt. Was wollten die Notare noch von ihr? Ein Gefühl der Unruhe breitete sich in ihr aus. Gespannt starrte sie auf das Display, doch es regte sich nichts.

»Ihren Boarding Pass, bitte«, sagte eine hochgewachsene junge Frau in einem blauen Kostüm, als Romys Handy endlich erneut vibrierte. Nervös nestelte sie an dem Telefon herum, schloss eine App, noch eine, öffnete eine andere, bis sie schließlich ihren digitalen Boarding Pass fand und das Display über den Ticketscanner hielt.

»Danke schön. Ihnen einen guten Flug.«

»Ja, äh, danke«, murmelte Romy abwesend, hinkte hektisch ein paar Schritte weiter und lehnte sich gegen eine Glaswand, hinter der sich der Flughafen erstreckte. Sie öffnete Kathis Nachricht, tippte nervös auf den abfotografierten Brief und zoomte ihn größer. Vor Aufregung fiel ihr beinahe das Handy aus der Hand. Sie überflog mehrfach die Zeilen des Anschreibens. Ihre Augen wurden immer größer, als sie verstand, was der Notar ihr darin mitteilte.

Sehr geehrte Frau Fink,

wir bekamen heute Nachricht von einer gewissen Frau Freytag, Mitarbeiterin der Alzheimerstiftung, an die ein Großteil des Nachlasses Ihrer Großtante überging. Offenbar wurde das beigefügte Schriftstück in einer Schmuckschatulle gefunden, die vermutlich zur Aufbewahrung des Ihnen hinterlassenen Medaillons vorgesehen war. Davon geht jedenfalls die Entdeckerin,

Frau Freytag, aus und bat uns, die dort gefundene Notiz an Sie, Frau Fink, weiterzuleiten.

Mit freundlichen Grüßen

Joachim Völkers & Partner

»Entschuldigen Sie. Sie können hier nicht stehen bleiben. Sie müssen sich bitte in das Flugzeug begeben, sonst …«

»Okay, okay«, unterbrach Romy die hochgewachsene Frau. »Eine Sekunde.«

Romy wischte auf ihrem Handy nach oben, um den Bildausschnitt des Fotos zu verändern. Ihr stockte der Atem, als sie Tante Elises Unterschrift auf dem rosafarbenen Notizzettel entdeckte. Dann verspürte sie ein Stechen in der Brust, als sie ihren eigenen Namen las. Die Nachricht war die ganze Zeit in der Schmuckschatulle gewesen.

»Ich muss Sie wirklich bitten …«

»Eine Sekunde. Bitte. Es ist wichtig!«

Die Flughafenmitarbeiterin atmete genervt aus, stemmte ihre Hände in die Hüfte und zog die Augenbrauen hoch. »Eine Sekunde.«

Romy sah auf das Display. Ihr Herz klopfte bis zum Hals.

Liebe Romy,

ich war nicht für meine Schwester da, als es darauf ankam. Vielleicht wäre sie heute noch am Leben, hätte ich mich für sie eingesetzt. Wer weiß das schon. Mein ganzes Leben lang habe ich diese Frage mit mir herumgetragen wie eine Fußfessel, war jedoch nicht mutig genug, ihr nachzugehen. Ich habe Rubén nie kennengelernt, doch ich weiß: Er ist nicht der, für den deine Mutter ihn hält, Romy. Bitte beweise es ihr. Deine Elise

»Oh mein Gott«, flüsterte Romy, ließ den Kopf in den Nacken sinken und starrte aus dem Fenster auf das Rollfeld. Elise hatte all das also tatsächlich geplant. Das Medaillon war ein Aufruf gewesen, Ellis und Rubéns Geschichte nachzugehen, die Vergangenheit zu klären und all die entstandenen Missverständnisse aus der Welt zu räumen. All das, wozu Elise selbst nicht den Mut aufgebracht hatte.

... ich war nicht für meine Schwester da, als es darauf ankam. Vielleicht wäre sie heute noch am Leben, hätte ich mich für sie eingesetzt ...

Elise hatte offenbar Schuldgefühle gehabt. Deswegen hatte sie Romy das Medaillon zukommen lassen. Romy versuchte krampfhaft zu verstehen, welche Rolle Elise in dem Ganzen gespielt hatte. Ihr war immer noch unklar, wie viel Elise über die Liebesgeschichte von Elli und Rubén gewusst hatte, wie viel ihr von den Lügen ihrer Eltern bekannt gewesen war – jenen Lügen, die das Leben ihrer Mutter Neele und auch ihr eigenes auch noch so viele Jahre nach Ellis Tod nachhaltig bestimmt hatten.

Offenbar hatte Tante Elise Rubén selbst nicht gekannt. Doch sie musste gewusst haben, dass der Unfall, und damit auch Ellis Tod, nicht seine Schuld gewesen waren. Wieso hatte sie das für sich behalten? War der Druck ihrer Eltern auf sie so groß gewesen? Oder war sie vor der Wahrheit davongelaufen? Und warum hatte sie all das nicht in einem ausführlichen Brief an Neele direkt oder an Romy geschrieben, statt der kurzen Notiz? Hatte sie gewollt, dass sich Romy als Enkelin der beiden auf die Reise in die Vergangenheit machte? Diese Fragen würden wahrscheinlich nie geklärt werden, aber immerhin wusste Romy nun, dass sie selbst das Richtige getan hatte. Sie hatte

Elises kryptischen Aufruf mit Kathis Hilfe entschlüsselt, hatte die Reise nach Mallorca angetreten und die wahre Geschichte ihrer Großeltern Elli und Rubén aufgeklärt. Nicht nur das, sie hatte auch herausgefunden, dass ihr Großvater noch lebte und dass er nicht der schlechte Mensch war, den Urgroßmutter Marianne aus ihm gemacht hatte.

Langsam hob Romy den Kopf, atmete einige Male tief durch und ging zum Flugzeug. Mallorca, das Medaillon, Rubén, all das kam ihr plötzlich so weit entfernt vor. So, als läge das eigentliche Abenteuer erst noch vor ihr, nicht, als habe sich gerade das letzte Puzzleteil in das große Ganze gefügt.

Kurz bevor sie den Flieger bestieg, hielt sie noch einen Moment inne und tippte eine kurze Nachricht an Kathi. Ein Lächeln umspielte ihre Lippen. Noch vor wenigen Tagen hatte sie Elises Medaillon getragen, und der Brief darin hatte ihr die Geschichte um Elli und Rubén nahegebracht. Ihre Hand wanderte an ihren Hals. Nun trug sie ihren eigenen Schmuck mit ihrer eigenen Geschichte. Einer Geschichte, die noch längst nicht abgeschlossen war. Einer Geschichte, in der jemand eine zunehmend größere Rolle spielte – doch ein entscheidender Schritt dazu fehlte. Sie dachte an Jannick. Ihr Herz hüpfte vor Freude. Dann verschwand sie in der Maschine, die sie endlich zu ihm bringen würde.

Eine Stunde später landete der Flieger in Berlin-Tegel, und Romy fuhr mit der Bahn Richtung Hauptbahnhof. War es die Aufregung des Tages, Tante Elises unverhoffte Nachricht oder die Reiserei, die sie so müde machte? Sie hatte noch nie verstanden, woher die ganzen Pendler und Geschäftsreisenden ihre Energie nahmen, um die langen Fahrten und Flüge Tag für Tag zu überstehen und ganz nebenbei auch noch zu arbeiten.

Während des gesamten Fluges hatte Romy über Elises Botschaft nachgedacht, und noch immer konnte sie nicht fassen, dass diese Nachricht aufgetaucht war und den Weg zu ihr gefunden hatte. Es gab Romy ein wohliges Gefühl, zu wissen, dass sie Tante Elises Wunsch entsprechend gehandelt hatte. Sobald sie wieder zu Hause war, würde sie Kontakt zu Frau Freytag von der Stiftung aufnehmen und ihr danken. Vielleicht ließen sich sogar noch weitere Hinweise auf Elises Absichten in den Unterlagen finden. Doch je näher Romy der Innenstadt kam, desto weiter rückten ihre Gedanken daran in den Hintergrund und wichen einer aufgeregten Vorfreude. Sie konnte es nicht erwarten, Jannick zu überraschen, endlich bei ihm zu sein.

Am Hauptbahnhof angekommen, erkundigte Romy sich nach dem Weg, bis sie einige Straßenecken weiter auf die richtige Adresse zusteuerte. Berlin war laut, hektisch, schmutzig … und irgendwie aufregend. Dennoch vermochte sie den Hype um diese Stadt nicht zu teilen, wenn man doch stattdessen im gemütlichen Köln leben konnte. Vermutlich war es lediglich die Vorstellung von Berlin, welche die Stadt für viele so aufregend machte.

Vor einem hippen Hostel tranken ein paar Weltenbummler, zumindest wirkten sie so, Dosenbier und unterhielten sich ausgelassen. Direkt daneben befand sich der gläserne Co-Working-Space, in dem man je nach Bedarf einzelne Sitzplätze oder ganze Büros zum Arbeiten buchen konnte. Dazu gab es Internet, Kaffee, hypermotivierte Mitstreiter und höhenverstellbare Tische. Hier arbeiteten Jannick und Vanessa, wenn sie nicht auf einem der vielen Meetings oder in den Räumlichkeiten ihres Investors waren.

Romy betrat das großräumige Bürogebäude, das vom Erscheinungsbild her eher einem Hotel glich. Wie bereits im Flieger und in der Bahn wimmelte es hier von Cappuccino trinkenden jungen Menschen mit Laptops und Ideen, die vielleicht die Welt verändern würden. An der Rezeption erkundigte sie sich nach Jannicks Unternehmen und wurde zwei Gänge weitergeschickt. Aus einiger Entfernung erkannte sie ihn in einem gläsernen Doppelbüro. Er stand an einem Flipchart und befüllte eine Tabelle mit Stichworten. Vanessa saß etwas entfernt von ihm im Schneidersitz auf einer kleinen Couch und tippte in einen Laptop.

Romy spürte ihren Puls an der Schläfe. Ihr Herz hämmerte gegen die Brust und setzte tonnenweise Energie frei. In den wenigen Sekunden, in denen sie auf das Büro zutrat, rauschten die gesamten letzten Tage und Wochen an ihr vorbei wie ein Sturzbach. So unglaublich viel hatte sich verändert. Es war ein Gefühl, als wäre sie aus einem langen Schlaf aufgewacht. Sie war nach Mallorca geflogen, hatte nach Rubén und einer verloren geglaubten Liebe gesucht – und nicht weniger als sich selbst dabei gefunden. Nun war sie bereit für den nächsten Schritt. Bereit, ihr eigenes Leben in die Hand zu nehmen.

Als Vanessa sie durch die Scheibe entdeckte, warf sie Romy erst einen erstaunten und dann einen beinahe anerkennenden Blick zu. Noch vor wenigen Wochen hätte sich Romy in ihrer Anwesenheit wie ein Mauerblümchen gefühlt. Doch jetzt grinste sie Vanessa siegessicher entgegen, ermunterte die Schmetterlinge in ihrem Bauch zu einer Extrarunde und betrat, ohne anzuklopfen, das Büro.

Jannick fuhr erschrocken herum. Er wirkte irritiert, schien aus einer Parallelwelt herausgerissen worden zu sein. Dann realisierte er, wer dort im Büro stand, und rieb sich lächelnd den Kopf. Er setzte gerade an, etwas zu sagen, als Romy ihm zuvorkam.

»Nein, warte«, sagte sie. »Ich zuerst.« Ihre Aufregung war völlig vergessen. Was sie erfüllte, war ein Gefühl der Freude, der Zuversicht und einer tiefen Geborgenheit. »Jannick, ich weiß, wir hatten einen … ganz furchtbaren Start.« Romy lachte. »Darüber hinaus bin ich … schwierig, verkopft, vielleicht sogar total verkorkst. Ich hatte Angst davor, irgendetwas, irgendjemanden an mich heranzulassen, an meine Gefühlswelt …«

Jannicks Blicke wechselten zwischen überrascht, irritiert, anerkennend und … verliebt.

Vanessa räusperte sich und ging kopfschüttelnd an ihnen vorbei. Sie sah Romy kurz in die Augen, lächelte sanft und verließ das Büro.

Romy griff nach Jannicks Hand. »All das ist nicht von heute auf morgen verschwunden, aber, ich meine, wenn du das in Kauf nimmst …«

Er nickte grinsend.

»Okay, das ist gut«, sagte Romy. Sie kamen sich Zentimeter um Zentimeter näher.

»Dann ist da noch die Sache mit der Entfernung. Ich … also, das Darlehen … Ich habe es bekommen, und ich werde ein eigenes Atelier eröffnen. In Köln …«

Romy spürte, wie Jannick seine Stirn an ihre legte, dann wanderten seine Hände vorsichtig hoch bis zu ihrem Schlüsselbein und weiter zum Hals. Romys Knie wurden unter seiner Berührung weich wie warmes Wachs.

»Jedenfalls möchte ich … ich will mit dir zusammen sein«, hauchte sie mit geschlossenen Augen. »Denn Liebe findet immer einen Weg.«

Romy spürte eine zarte Berührung auf ihren Lippen. Sie erwiderte den Kuss, offenbarte damit all ihre Gefühle und verband sich untrennbar mit seinen. Dann löste sie sich für einen kurzen Augenblick, sah Jannick an, sah die unendliche Wärme, die in seinen Augen lag. In dieser Sekunde begriff sie, dass wahres Glück zwischen zwei sich liebenden Menschen entsteht.

»Ich liebe dich«, sagte sie, schloss die Augen und küsste ihn erneut.

Kapitel 37

Drei Wochen später

Während der gesamten Ausstellung sagte Neele kein Wort. Romy konnte ihr ansehen, dass sie zutiefst bewegt war von den wunderbaren Aufnahmen ihres Vaters. In jedem der ausdrucksstarken Bilder konnte auch sie seine Liebe zu dieser Insel spüren. Außerdem schwang eine leichte Melancholie in den Fotos mit, selbst wenn manche von ihnen fröhlich lachende Menschen zeigten. Kunstvoll versteckt lag in jeder der Momentaufnahmen ein Konflikt, ein vergessener Wunsch oder eine Sehnsucht, die aus der Szene sprach.

»Er war wirklich ein toller Fotograf«, gestand Neele ihrem Vater wehmütig zu, als sie sich auf das Ende der Ausstellung zubewegten. »Solche Bilder zu schießen, davon habe ich früher auch geträumt«, fuhr sie fort, und Romy sah Tränen in den Augen ihrer Mutter schimmern. »Und er hat es trotz aller Widrigkeiten geschafft.«

Nach dem Brand auf dem Hof seiner Eltern hatte Rubén ein ganzes Fotoimperium aus dem Nichts aufgebaut. Romy hatte gemeinsam mit ihrer Mutter einen großen Teil seines Lebens in den vielen Briefen wiedergefunden, die er offenbar wie ein Tagebuch an Elli geschrieben, aber nie abgeschickt hatte, nachdem seine ersten Briefe als unzustellbar zurückgekommen waren. Ob Neeles Mutter sie vor ihrem Unfalltod jemals gelesen hatte? Ob sie überhaupt gewusst hatte, wie viele unendlich schöne Worte er für sie aufgeschrieben hatte in all den Jahren? Selbst nach Ellis Tod hatte Rubén noch einige Jahre lang Briefe an sie verfasst. So als wäre seine Elli niemals von ihm gegangen. Doch die Abstände waren immer größer geworden, und irgendwann hatte er aufgehört zu schreiben. Anhand der Ereignisse hatte Neele ablesen können, dass es an jenem Tag gewesen war, an dem er vor ihrer Tür gestanden hatte und heftig von ihr abgewiesen worden war. Über all den Briefen brütend, hatte sich Neele die Schuld daran gegeben, wie alles gekommen war, doch Romy hatte ihr gesagt, sie könne nichts dafür. Schuld war der Hass gewesen, den ihre Urgroßmutter Marianne all die Jahre über in Neele geschürt hatte, die Lügen über den Ablauf des Unfalls und über Rubén.

Daraufhin hatte Neele erneut geweint, als ihr klar wurde, dass sie Ähnliches mit Romy und ihrem Vater gemacht hatte. »Es tut mir alles so unendlich leid«, hatte sie geschluchzt. Romy hatte sie in den Arm genommen und getröstet, ihr all die Liebe geschenkt, die sie von ihrer Mutter und Großmutter nie bekommen hatte. Romy hatte ihrer Mutter längst vergeben. Statt mit der Vergangenheit zu hadern, sollten sie beide sich gemeinsam auf ihre Zukunft konzentrieren, jede Sekunde miteinander genießen und offen sein für all die schönen Dinge, die noch auf sie warteten.

Rubén hatte 1965 sein Fotogeschäft auf der Insel eröffnet und damit den Grundstein für eine bemerkenswerte Karriere als Starfotograf und Geschäftsmann gelegt. Er hatte Berühmtheiten aus aller Welt porträtiert, war wohlhabend geworden mit einer Idee, die sich millionenfach verkaufte, und hatte damit das wirtschaftliche Wachstum der Insel unterstützt. Doch all das hatte ihm nicht das Glück beschert, nach dem er sich in Wirklichkeit gesehnt hatte.

Hätte er doch nur mit seiner Elli glücklich werden können. Hätte er seine Tochter aufwachsen sehen. Hätte er doch …

Die vollkommene Stille in der Galerie unterstrich die Bedeutung des letzten Raums und gab ihm den nötigen Platz, um seine Wirkung zu entfalten. Als Romy zuletzt hier gestanden hatte, war ihr nicht bewusst gewesen, welche Geschichte hinter all den Postkarten steckte. Hier hatte sie unwissentlich ihren Großvater kennengelernt, hier hatten die Ereignisse ihren Lauf genommen. Sie hatten Romy erst durch ein unbequemes Tal und schließlich auf einen Berg mit wundervoller Aussicht geführt.

Romy saß in der Mitte des Postkarten-Raumes auf der hölzernen Sitzbank, während ihre Mutter sich die vielen Urlaubsgrüße durchlas, die an der Wand vor ihr zu sehen waren.

»Das ist ja unglaublich«, sagte Neele so leise, wie man es intuitiv in einer Galerie tat. »Die Karte hier ging an eine Familie, die nur ein paar Straßen entfernt von uns wohnt«, bemerkte sie erstaunt. »Und diese hier nach Indien, Los Angeles, Kenia … Seine Karten sind um die ganze Welt gereist.« Nachdem Neele noch einmal durch den Raum geschritten war, setzte sie sich neben Romy auf die Bank. Romy legte ihren Kopf an die Schulter ihrer Mutter. Sie saßen eine Weile da, in völliger Stille, da so früh noch keine Touristen herkamen.

»Bist du bereit?«, fragte Romy schließlich. »Wollen wir los?«

»Ja, wir gehen gleich.« Sie strich Romy über den Kopf und gab ihr einen Kuss aufs Haar. »Weißt du, was ich mir überlegt habe, Schatz? Was hältst du davon, wenn du deinen Vater und Lissy in den USA besuchst?«

Romy seufzte tief auf. »Wie kommst du denn jetzt darauf?«, fragte sie, ließ aber ihren Kopf an Neeles Schulter ruhen.

»Ich habe deinem Vater viel Unrecht getan. Und dir auch. Er ist ein guter Mensch, das war er immer …« Neeles Worte wurden leiser, so als würden sie sich in der Vergangenheit verlieren.

»Vielleicht mache ich das«, sagte Romy.

»Das wäre toll.« Neele hob sachte Romys Kopf an und stand auf. »Und jetzt lerne ich erst einmal meinen Vater kennen«, verkündete sie, um ein Lächeln bemüht.

* * *

»Und wir sind wirklich richtig?«, fragte Neele mit großen Augen. »Hier wohnt er?«

Romy lächelte amüsiert. »Ja, Mama. Ich habe hier schon übernachtet. Ich bin mir sicher.«

»Das ist … beeindruckend.«

Das geschwungene Tor öffnete sich, und Neele ließ den Seat Ibiza hindurchrollen, bis vor das Haus. Das gepflegte Anwesen zeigte erste Anzeichen des Herbstes. Vereinzelte Blätter wehten von den Bäumen und suchten sich einen Platz, um eins mit der feurig roten Erde zu werden.

Neele sah sich vor dem Haus um und schüttelte ungläubig den Kopf. »All das, gebaut auf einem Fundament aus Postkarten.«

Romy lächelte und schwieg. Sie hoffte, dass der überwältigende Anblick des Anwesens wenigstens einen Teil von Neeles Aufregung absorbierte. Dennoch stellte sie fest, dass sich auch ihr Puls deutlich beschleunigte. Wie würde Rubén auf seine Tochter reagieren? Würde er sie erkennen? Sie überhaupt wahrnehmen? Seine besondere Art der Demenzerkrankung hatte bereits einige Überraschungen zu Tage gebracht, und Romy wünschte sich für ihre Mutter, dass heute eine weitere dazukommen würde, Rubén zumindest ein kurzes Lächeln für sie aufbringen könnte, irgendeine winzig kleine Reaktion der Freude.

Auf dem obersten Treppenabsatz erschien Xavi und hob lächelnd die Hand.

»Und das ist Xaver?«, fragte Neele und stellte den Motor ab.

»Er heißt Xavi«, erwiderte Romy lachend und öffnete die Tür.

Xavi kam die Stufen herunter, half Romy galant aus dem Wagen und begrüßte sie mit Küsschen auf die Wange.

»Du siehst … anders aus«, stellte er erstaunt fest. »Verändert. Glücklich?«

Romy nickte ihm lächelnd zu. »Ja, das bin ich.«

Xavi erwiderte ihr Lächeln. »Steht dir sehr gut. Und das ist also deine Mama?«

Neele kam um das Auto herum und gab Xavi die Hand. »Es freut mich, Sie kennenzulernen«, sagte sie mit brüchiger Stimme. Die Nervosität schien langsam, aber sicher die Oberhand zu gewinnen.

»Mich freut es auch«, erwiderte Xavi und musterte sie. »Sie haben seine Lippen«, fügte er augenzwinkernd hinzu. »Bitte, kommen Sie rein.«

Xavi ging die Treppe hinauf und betrat das Haus.

Neele hielt sich an Romy fest und kaute auf ihrer Unterlippe.

»Das wird schon, Mama. Und ich bin bei dir.«

Neele nickte, und gemeinsam folgten sie Xavi ins Haus. So beeindruckend Romys Mutter es eben noch gefunden hatte, so still und in sich gekehrt zeigte sie sich nun. Sie betrat das Wohnzimmer, ohne den Natursteinwänden im Flur, den extravaganten Lampen oder irgendeinem anderen Einrichtungsgegenstand Beachtung zu schenken.

Rubén saß auf dem gewohnten Platz, die Augen auf das Foto an der Wand gerichtet. Er zeigte keine Reaktion, als sie zu dritt das Wohnzimmer betraten.

Romy spürte, wie der Griff ihrer Mutter etwas fester wurde, als würde sie Halt suchen. Nach so vielen Jahren war sie nun nur noch einige Schritte von ihrem Vater entfernt. Missverständnisse, Lügen, falsche Anschuldigungen und unendlich viele vergossene Tränen. All das hatte die beiden getrennt. Und nun trat Neele einen ersten Schritt auf ihn zu. Dann noch einen. Romy sah, dass ihre Lippen zitterten.

»Rubén, du hast Besuch«, sagte Xavi sanft, beugte sich zu ihm hinunter und strich ihm über den Unterarm. »Hier sind Romy und … deine Tochter. Neele.« Dann zog er sich mit einem stummen Nicken in die Küche zurück.

»Danke«, flüsterte Romy ihm zu.

Neele trat auf ihren Vater zu und ging vor ihm in die Hocke, sodass die beiden sich in die Augen sehen konnten. Es wirkte vollkommen natürlich, beinahe vertraut, wie sie nach Rubéns Hand griff, ihm über die Finger strich.

»Hallo Papa«, sagte sie mit zarter Stimme. »Ich bin's, Neele. Kennst du mich noch?«

Rubén sah seiner Tochter viele lange Sekunden in die Augen, ohne eine Reaktion zu zeigen. Ein leises Schluchzen kam aus Neeles Mund. Dann hob Rubén seine Hand und streichelte seiner Tochter über das weiche, von grauen Strähnen durchzogene Haar.

»Es wird alles gut, meine Neele.«

Er wischte ihr einige Tränen von der Wange. Dann wurden auch seine Augen feucht.

»Der Rettungswagen kommt gleich. Deine Mama wird wieder gesund. Es wird alles wieder gut, mein Schatz.«

Offenbar löste Neele die emotionalste von Rubéns Erinnerungen bei ihm aus. Die Erinnerung an den Tag, an dem seine Elli verstorben war.

Romy vergoss stille Tränen, als sie Vater und Tochter vereint sah. Auf dem Tisch neben Rubén entdeckte sie das

Medaillon, das sie bei ihrer Abreise hiergelassen hatte. Es hatte dafür gesorgt, dass Neele jetzt bei ihrem Vater sein konnte, ihn umarmte und Tränen der Freude vergoss. Es stand für eine unendlich große Liebe, für Schmerz, Schuld, Hoffnung und ebenso für einen Neuanfang. Es war Elises Weg gewesen, mit der Vergangenheit abzuschließen. Mit einer Vergangenheit, die mit der ersten Begegnung zwischen Rubén und Elli angefangen hatte und die nun hier zwischen Rubén und seiner Tochter ein versöhnliches Ende fand.

Romy wischte sich Tränen aus den Augen und lächelte sanft. Dann zog sie ihr Handy aus der Hosentasche und tippte eine Nachricht.

Hallo Papa. Darf ich euch in ein paar Wochen besuchen kommen? Deine Tochter Romy